Marguerite

Duras

杜拉斯全集

痛苦

[法]

玛格丽特·杜拉斯

著

徐和瑾 刘方 王东亮 朱江月

译

上海译文出版社

目　录

英国情妇

1

阿巴恩，萨巴娜，大卫

123

痛苦

229

某先生，化名皮埃尔·拉比耶

283

首府的阿尔贝　保安队员泰尔

321

折断的荨麻

361

奥蕾莉娅 · 巴黎

373

英国情妇

徐和瑾　译

献给让·舒斯特①

① Jean Schuster(1929—1995)，法国作家、诗人和记者。1947 年参加超现实主义小组，跟邦雅曼·佩雷和安德烈·布勒东成为好友，后被布勒东指定为遗嘱执行人。1956 年至 1959 年任《超现实主义》杂志主编。1958 年跟迪奥尼斯·马斯科洛一起创办反戴高乐主义的报纸《七月十四日》，同时为其他报刊撰稿。1969 年 10 月 4 日发表题为《第四首歌》的文章，宣告超现实主义小组解散。其文章汇编出版，主要有《五七年和五八年档案》和《激情之果》等。

一

“这里说的一切都已录了音。一本内容为维奥纳[1]凶杀案的书开始撰写。

“四月十三日晚在维奥纳市镇巴尔托咖啡馆里发生的事，您已同意讲述。”

“是的。”

“这是复制的录音带，是四月十三日晚在巴尔托咖啡馆里录的，您并不知道。这录音带如实录下了那天晚上在巴尔托咖啡馆里说的所有的话，但只有声音没有图像，所以无法看到说话时的情况。因此，您应该‘启动’这本书。您的叙述使四月十三日晚上的情景具有立体感和空间感之后，我们就可以把录音带录下的话放出来，并让读者来代替您阅读。”

“我知道的事和我将说出的事之间有差别，您会如何处理？”

“这是书中由读者处理的部分。这种差别总是存在。

“请说一下您是谁，好吗？”

“我名叫罗贝尔·拉米，现年四十七岁。八年前，我把维奥纳市镇的巴尔托咖啡馆买了下来。”

“在四月十三日晚上以前，您对这桩凶杀案一无所知，就像维奥纳其他居民一样？”

“是的。我所知道的就是布告上的内容。”

“您再想想，就当四月十三日晚各报均未发行。”

“但要是我有时不能忘记我现在知道的事呢？”

“那您就顺便指出来。

“为使本书读者能设身处地，就像凶杀案发生后四月十三日晚上那样，我们首先录下维奥纳市镇警察总队告居民书，这布告刚好在那天第三次宣读，当时夜幕开始降临，由乡村警察在集市广场宣读：

“我们从报上获悉，不久前在法国不少地方的货车车厢里发现碎尸。

“经巴黎警察局法医科证实，这些不同的碎尸属于同一人体。除人头尚未找到，在巴黎已完成尸体复原。

“铁路线的交会状况使我们发现，载有这些碎尸的列车，不管终点为何地，都经过同一地点，即维奥纳高架桥。鉴于这些碎尸系从这高架桥的栏杆被扔进车厢，因此凶杀很可能发生在我们市镇。

“市镇政府在接到紧急通知之后，恳切希望全体居民跟警方通力合作，使这起凶杀案尽快破案。

“如有任何女性失踪，且身材中等，身体肥胖，年龄在三十五至四十岁，请立即报告警察总队。”

“我认识克莱尔和皮埃尔·拉纳，以及阿尔丰索·黎涅里。他们是我的顾客，是我在维奥纳的五十位常客中的三位。我还认识玛丽-泰蕾丝·布斯凯，他们的表妹。她有时跟皮埃尔和克莱尔一起来咖啡馆，是在喝开胃酒的时候，或者深更半夜跟几个葡萄牙工人一起来。当然啰，我跟她不大熟，不像跟其他人那样熟悉：她又聋又哑，这样就限制了别人跟她交往。

---

① Viorne系作者杜撰的市镇，似由Savigny-sur-Orge（奥尔日河畔萨维尼）中的VI+OR+ne构成。

“皮埃尔和克莱尔·拉纳差不多每天晚上都来我这儿，时间在八九点钟，吃过晚饭之后。但他们有时接连好几天不来，并非一定是因为他们中有人病了，而是因为他们不想出门，因为他们情绪不佳，感到疲倦。

“为审慎起见，我已养成习惯，不去问皮埃尔，为什么我前一天晚上或是已有这么多日子没有见到他们。我发现——至少我有这种感觉——皮埃尔不喜欢别人问他的情况以及他做的事。我觉得是他为人谨慎的缘故。

“因此，在四月十三日，皮埃尔来了之后，我没有问他为什么五天不来。

“当时是晚上八点。

“乡村警察刚在广场上读完布告，在那天已是第三次读了。我笑了，是因为听到布告里说铁路线交会，我对阿尔丰索说，我是忍不住才笑的，这时皮埃尔走了进来。他独自一人。他经常不跟克莱尔一起来，他从办公室出来后，直接来巴尔托咖啡馆。我们相互问好。我立即问他，是否想到说铁路线交会是个圈套。他对我说他不能肯定。

“我发现他面露倦容，穿着随便，而平时他总是衣冠楚楚。他身穿蓝色衬衫，领口有点脏。我现在想起来了，我当时对此有过想法。我心里想：瞧，出了什么事？

“凶杀案发生后，晚上很少有人来巴尔托咖啡馆。

“那天晚上我们咖啡馆里有五个人：阿尔丰索、皮埃尔，从未有人见到过的一个男子和一个姑娘，还有我。那男子在看报。他有一只很大的黑色公文包，放在地上。其他三人都看了看他。他是通常的那种便衣，但大家不能完全肯定他就是警察，因为有那个姑娘在。他好像没有听到我们说的话。可她听到了，她还微微一笑，那是在我说铁路线交会的时候。

“阿尔丰索和皮埃尔显然都不想跟我一起嘲笑铁路线交会，我就不再说这件事了。

“再次谈起凶杀案的是皮埃尔。他问我，依我看，在尚未找到人头的情况下，是否有可能确认被害人是谁。我说这也许很困难，但还是有这个可能，只要尸体上还有胎记、畸形、伤疤等跟其他人都不相同的特征。

“接着是长时间的沉默。大家都不由自主地在想，在维奥纳有哪个女人跟被害人的体貌特征相符。

“就在大家沉默不语时，我发现克莱尔不在。

“我这话的意思是说，她不在使我感到惊讶，我把这事和皮埃尔忧心忡忡的神色联系起来。我没有向皮埃尔打听她的情况，但我已经想到，也许他得跟她分手的时刻即将到来。阿尔丰索仿佛猜到了我的想法，这时就向皮埃尔问起她的情况：‘克莱尔是否病了？’皮埃尔说：‘她在家里有事要做，她快要来了，不，她没有生病，但她累了。’他又作了补充：非常累，但这也许无关紧要，可能是因为春天的关系。

“然后，又开始谈了起来，谈的仍然是凶杀案。

“说到凶手对被害人手段残忍，我感到愤怒，我现在想起来了，当时阿尔丰索谈了自己的想法，使我们感到意外。他说：‘也许只是因为搬运整具尸体太重，凶手只能这样做。’皮埃尔和我都没有想到这点。皮埃尔说，确实，这三夜对凶手来说想必极其漫长。这时那姑娘开了口。她明确指出，在这三天的夜里，凶手应该到高架桥去过九次，如果把人头算上，他就应该去了十次。现在整个巴黎都在谈论铁路线的交会。我们也开始谈论。我问她，在巴黎还在说什么。她说，大家认为这事是一个疯子干的，又是塞纳-瓦兹省的疯子。

“这时，克莱尔来了。

“她身穿一件海军蓝雨衣，雨衣她是在下雨时穿的。但那天天气晴朗。她一只手拿着小手提箱，另一只手拿着黑色油布袋。

“她看到有两个陌生人，就立刻朝阿尔丰索那边走去。大家向她问好。她作了回答。但我从她的表情看出，她不喜欢有陌生人在。我听到报纸的声音，只见那陌生男子不再看报，而是看着她。我注意到了这点，仅此而已。克莱尔的表情并未使我们感到惊讶，但一个陌生人会因此而感到困惑。”

“什么表情？”

“冷酷无情。

“皮埃尔突然朝她走去，仿佛想把她遮挡。他指着手提箱。这是干什么？她说：‘我要去卡奥尔[①]。’皮埃尔冷静下来，勉强笑了笑，并大声地说，让大家都能听到：‘我正想休假几天，请你这几天去那里走走。’

“没有人相信他的话。

“她没有回答，仍然站着发愣，也许有一分钟的时间。然后，她在阿尔丰索旁边坐了下来，独自坐在一张桌旁。

“我去把饮料端给克莱尔时，想起他们三个都是卡奥尔人，但自从八年前我认识他们以来，他们还从未去过那里。我就问她：‘你要去多长时间。’她说：‘五天。’我又问：‘你有多长时间没去卡奥尔了？’她说：‘从未去过。’她马上就问，在她来之前大家在谈什么，是否在谈凶杀案，还问大家说了些什么。阿尔丰索回答她说，大家确实在谈凶杀案，但没有说出任何重要的看法。她显得比

---

① Cahors，法国洛特省省会。

平时还要胆小怕事。我想是因为有陌生人在的缘故。”

“她显得悲伤？疲劳？”

“我不会这样说，不是。

“大家在谈凶杀案，仍然在谈，当然是谈每天夜里经过高架桥的列车有多少，谈凶手去的次数，这时，她突然转向阿尔丰索，对他问道：‘在高架桥那边，没有人在夜里遇到过什么人？’阿尔丰索回答说：‘不管怎样，没有人去说过这话。’于是，皮埃尔转向阿尔丰索，久久地望着他。然后，皮埃尔问他：‘那你呢，阿尔丰索，你夜里真的没有在高架桥那边看到任何人？’

“阿尔丰索有个不耐烦的动作，他说没有看到，并说别再说了。

“从那时起，我们都感到尴尬，这点可以肯定，我不会看错。皮埃尔和克莱尔非要知道阿尔丰索是否遇到凶手，特别是在那陌生男子面前这样问，使大家感到局促不安。

“在这种尴尬的气氛中，大家继续谈论凶杀案。

“大家谈到警察到居民家进行调查。前一天晚上，他们去了阿尔丰索家，同一天上午来到我家。

“克莱尔想要知道警察来时要些什么。我说：要身份证件，如有家庭成员不在，还要说出他们不在的正当理由。

“阿尔丰索说，一队警察从上午起就带着警犬寻找被害人的头。克莱尔问：在哪儿？‘在森林里。’阿尔丰索说。

“后来，我看她沉默了很久。

“男人们还在谈论凶杀案。到底谈了多少时间，我不知道。也许是半个小时。突然，我们看到广场上暗了下来。

“我说警察要求我把咖啡馆开着，并说在维奥纳——一家咖啡馆在一个空荡荡的市镇一直开到半夜十二点——这样会使人感到滑稽可笑。那姑娘问，警察为什么提出这种要求。我说：‘是因为一条古老的规律，那就是凶手总是会回到凶杀的地点。’‘那我们就等他来。’姑娘说。

“大家说的就是这类话。

“是的，在某个时刻，克莱尔和阿尔丰索说了话，但说得很少，只有两句。我听到几个字：在维奥纳害怕，是阿尔丰索说的。阿尔丰索微微一笑。

“过了一会儿，那姑娘走到克莱尔身边，问道：‘那您的火车呢，太太?’克莱尔吓了一跳，并问道：‘什么火车?’但她立刻恢复镇静，并说开往卡奥尔的火车——我现在记得一清二楚——是从奥斯特利茨车站发车，时间是上午七点十三分。

“那姑娘笑了。我们也是，不过是强笑。

“那姑娘非要说下去，她说克莱尔要出去旅行，会很早就作好准备。克莱尔没有回答。那姑娘又问，卡奥尔是不是一座美丽的城市。克莱尔仍然没有回答。

“气氛更加尴尬。大家都想找些话说。

“突然，那男子站了起来。他来到酒吧柜台前，十分和蔼可亲，他问我们，是否能请我们喝一杯。我对这种做法并无好感：如果你觉得能从我们这儿套出什么话，那你是在浪费时间和金钱。当然啰，他不会因此而生气。

“我们喝着酒。我想要知道，他是否真是警察局的。我就问：‘先生、女士，你们两位来自塞纳-瓦兹省?’那姑娘说，她来自巴黎，是来看凶杀地点的，说她遇到了那位先生，他请她来喝一杯。他微微一笑，说了句风趣话，但大家听了都没笑。他说：‘不，来

自塞纳河。'

“于是，大家确切地知道是在跟谁打交道。然而，没有人离开。大家待在那儿等待。当然是等他告诉我们关于凶杀案的事。”

“克莱尔什么也没说？”

“是的。她没有理解那警察的回答。她问皮埃尔：‘他在说什么？’皮埃尔回答时声音很轻，但我听到了，那警察当然也听到了，因为当时十分安静。皮埃尔说：‘他是警察。’

“这事我们知道，并感到厌恶。但没有人离开。我们待在那儿，我们在等待。

“我不知道自己说到什么地方？”

“那警察请你们喝一杯。”

“是的。克莱尔，她在干什么？您等一下。她站了起来？没有。她把黑色油布袋和手提箱放在椅子底下，然后等待着，对，有点像在看戏。是的，她没有站起来，但挪动椅子，面向酒吧柜台。

“我们问警察，他对凶杀案是怎么看的。他回答说，他认为凶手是维奥纳人。这事是这样开始的。

“他和我们设想出一桩凶杀案。这凶杀案就是维奥纳刚发生的那个案件。我们看不出这凶杀案是怎么回事。我们因此谈了起来，说出该说的话，我们一点点地再现维奥纳凶杀案的作案经过。但我们没有任何发现。

“我觉得现在该开录音机了。”

“我们将继续讲述，从您停下的地方说下去。警察说凶手是维奥纳人。”

“当时录音机在什么地方？”

"就在地上的公文包里。"

"录音是在什么时候开始的?"

"在他开始工作的时候，就是皮埃尔进来的时候。"

"现在，我只是感到有点惊讶。他当时说话声音很响，又说得很快。"

"他站起来之后，就只有一盘带子可录，也许可以录一个小时。

"两台录音机将同时开着。第一台放对话。您如果认为有必要说些什么，我就把录音机停下。第二台会一直开着，将录下对话和评论。

"在克莱尔说话后，请告诉读者。

"下面是您刚才说到的地方。"

"……职业?"

"他是警察。"

"正是，那您呢，您有什么想法?"

"凶手是维奥纳人。原因十分简单：因为如果不是当地人，他不会接连三夜都去同一高架桥。如果他选择三座不同的高架桥——在这个大区也有这么多高架桥——要找到他就会困难得多，几乎是没有可能。"

"因此，凶手是维奥纳人。"

"有五分之四的可能是本地人，是的。"

"那么，我们就跟他一起关在维奥纳啰?"

"也许是这样。"

“那被害人呢？”

“她想必是在维奥纳被害的：根据同样的理由，是在高架桥附近。如果她在别处被杀，为何要在这里即维奥纳把尸体处理掉呢？不是，是维奥纳的某个人在维奥纳杀了人，他无法走出这个市镇，他过于疲劳，不可能在那三天夜里离开维奥纳。您看，我们会因此得出什么结论？”

“这个人难道没有汽车？”

“是的。”

“也没有自行车？一无所有？他只能靠两条腿走？”

“确实如此。我们可以说，罪犯的个性已通过他的凶杀显现出来。”

“我没有听到任何人说，他应该事先想到铁路线交会处。”

“一个杀手，一个职业杀手应该想到这点。因此，您看，我们已经知道，罪犯不是那种人，譬如说杀手。”

“但这种处理方法，即把受害人的碎尸分别扔进九列列车，不是已经可以作出推测，即凶手经过深思熟虑，并具有一定的智慧？”

“如果是有意作出这样的处理，也许就是这样。”

“那么，除了职业杀手之外，这凶手会是怎样的人呢？”

“凶手是这样的人，他们可能想到把尸体扔到不同列车里的办法，但又不可能想得更远。其实他们什么也没想，什么也没有计算，既没有计算时间，也没有计算列车的数目，他们每次都是碰巧遇到一列不同的列车。”

“依您看，这些人中大多数都是如此？”

“是的。这种事情要不出差错，偶然和算计可说是机会均等。”

“是否还能知道其他事情？”

"这是克莱尔在说话。"

"他是个弱者，我是指体质上。如身强力壮，就会少走几次，这点您能理解。"

"不错，这倒也是。也许他只是上了年纪？"

"是的，或者体弱？"

"或者有病？"

"都有可能。我们还可以再说下去，要是您不感到厌烦……"

"那就说吧。我一点也不厌烦。"

"还有一种可能，那就是我们的对手做事有条不紊、一丝不苟。"

"他说是个教徒？"

"这是克莱尔在说话。"

"是的。"

"也可能是做事认真。喂，太太，这也许是用来形容他的最合适的词语。是因为尚未找到的人头。"

"关于这点，您的话我就听不懂了。"

"罪犯没有把人头跟尸体一起扔掉，我们首先可以认为，这只是为了使尸体无法辨认。"

"是的。"

"那么，仔细想想，这事看来更加复杂。"

"鉴于他认为自己想出的办法万无一失，他就应该把人头跟尸体一起扔掉啰？是不是这样？"

"也就是说，考虑到他在多次前往高架桥的那三个夜晚心慌意乱，又极其疲劳——这点我们可以想象——还非常担心没有干完此事就已束手就擒，我们对他的谨慎感到惊讶。罪犯的这种态度，可是个未知数。要么他认为他犯下的罪行完美无缺，在这种情况下，他会将人头毁容，并跟尸体一起扔掉，要么他有个人的原因，也许是道德方面的原因，希望对人头分别处理。他可能信教，或者以前信过。”

“我觉得您扯得太远了。”

“您是这样看的？”

“等你们发现自己完全搞错之后，可能一切都会土崩瓦解，对吗？”

“当然啰。但我们完全搞错，仍然会是令人惊讶的事。这十分罕见。”

“那么，一切都在这里发生？”

“是的。秘密跟你们一起隐藏。”

“依我看，我们应该面对的事，可称为临时起意犯罪。你们感到奇怪？”

“是的。高架桥这个新发现，即使对我们帮助不大，罪犯还是要在事先想到才行。”

“为什么？为什么要在事先想到。为什么他不能拿着这包东西在高架桥上走过时想到呢？处理这东西的办法，他当时已苦苦想了好几个小时。是你们，报纸的读者，炮制出抛尸九列火车的办法。仔细想想，这方法可能不是预先想好，而是纯属偶然的事。”

“为什么你们在这里认为此事纯属偶然？而不认为是预谋犯罪？”

“因为这凶杀案中可看出一种毫不谨慎的本性。”

“一个疯子。”

“什么区别？”

“又是她在说话。她仿佛是在另一个房间。”

“什么的区别？”

“疯子和正常人的区别，是指在凶杀案中。区别的意思是：如何知道他是不是疯子？”

“这区别是在凶杀之后开始产生。我们可以这样想：一个疯子不会有耐心去高架桥这么多次。一个疯子，真正的疯子，不会在三天夜里都像蚂蚁那样有规律地行走。反之，一个疯子会保存人头。这事已经发生。”

“一个疯子也许会说出来，他可能已经说了。”

“没有，这无法肯定。”

“依您看，罪犯在这次凶杀案中是否有冒失行为？”

“有的。在所有凶杀案中，都有冒失行为。我只能对您说这些。”

“这个人是不是疯子？”

“又是她在说话。我刚才忘了她提出的这个问题。”

“我不知道，太太。

“我们还知道，被杀害的女人想必长得并不漂亮，知道她大概身体肥胖，肩膀宽阔、粗壮。知道这女人身强力壮，是个……粗人。”

“是个女工？”

“是的。”

“听到这样说，你可能会认为已认出某个人，这想法愚蠢……”

“所有人都会这样认为，这您知道。”

“被害女人并不漂亮，您如何得出这一结论？”

“是因为如果有人说是情杀，我看那就错了。”

“没有人向市镇政府报告有人失踪？”

“没有人失踪。也许以后也不会有。要是有，就已经报告了。你们好好想想，各家报纸谈论此事已有七天，却没有任何发现。没有，被害人也许既无家庭又无朋友，要是有，就会有人感到担心。”

“或者是单身女人？”

“单身女人在什么地方？在一幢大楼里？如在一幢大楼里，门房就会来说：有个女人已有七天没有看到。”

“这么说？一个人在一幢独立的小屋里？”

“也不是。如在一幢独立的小屋里，一位邻居就会来说：有个女人百叶窗紧闭已有七天，或者说：有个女人已有七天没有看到，垃圾桶放在外面，等等。”

“想象力真丰富……这么说，她是住在某个地方？”

“这个嘛，不管怎样……

“你们想不出来？”

“这个女人是被跟她住在一起的人杀害的？”

“不错。十有八九是这样。只有这样才能解释，有人失踪却无人报告。

“哦！你们即将在维奥纳看到出人意外的事情。我对此已有预感。一桩凶杀案，可以在远处感到，感到其特点……”

“在这里，我们面对的是何种凶杀？为什么要杀人？我是指您的看法。”

“我明白……我感到，在这里杀了别人就像自杀一样……许多凶杀案的情况就是这样，你们知道……”

“因为这里的人憎恨，恨自己或恨别人？”

“那不一定……因为人生活在一起，也许处境相同，变化太少，在一起的时间又太长，不一定因此而处境不佳，不是，而是情况固定不变，无法摆脱，你们知道。”

“谁也没动。我们都在酒吧柜台旁，但克莱尔和阿尔丰索除外。”

“这看法毫无根据？”

“这是个人的看法。用我们的话来说，看法决不会毫无根据。我得出这个看法，是在排除不大可能的假设之后，如因为金钱、爱情……”

“不管怎样，没有找到任何人，真是非同寻常……”

“这是皮埃尔对阿尔丰索说的话。阿尔丰索没有回答。”

“你们知道，这些凶杀案粗看确实非同寻常，但在发现真相之后，就几乎变成……理所当然的事。十分合情合理，因此我们往往无法想出，罪犯如何才能不犯这种罪。”

“这样碎尸也是如此？”

“跟其他办法一样，也是为了搞乱线索。人们会因厌恶而真假难辨，但人一旦死了，不管是全尸还是碎尸……我还要说：这里的人会轻易忘记罪犯应该受到的折磨。”

“好吧，就这样，先生们、女士们。”

“时间还早，阿尔丰索……”

“是克莱尔在说话。阿尔丰索站了起来。”

“一切都能理解。”

“我可认为，不需要解释，正是如此。不要先来解释，但不解释又会是什么结果？丝毫不涉及这个问题。只要有证据就行。就是这样。”

“不，罗贝尔，我觉得在任何情况下，最好都要设法理解，尽可能设身处地，尽可能深入其中，如有需要，哪怕迷失其中也在所不惜，但总是要考虑到此事……”

“拉米先生，理解是一种幸福，一种巨大而又实在的幸福，向往这种幸福，是十分自然的事情，因此，有一种义务，那就是不能使任何人失去这种幸福，既不能使公众失去，甚至不能使法官失去，有时还不能使罪犯失去。”

“不，先生。什么都理解是不可能的。于是，在某一时刻……就停止……不再理解。要不是这样，那又该怎么办呢？”

“罗贝尔，我可以肯定地对你说，你错了。”

“我同意皮埃尔先生的看法，罗贝尔，您错了。”

“我可同意拉米先生的看法。”

“罗贝尔，我请你……”

“我当时根本不想听别人的话，人有时就是这样，愚蠢。”

“罗贝尔，你这样宽宏大量，总是什么都想理解，为什么你突然说这种话？我感到遗憾，罗贝尔。”

“这是生死攸关的问题。塞纳-瓦兹省的居民感到害怕。这些流浪者，白天黑夜都往来于塞纳-瓦兹省的各条公路上，你对他们有什么办法？”

“罗贝尔？”

“什么事？”

“没事儿。”

“我不清楚阿尔丰索想要我干什么。他又坐了下来，不再说话。”

“你脑子里有什么想法，就决不能用来掩饰自己。没有人能说：这事我决不会做。我想起一件凶杀案：凶手是附近一个农业工人，各方面的表现都很好。一天晚上，他在一块田里挖土豆，有个女人走过。他早就认识这女人。也许他对她有欲望，喜欢她，心里却没有承认？她不愿跟他一起到森林里去。他就把她给杀了。那么，这起凶杀，是否应该像别的凶杀那样受到惩罚？”

“皮埃尔把身体转向阿尔丰索。”

“当时是怎么说的？”

“当时认为，此人一时精神错乱。他未被重判。我觉得是判了十年。”

“实际上，大部分凶杀案的原因，也许恰恰是一种可能……”

“请注意听，皮埃尔开始说话……”

“……凶手有了这种可能，就犯下凶杀案。请设想一下，如果你日日夜夜都生活在……譬如说……一台爆炸装置旁边……只要按一下按钮它就会爆炸。有一天你会这样去做。你跟一个人一起生活了好几年，然后在一天晚上，你会有这种想法。你首先会想，既然你有了这种想法，你当然就可以这样去做，而完全不必有做此事的企图。然后你又会想，换了别人也会这样去做，这个人这样做会有其原因。后来你又会想，你这样做总是有其原因，要是换了别人，不像你那样……”

“……软弱？”

“有时，皮埃尔会夸夸其谈。我觉得他想对警察炫耀自己的知识。”

“……软弱，也许正是这样：另一个人不像您那样软弱，也会这样去做。事情就是这样开始的。另外，这想法在你脑中出现得越来越频繁，然后有一天就不再消失，留在那里。这想法越来越大，满屋子都是，使你无法摆脱。后来就出事了。”

“他在说些什么？”

“是克莱尔。她在对阿尔丰索说话。”

“蠢话。”

“后来，有一天，他就做了此事。就是这样。以后就是另一回事了。”

“你干吗这样乱说，皮埃尔？”

“我觉得阿尔丰索在笑。”

“我乱说是因为我有个想法。是因为这位先生有同样的想法。你也是。是因为我想把这想法说出来。”

“那您就说吧。”

“不，我对您死也不说。”

“我走出酒吧柜台，朝皮埃尔走去。我们都变得像警察一样。我要他说出他的想法，要他说出那警察的想法。”

“我来把他的想法说给您听。他认为，您刚才说的凶杀案，即农业工人杀死那女子的事，正是维奥纳发生的事。”

“皮埃尔没有回答。我非要他说。”

“你七天没来这儿，就是为了这事？”

“不，不是这事。”

“大家都等着。皮埃尔不再说话。那警察又开始说话。”

“您认为阿尔丰索先生知道事情是谁干的，却又不说。这就是您的想法。”

“是的，这就是我的想法。”

“大家都把脸转向阿尔丰索。克莱尔站了起来。阿尔丰索没有动弹。”

“喂，你疯了？喂，皮埃尔，你怎么啦？”

“请原谅，罗贝尔。”

“为什么你有这种想法?”

“我看报看得太多了，罗贝尔。我感到阿尔丰索隐瞒了什么事，我突然对此无法忍受。”

“你不再来这儿是因为这事？”

“不是，不是因为这事。”

“那是为了什么？”

“这跟您没关系。”

“阿尔丰索站了起来，朝皮埃尔走去。我从未看到他发过脾气。”

“如果我对这凶杀案有个想法，皮埃尔，你一定要我说给他听？你这是怎么啦?

“请回答我的问题，皮埃尔。”

“我突然想要知道此事。我实在无法克制自己。”

“请允许我以后再说，好吗？请便，罗贝尔先生。”

“看来您不是经常请客，先生。我们嘛，您知道，不会拒绝别人的好意。”

“好吧，这事就别再想了。”

“皮埃尔心事重重。阿尔丰索已冷静下来。他走到皮埃尔身边，把一只手搁在皮埃尔的肩膀上。克莱尔没有动弹，站在那里看着他们。”

“大家都知道你从不睡觉，知道你在森林里游荡。你知道，你认识所有的人，你住在森林里，而我呢，别人决不能使我改变这样的想法，那就是这事是在森林里发生的。于是我心里就想，你至少应该有一种想法。另外，我这样想，也是因为警察有魅力。”

“够了，皮埃尔。”

“行。”

“阿尔丰索先生没有说皮埃尔先生是否弄错。”

“大家又开始注视阿尔丰索。”

“克莱尔没动？”

“我觉得动了，但已转向警察。”

“这些都是我编造出来的。请您别去烦他。”

“我也不想询问阿尔丰索先生。您别担心。这只是提醒一下。”

“你回去吧，阿尔丰索。”

“不。”

“这时皮埃尔又开始说话。”

“你还是能说些什么，是吗？”

“他们自己会发现的，他们不需要我。对吗，先生？”

“您这样说，阿尔丰索先生，是因为您跟我一样，知道凶杀案发生在维奥纳，是吗？”

“在四月七日至八日的夜里？”

“而且就在森林之中，在您家附近，离高架桥五十米远，在陡坡上，对吗？”

“阿尔丰索没有回答。他在笑。长时间的沉默。然后，阿尔丰索作出回答。”

“不错。是在森林里，离高架桥五十米远。我听到击打的声音。”

“克莱尔在动。她往前走，走到警察近旁。大家已把她忘掉。”

“不是在森林里。”

“这事就别再说了。要么说清楚，要么就别说。可不能说了一点儿就不说了。要说清楚，否则我就不说。”

“你在说些什么，克莱尔？克莱尔？”

“不是在森林里。”

“您别把她说的话当一回事儿，先生，她现在完全疯了，这次是确定无疑，这事您不会知道，可我是她丈夫，我可以对您说……”

“您想对我说什么，太太？”

“皮埃尔抓住克莱尔，不让她待在警察身边，把她推开。她又回到警察那儿。警察显得十分平静，面带微笑。”

“您是想说些什么，太太？”

“是的。”

“这时，那姑娘参与此事，该她说了。”

“这位女士要说的事十分复杂，对吗，太太？”

“您是想说您的表妹玛丽-泰蕾丝·布斯凯，对吗，太太？”

“这是显而易见的事，令人震惊。”

“怎么？

“您认识她？……

“那……怎么……？”

“所有的人都认识。”

“但玛丽-泰蕾丝·布斯凯，她已经走了，先生，您这是怎么啦？”

“皮埃尔，我不说了！”

“我们有的是时间，对吗，太太？”

“我对你说，我不说了，皮埃尔！”

“不，您别不说。您从这儿过来，太太，您到我这儿来。”

“皮埃尔，皮埃尔，我不说了！”

“阿尔丰索什么也不说。他看着克莱尔。”

“您这是怎么啦？玛丽-泰蕾丝到卡奥尔去了，这事她会对您说的。克莱尔！”

“玛丽-泰蕾丝走了，她是怎么走的，太太？”

“她是不会回答您的，先生，别人问她，她从不回答，您让她自己说吧。克莱尔！

“瞧，她不会再回答您了。另外，这件事又有什么地方会使您感到兴趣？我在想，玛丽-泰蕾丝把要带的衣物装入手提箱，然后乘客车去奥斯特利茨火车站。她在一天早上有了这个打算，事情就是这样，就是这样……”

“您看到她走的？”

“皮埃尔，没有人知道她已经走了，你得明白，于是大家都感到奇怪，但是你，你看到她走的……？你告诉我……我当时在想，啊，玛丽-泰蕾丝不在这儿了……”

“皮埃尔……你说呀。”

“您知道，先生，她就要从卡奥尔回来了。对吗，克莱尔？您看，她没有回答，得要了解她……啊……但她对我说了……她们是在家门口分手的。克莱尔一直待在门口，直到客车开走。克莱尔，你说吧！”

“阿尔丰索！阿尔丰索！

“阿尔丰索！”

“阿尔丰索想离开。克莱尔把他叫住。”

“阿尔丰索！”

“太太，我待在这儿是为了您。您别害怕。您就把想对我们说的事都告诉我们。”

“克莱尔！克莱尔！……”

“皮埃尔想不让她说。”

“克莱尔！”

“接着，没有人再说一句话。”

“玛丽-泰蕾丝·布斯凯不是在森林里被杀的，是在一个地窖里，在凌晨四点钟。”

“我们知道被害人是玛丽-泰蕾丝·布斯凯，但不知道凶手是你们三人中哪一个。

“在碎尸上有木炭写的两个词：卡奥尔和阿尔丰索。报上无权说出此事。

“太太，请跟我们一起走吧。”

“皮埃尔·拉纳从未跟您谈起他的妻子？”

“从来没有，没有，我觉得跟任何人都没有谈起过。但我们知道，就是阿尔丰索和我。”

“知道什么？”

“知道她有朝一日会完全丧失理智，知道皮埃尔最终会跟她分手。

“总之，发生的事就像有人把她扔到警察的怀里。”

“她后来什么也没说？”

“什么也没说。她让他们给带走了。

“她给那男人慑服了。她开始说话后——她看着他——仿佛是他把该说的话一字一句说给她听的。”

“您这样说好像不完全相信克莱尔的供词？

“您要是觉得问题不好回答，就别回答。”

“那我就不回答。”

“在这以前，您要是认为她有罪，您，罗贝尔·拉米，您是否会用跟警方对抗的办法来保护她？”

“我不回答。”

“如果阿尔丰索觉得她有罪，您是否认为他会用跟警方对抗的办法来保护她？”

“会。”

“但那天晚上，阿尔丰索几乎没做任何事来保护她，对吗？”

“您曾听到，有一次他说要回去，但她让他留下，说时间还早。另一次，是在最后，她叫唤‘阿尔丰索’，有点像在叫‘救命’。这第二次，他已朝门口走去，他又想走了。

“不错，他原本可以做更多的事。他可以把她拉到外面，她会跟他走。但他没有这样做。

“他没有这样做，是因为他一无所知，是因为他不知道她有被捕的危险，这您清楚，我觉得这合乎逻辑。”

“或者是他怕自己过于坚持，她会把她的精神错乱完全暴露出来，怕她问他为什么想走，怕她说得太多，对吗？”

“这些我倒没有想到。

“也许在那里，在巴尔托咖啡馆，在警察说话时他已明白，比我们明白得早，那时不管做什么事都已为时过晚。依我看，他当时知道什么，不知道什么，别人永远无法知道。”

“依您看，他为什么要确认警察说的关于凶杀地点的谎话？”

“是为了嘲笑警察。他笑着说，他曾听到高架桥陡坡上的击打声。他也会确认其他任何事情。”

“这事对他来说毕竟重要？”

“不，皮埃尔和我，我们在此可以作证：他是想嘲笑警察。但这事他在预审时没有说？”

“我觉得说了。”

“那您得留神。”

“您当时认为警察弄错了？”

“不，我当时认为他说的是真话。我觉得当时只有阿尔丰索知道警察在编造凶杀地点。首先，他确实住在森林里。其次，他在远处听谈话，有点像旁观者，因此想必看出那是谎话。您可以这样想，如果阿尔丰索知道凶杀的确切地点，他就会保持沉默。”

“这事我无法肯定。我觉得您也是这样。”

“他怎么会猜出她会因‘森林’二字而说出事情的真相？”

“您听了这盘磁带之后还有什么想法？”

“从她来到咖啡馆并见到警察之后，大家应该很快就为她感到担心。但实际上并非如此。这种担心当然存在，但不是像我们现在认为的那样。是担心警察发现这里有个精神有点失常的女人。就是这样。”

“还担心这个女人的态度会使警察对她产生怀疑？”

“担心她会使警察对我们中的一个产生怀疑。而她，怎么会想到她呢？

“我想对您说，阿尔丰索没有自卫能力，他离开了法国，我个人感到高兴。

“我也要走，我即将离开维奥纳。我不能再待在这儿了。”

“您担心警察看出克莱尔是疯子，您为何要对我指出这点？”

“我指出这点，是因为警察可能发现，那天晚上所有的人都有点怪，就像一些人全都担心同一件事那样。这些人有一个秘密。”

“您的意思是说，你们仿佛都得和警方进行对抗。”

“这是理所当然的事。”

“警察只发现一件事，那就是阿尔丰索在那天晚上一开始几乎一直保持沉默，而且看着克莱尔。”

“他说话一直不多。警察显然不会知道此事。您看，我们小心谨慎不无道理。”

“您当时特别为阿尔丰索担心？”

“有这个可能，但我自己却丝毫没有察觉。”

“皮埃尔·拉纳当时怎样？”

“我已对您说过，我当时觉得他是怎样的，是忧心忡忡。现在，我会说得更加严重。我会说：惊恐万状。但这点我又看错了：我倾向于这种看法，即他想必在整个晚上都担心克莱尔说玛丽-泰蕾丝去了卡奥尔。我现在知道，我也不会不知道，这是毫无办法的事，知道这话是她在发生凶杀案的那天早上对他说的，我想他担心的就是这个。但我错了，这我知道。我可以肯定。

“当时的情况，他应该因未来而感到害怕，原因是表妹走了，让他单独跟克莱尔待在一起。他们以后又会怎样？就是这样。

“我现在在您面前，是这样想的。”

“您从未去过拉纳家？”

“从未去过。在市镇，大家都不串门。但对别人的情况都十分了解，几乎是无所不知。”

“皮埃尔·拉纳说，他决不会想到铁路线的交会，您觉得他说这话正常？”

“是的，大家都这样看。”

“依您看，他最近是否有变化？我指的是情绪。”

“几年过去了，他已不再跟以前完全一样。

“您也许知道，他曾竞选维奥纳市镇议会议员？是的。在五年以前。他没有选上，因此十分失望。

“我并不认为他会把这件事告诉您。他喜欢的是政治。他在很长时间里没有搞政治。后来有一天他去竞选。他在维奥纳名望极佳，就认为自己会一帆风顺。他错了。”

“他没有当选，部分是因为他妻子？”

“有人对您说了？”

“没有。您是怎么看的？”

“这事有人说了。但还有人说，是因为他年龄过大。也因为过于好色，有些人这样说。”

“她的情况，您知道些什么？”

“她的情况？大家都能看到她坐在自己花园的长凳上。最近一段时间，你要是在她面前走过两次，她只会看到你一次。而她的懒惰，是众所周知的事。大家知道，他们的家务都是玛丽-泰蕾丝·布斯凯做的。

“这种事可能比大家想象的还要多：一个村子看管着一些安静

的疯子。直至灾难降临之日。”

“她来维奥纳之前的情况，您一点也不知道？”

“不知道。我知道在维奥纳发生的事。譬如，我像许多人一样知道，他经常对她不忠，她一点也不在乎，但对他们过去在卡奥尔的情况，对他们青年时代的情况，我一点也不知道。”

“其他人不知道的情况，您知道些什么？”

“知道他并不幸福。”

“是因为她？”

“不仅仅这样——她在他生活中并非如此重要——不是。是因为年纪老了，他不能再像以前那样干这么多风流韵事。这使他感到痛苦。我知道这事，他当然不会跟我说。”

“他没有因为自己的妻子感到羞耻？”

“我觉得不能用‘羞耻’二字。她没有使人因她而感到羞耻，没有。他想必害怕她会说出的话，怕别人把她看作疯子，但这只是有外人在他们面前的时候。在我们面前不是这样。她没完没了地说些无聊话，别人就让她去说。有时阿尔丰索听她说。皮埃尔和我则在一边说话。

“有时，我们四人在咖啡馆关门后还待在那里。我很喜欢跟他聊天。他人不笨，什么事都知道。他为人正直，她疯疯癫癫，他却十分镇静，又很实际。”

“她疯疯癫癫时说些什么？”

“哦，什么都说。说她在街上看到的事，在电视里看到的东西。她有一种叙述方式，会使阿尔丰索发笑，这点她十分清楚，于是，她就常常给他讲述她在电视里看到的那些电影。我得承认，我无法听她说话。我觉得她说的话十分无聊。皮埃尔也有这种感觉。但阿尔丰索不是这样。瞧，这因人而异。”

“那是……什么？她说的是什么？”

“是十件事一起说。是口若悬河。然后，突然声息全无。”

“是没头没尾？”

“不是，因为像阿尔丰索就听得一清二楚。但得要全神贯注地听她说。阿尔丰索有时对我说：‘她说的时候你应该设法去听。’我试过了，但我从未能把她的长篇大论全部听完。”

“那就有头有尾啰？”

“也许是，但你会把它们忘掉。她很快就说到各个方面，把所有的事都联系在一起，这种联系，你是决不会想到的。”

“她从未谈起过维奥纳的某个人？”

“很少谈起。谈的总是报上或电视上看到的，或是她的想法。或者不如说从这些说起。”

“是精神失常？”

“我不知道。即使现在我也不想这样说。”

“您刚才说到一个村子看管的一些安静的疯子。”

“这是一种简便的说法。”

“您还说，您知道她有朝一日会完全失去理智。”

“是的。但是，您要我立刻作出判断，说她是疯了还是没疯，我还是说不出来。要是在另一幢房子里，交往的是另一些人，跟另一个男人一起生活，事情也许会截然不同，谁知道呢？”

“她这样疯疯癫癫，仍被看作聪明的女人？”

“阿尔丰索是这样看的。他说，如果她头脑清楚，她会十分聪明。其他人都没有想到这个问题。依我看，我倒想说，他比她更加聪明。”

“阿尔丰索去意大利以前，您是否见到过他？”

“是的。他走的前一天来看我，就是在三天以前。我们谈了许多事情，他在谈话中对我说，他将在第二天上午离开法国。”

“对于发生的事情，您没有对他提出任何问题？”

“我不想这样做。另外，我知道，他即使受到牵连，也是无辜的。”

“你们谈了些什么？”

“谈了他将在摩德纳①过的生活。也谈到了她，克莱尔。他对我说，十年前他曾对她产生感情，并说要是没有皮埃尔，他就会娶她为妻，跟她一起在他那小屋里生活。这是他第一次对我说起此事。我以前对此一无所知。”

“他没有这样做，是否感到后悔？”

“他没说后悔。”

“您没有问他为何离开维奥纳？”

“没必要问，这我知道。他离开维奥纳，是因为他害怕克莱尔会在预审时说的话，怕她会编造出什么事来，把他也关进监狱。各种情况都对他不利：农业工人，单身，又是外国人。他就情愿离开法国。”

“他是否知道她会设法把他牵连进去？”

“他知道，是的。不是因为心怀恶意。是因为……精神失常，我使用这个词是因为想不出别的词。她进了监狱之后，可能希望他也被关进去。她喜欢他。”

“那他呢？”

“他也是。

“也许她以为他们会被关在同一个监狱里，可以待在一起，谁知道呢？这事她也许会说的。”

“这件事，特别是这事，阿尔丰索怎么会知道？”

“我不知道。他知道这事。”

---

① Modena，意大利北部城市，艾米利亚-罗马涅区摩德纳省省会。

“他从未跟她谈起过此事？”

“我不认为他们会有单独谈话的机会。”

“您是否知道她有时夜里出去？”

“我知道，因为他在预审时说了。我是在报上看到的。不是通过其他途径知道的。”

“他也在夜里散步，看来他睡得很少，那么，他们想必会遇到、会说话？”

“有这个可能。但我只说我知道的事。我只是在巴尔托咖啡馆看到他们在一起，而且皮埃尔也在，但从未看到他们单独在一起，也从未在其他地方看到。

“依我看，他们之间从未有任何暧昧关系，即使以前也没有。”

“如果有暧昧关系，他会对您说吗？”

“这倒不会，但我还是觉得不会有。”

“她说了，他们在凶杀案发生后第三天夜里遇到过。他说没有。该怎么看？”

“您知道，如果他对警方撒谎，那主要是为了不让她压力过大。这倒没什么。别人可以理解。他是想保护那个女人。”

“就是说，在这最后一天晚上，你们没有谈起过凶杀案？”

“没有。我们谈起了她，这事我对您说了，是谈她过去的事。”

“对凶杀案只字不提，您不觉得这样不正常？”

“不。”

“克莱尔杀死了玛丽-泰蕾丝·布斯凯，她为什么不跟阿尔丰索说？

“为什么她不对他说的恰恰是此事？而她又知道她可以信任他。”

“她什么时候会把这件事告诉他呢？”

“夜里在维奥纳？”

“他不是否认曾遇到过她？他们两个人，我还是相信他。

“我是否也可以对您提一两个问题？”

“可以。”

“听了我对凶杀案的叙述，您了解到什么情况？”

“关于凶杀案，什么也没了解到，只是知道您跟我一样怀疑克莱尔是否有罪。关于克莱尔，您的叙述使我了解到一件十分重要的事，那就是她在维奥纳并不孤单，而初次接触时可能以为她十分孤单，知道她在那里受到阿尔丰索的保护，甚至也受到您的一些保护。”

“她仍然孤独，因为疯子孤独，到处都这样。”

“是的，但她的精神失常并未使她跟外界完全隔绝，并未使她对所有人都无动于衷。”

“您知道，我在这儿主要是为了阿尔丰索。如果只是为了她，我就不会回答您的问题。我跟她没有私交。她来咖啡馆，经常来，就像其他许多人那样，时间长了，大家以为相互了解了，但相互了解和相互认识，还是得区分开来。阿尔丰索和皮埃尔，不错，我了解他们，但对她并不了解。我应该说，她这个女人，我从未对她十分喜欢。”

“您跟阿尔丰索谈起她，是把她当作疯子？”

“不，首先把她当作女人，这个女人只是在某些方面像疯子，而不是首先把她当作疯子。在谈到她时，我们没有使用‘疯子’二字。使用这两个字，就是把她看作病人。其他人不是疯子，我们倒会这样说他们，而不会去说她。

“我要对您提的第二个问题是，您为什么对阿尔丰索是否知道克莱尔干的事发生兴趣？”

“我想知道克莱尔·拉纳是怎样一个女人，她为什么要说犯了凶杀罪。她没有任何理由要进行这次凶杀。于是我就想知道，是为了她。我觉得如果有人了解这方面的情况，此人就是阿尔丰索。

当然啰，如果假设她有罪，我就会这样想：要么阿尔丰索知道事情的全部真相，他让人把她抓住，是因为他觉得已没有希望看到她精神恢复正常，就认为最好还是把她关起来，要么阿尔丰索真的对发生的事并不知情，只是有点怀疑而已，他让人把她抓住，是因为他也想结束一件事。”

“什么事？”

“就称为克莱尔的总体状况吧。”

“我有点看出您说的是什么意思。”

“他让警方把她逮捕的原因，也许就是她杀人的原因。这样的话，他们就干了同一件事，只是她犯了凶杀罪，而他则让警方把她逮捕。”

“这是爱情？”

“这种如此深厚的感情，应该用什么名称来表示？这种感情当然可能以爱情的形式出现，但也可能以其他许多形式表现出来。”

“而他们又没有相互倾诉？”

“看来是这样。

“玛丽-泰蕾丝·布斯凯和阿尔丰索是否有什么关系？”

“只是常常在一起睡觉而已。他这个男人，并不厌恶玛丽-泰蕾丝有残疾。”

“也不厌恶克莱尔精神失常？”

“也不厌恶。”

“有一个男人在克莱尔的青年时代起过重要作用，这个人是卡奥尔的警察，您从未听说过此人？”

“没有。从未听说过。

“阿尔丰索如果还在维奥纳，您是否会对他进行审讯？”

“不会。他什么也不会说。在预审中，他就没有说出关于她的任何情况，只是说她夜里出去。”

“不错，他什么也不会说。

“您可以肯定他知道些事，是吗？”

“是的。但知道什么，我就不知道了。

“那您呢，您是怎么看的？”

“他想必知道些事，是主要的东西，而不是具体事实。但要说出来，即使他愿意，也是另一回事了。

“您要去见皮埃尔和克莱尔？”

“是的。”

“对这桩凶杀案的原因，您是否已有看法？”

“已远远看到有某个东西，但无法说出是什么东西。”

“从您刚才说的话来看，仿佛克莱尔就是罪犯。”

“不是，仿佛克莱尔就是罪犯，是她自己的看法。她认为自己犯了这桩凶杀罪，或是她真的犯了此罪，她说的原因都会相同，只要她能说出原因。

“您没有发现，您和我都闭口不谈那天晚上一件重要的事？”

“是这样。”

“您刚才说，皮埃尔在那天晚上想必始终担心克莱尔说玛丽-泰蕾丝已经走了。”

“是的，我记得。”

“‘担心’二字用得是否确切？”

“我不知道。”

“如果有人把克莱尔抛给警方，此人是谁？是皮埃尔还是阿尔丰索？”

“如果我不了解此人，我会认为此人是皮埃尔。”

“那如果了解此人呢？”

“如果了解此人，我就会说，他那天晚上的心情，是想把整个维奥纳都抛给警方。”

“用皮埃尔·拉纳所说的那台爆炸装置，您觉得他会把谁杀死？即使他不知道杀的是谁。”

“他。”

“关于皮埃尔·拉纳在那天晚上的态度，如果我的看法跟您不同，您是否想知道？”

“不。”

二

"我把您请来，是想询问您妻子克莱尔·拉纳的事。"

"为什么要问？"

"是要编写一本书，叙述不久前在维奥纳发生的凶杀案。"

"怎么问？"

"使用录音机。现在机器开着。

"我已询问过罗贝尔·拉米。

"对于提出的问题，您可以回答，也可以不回答。"

"我同意。"

"您是否能作个自我介绍？"

"我叫皮埃尔·拉纳，出生在卡奥尔，现年五十七岁。我是财政部公务员。"

"您一九四四年起住在维奥纳，当时二十二岁。"

"是的。除有两年在巴黎，我们婚后一直住在这儿。"

"一九四二年您在卡奥尔跟克莱尔·布斯凯结婚。"

"是的。"

"您想必在预审中知道，她说是她一个人干的，您对此一无所知。"

"这是事实。"

"您是跟警察局同时得知全部情况的？"

"是的。我得知全部情况，是她在巴尔托咖啡馆招认之时，即四月十三日晚上。"

"在那天晚上之前，在凶杀发生后的五天中，您没有对发生的事情产生过丝毫怀疑？"

"没有。一点也没有。"

"她为了解释她表妹不在而对您说的话，请您再对我说一遍。"

"她对我说：'你知道，玛丽-泰蕾丝今天一大早就回卡奥尔了。'当时将近七点，在我起床的时候。"

"您相信了她的话？"

"我不相信她说的全是真话，但我相信她说的部分是真话。我不相信她会撒谎。"

"您一直相信她对您说的话？"

"是的。认识她的人都相信她的话。

"我相信，虽然她以前在谈到她过去的某些事时对我撒了谎，她现在不再对我撒谎。"

"过去哪段时间？"

"我们相遇以前那段时间。但这已是遥远的过去，跟凶杀案毫无关系。"

"您当时对你们表妹的离去并未感到惊讶？"

"不，我当时十分惊讶。但我承认，我想到的主要是这个家，想到表妹不在她会弄成怎样，真是糟糕透顶。我问了她。她对我编了个故事，但说得通，她对我说，玛丽-泰蕾丝是去看她父亲，她想在父亲去世前再见他一面，并说她过几天就回来。"

"几天过去后，您是否对她重提此事？"

"说了。但她对我说：'她不在我们也很好，我已写信给她，叫她别回来了。'我当时没有回答。"

"您还是相信她?"

"我觉得她对我隐瞒了什么,但我不认为她在对我撒谎,我一直不这样认为。

"我不想知道全部真相。玛丽-泰蕾丝·布斯凯的离去,对我来说是一件极其难受的大事。"

"但您脑子里有过多种假设?"

"是的。我唯一接受的假设是这样的:玛丽-泰蕾丝离去,是因为她突然对我们感到厌烦,讨厌我们,讨厌维奥纳,讨厌这个家,但她又不敢对我们说。她找了个借口,要在父亲去世前再见他一面,我觉得这倒是离开我们的一种巧妙办法。"

"像您这样了解玛丽-泰蕾丝,您还会作出哪些其他假设?"

"假设她跟一个男人走了,是个葡萄牙人,葡萄牙人不在乎她是聋哑人,他们不会讲法语。"

"她是否会跟阿尔丰索走?"

"不会,即使以前也不会,不,玛丽-泰蕾丝和阿尔丰索之间从未有过感情。只是接近方便而已,您要知道。

"我完全没有想到的是,她们俩竟会闹翻。"

"您当时准备怎么办?"

"我当时想作出安排,把克莱尔送到一所疗养院去,然后到卡奥尔去找玛丽-泰蕾丝。这样,我可以把这个消息告诉玛丽-泰蕾丝,对她说家里只有我一人,家务不会像以前那样重。"

"换句话说,她的离去对您来说是一次机会,可以使您跟克莱尔分开,对吗?"

"是的。很痛苦,但仍是一次机会。我甚至可以说:一次出乎意外的机会。"

“如果克莱尔走了，玛丽-泰蕾丝·布斯凯还是不愿意回来呢？这点您是否想到过？”

“想到过。那我就请别人。得这样办。这个家我一个人无法维持。”

“但您甩掉克莱尔，并用同样方法把玛丽-泰蕾丝接回来？”

“是的，我可以说还不止这些，因为要是另请一个人，根本就无法忍受家里有克莱尔这样的人。”

“由于所有这些原因，您就没有坚持，不想进一步了解玛丽-泰蕾丝离去的情况？”

“也许是这样。

“但也是因为在那五天里我很少跟她见面。当时天气好，她待在花园里。买东西由我去买，是在下班后买。”

“她不吃东西？”

“是的，她不想吃。我想她是在夜里吃的。她总得吃点什么。

“一天早上，我看到面包少了。”

“她在那五天里是否十分疲倦？”

“我离家时她在花园里，我回来时她还在那里。我很少看到她。但我并不觉得她疲倦。我说的是凶杀发生后的那五天里。我对那几天的确切日期有点记不清了。在凶杀发生后的那段时间里，如果我没有记错，有一次，是的，我看到她在花园的长凳上睡着了，她显得精疲力竭。第二天，她去了巴黎。我看到她衣冠楚楚，是下午将近两点的时候。她对我说要去巴黎。她回来很晚，是晚上将近十点的时候。这大约在七天以前，是在巴尔托咖啡馆的那天晚上五天之前，在星期六。”

“也就是她在地窖里过的最后一夜的前一天？”

“如果没弄错的话，是的，是这样。”

“她很少去巴黎？”

“这几年，是的，很少去。

“除了那次去巴黎外，在凶杀案发生期间或是在凶杀案发生之后，她白天想必都在花园里度过。”

“看来她很多时间都是在花园里度过。那么，这样又有什么区别？”

“就是说，毫无区别……只是玛丽-泰蕾丝不在之后，家里就不再有时间概念，她想在那里待多长时间就待多长时间，一直待到天黑。”

“您不去叫她？”

“我已不想再叫她。

“我承认，一段时间以来，她使我感到有点害怕，就是在她把半导体收音机扔到井里之后。我觉得完了。”

“这种害怕是否也是一种怀疑？”

“这不是在怀疑已经发生的事情。您要我怎么能想象出这样的事呢？”

“她被捕后您见到过她吗？”

“见到过，是在第二天，我去了监狱，他们让我见她。”

“她现在给您的印象如何？”

“我什么都搞不清楚了，连我自己的事也是如此。”

“您当时害怕什么？”

“玛丽-泰蕾丝不在，我什么都害怕。”

“她在监视她？”

“是的，当然啰。必须这样。好好看着，别害怕。我就怕她弄出什么丢脸的事，怕她自杀……您知道，这种大事发生之后，一个人会觉得自己想起也许没有想过的事情。”

“在那几天里您没有去过地窖？”

“我冬天去那里拿木柴。前一段日子，这里天气暖和，不用再生火取暖。另外，即使我什么也没问她，我每次穿过花园出去时，她都会对我说：‘玛丽-泰蕾丝把地窖的钥匙拿走了，别去那儿。’”

“您是怕她自杀，还是希望她这样做？”

“我也不知道。”

“在巴尔托咖啡馆，您说了一些话，当时的情况很怪，您是否记得？”

“记得。而且十分清楚。

“我现在还弄不明白我当时是怎么回事。”

“您要是愿意，这事我们以后再谈。

“我想知道您的看法：您认为她是独自干的还是有人帮助她干的？”

“我可以肯定，是独自干的。难道不是这样？”

“她好像说过，她在将近凌晨两点时曾遇到阿尔丰索一次，当时她拿着食品袋前往高架桥。”

“那我就不知道了。

“阿尔丰索离开之前，您是否问过他？”

“问过。他否认曾在凶杀案发生后遇到过她。但他说，他以前在村里常常遇到她，是在夜里，这样已有好几年了。”

“当真？这不可能。”

“要不阿尔丰索没说真话？”

“不，如果他说了这话，那就是真的。”

“关于阿尔丰索，她说些什么？”

“她说得不多，就像说其他事情那样。每次他来劈柴，她就高兴。她说：‘幸亏维奥纳有阿尔丰索。’就这些。”

“我不是要向您了解具体事实，这您知道，而是要了解背景情况。重要的是您对她的看法。”

“我知道。”

“依您看，她为什么说她遇到过阿尔丰索？”

“她很喜欢他，一般来说，她应该绝口不提他的事，以免他有麻烦。我不知道是为了什么。”

“您是否知道她为什么喜欢阿尔丰索？”

“他为人正直，住在林中小屋，在山坡上，这您知道。他也说话不多，他原籍意大利，未婚。但维奥纳的人说，阿尔丰索有点头脑简单……您要知道……她可能想出一些关于他的故事，要不是这样，不，我无法解释她为什么这样喜欢他。”

“他们是否有点相像？”

“也许在本质上相像，是的。但她还是比他更加精明。

“我并不认为她在维奥纳有他那样的名声，但也许是我看错了。

“别人怎么说她，您是否了解？”

“现在大家说的，就像人们一贯说的那样：总有一天……她会付诸行动……以前，我不知道别人当时怎么说她。但现在没有人说您以前跟她一起不幸福。”

“我一直隐瞒真相。”

“什么真相？”

“哦！是她让我过的那种生活。这简直是冷若冰霜，而且有几年时间。

“几年以来，她不再看我们一眼。吃饭时，她眼睛往下看。她对我们说话时，就像负担沉重，仿佛我们把她吓得胆战心惊。仿佛随着时间的流逝，她对我们越来越不了解。我有时在想，因为有玛丽-泰蕾丝在，她才养成习惯，不再说话，我有时甚至感到后悔，觉得不该把她请来。但不叫来又怎么办呢？她可什么也不管。吃完饭，她立刻回到花园，或者回到房间，这要看天气好坏。几年来都是这样。”

“她在花园或房间里做些什么？”

“我想她应该在睡觉。”

“您从未去看看她，跟她说说话？”

“没有，我连想也没想过。要理解这点，必须跟她一起生活。结婚时间长了，夫妻间说话就不会很多，但是我们，比其他夫妻说得还要少。有时我还是必须跟她说话。要购买贵重物品，修理房屋，我就告诉她，我一定要对她说，她也总是同意，请注意，特别是修理房屋。有个工人在家里，她会非常高兴，工人走到哪儿她就跟到哪儿，她看着他干活。有时，工人甚至觉得有点尴尬，至少第一天是这样，以后工人就让她这样跟着。其实，这是在家里的一种疯子，但很安静，因此大家不大防备。实际上是这样。不必去别处寻找原因。

“您看，我已想到这种程度：所有的事是否都是她编造出来的，杀死那可怜的姑娘的是不是她……”

“是她。指纹相符。这无可辩驳。”

“我知道。

“她，一个女人，哪里会有这样大的力气？……要是没有证据，您也不会相信，是吗？”

“没有人会相信，也许她自己也不会相信。

“她说，有一次——她没说到底是什么时候——她问您，您是否梦见过自己杀人。您记得吗？”

“这个问题法官已对我提过。我觉得是在两三年前。是在一天早上。我隐约记得她对我说做了个杀人的梦。我大概对她回答说，大家都会做这种梦，我也做过。她好像问我为什么会做。我已经忘了自己是怎么回答的。”

“您没有感到更加惊讶？”

“没有。”

“您说您也做过这种梦，这是否是真话？”

“是的。特别是有一次。是个噩梦。”

“在什么时候？”

“我已经记不大清楚了，我觉得是在她提出这个问题不久之前。”

“这个噩梦里有谁？”

“这有点像我在罗贝尔的咖啡馆即巴尔托咖啡馆所说的那样，就是在她承认的那天晚上：我一按按钮，就全都炸了，另外……”

“您不是一定要回答，我提醒您。”

“我知道。

“但这次还是得回答。噩梦里有玛丽-泰蕾丝·布斯凯。

“但与此同时，我在噩梦里哭了，因为我发现杀错了人。我不清楚应该死的是谁，但不是玛丽-泰蕾丝·布斯凯。我觉得也不是我妻子。”

"您没有设法想起这个人是谁？"

"想了，但我想不起来。

"这跟最近发生的事毫无关系，您为什么问我这个问题？"

"我提醒您，您不是一定要回答。

"我想要知道，您妻子为什么要杀死玛丽-泰蕾丝·布斯凯。我发现，你们俩杀了同一个人，您在梦中杀，她在现实中杀，就是想把你们的生活尽量安排好的那个女人。"

"但我知道自己杀错了人。"

"您杀人的梦中不应该有错误，这个错误您想必马上纠正了。"

"怎么纠正？"

"在第二个梦中。您想必做了第二个梦，您在这个梦里哭了。"

"有这个可能。梦里的事，我没有责任。"

"当然啰。另外，您妻子和您，虽说在现实中或在梦中杀的都是玛丽-泰蕾丝，但你们杀的应该不是同一个人。你们真正的被害人应该是不同的。

"您在她招认的那天晚上讲了个虚构的故事，故事中那个人是谁？"

"谁也不是。这只是梦的形式。"

"您是否跟您妻子说起过这个梦？我是指梦的细节。"

"一点儿也没说，没有。"

"为什么？"

"我从不跟她说这样的事。我跟她说做过这个梦，是为了让她放心，是因为她问了我。我决不会主动跟她说这种事。

"我们相互间几乎不说话，特别是在后期。我甚至在出去时也不再跟她说。另外，要给她说个十分简单的故事，得花许多时间。

要让她理解你对她说的话，得花两小时的时间。”

“说什么，举个例子？”

“不管什么事。所有的事。另外……”

“是吗？……”

“她这个人嘴不紧，她不知道有些事是不能说的。如果我对她详细叙述我做的关于玛丽-泰蕾丝的梦，她就会在吃饭时说出来，而且是在那可怜的女人面前说。”

“她不是听不见吗？”

“她看到嘴唇在动，就全都知道了，什么都知道。这点您还是知道的？”

“我应该知道，是的。”

“你说的话，她都知道。所有的事她都感兴趣。她只要一解释就懂，而且记性很好。而我妻子什么事都会很快忘记。所有的事都得不时给她重新解释。

“我跟她在一起，感到十分孤独。现在事情已经结束，我可以这样说了。”

“她不是把所有的事全都同样忘记的吧？”

“不是，当然不是，我把事情说得有点简单……她也有自己记得的事。譬如卡奥尔，她记得很清楚，仿佛她昨天才离开那里，对，没错。”

“您经常对她不忠？”

“任何男人都会对她这样。我要是对她忠心耿耿，准会发疯。另外，她想必也知道，这种事她不会在乎。”

“那她自己呢？”

“我不认为她有过外遇。不是因为对我忠心耿耿，而是因为在她看来所有的事全都一样。即使在开始时，当我们……总之，您知道我想说的意思，我有一种……感觉，觉得另一个男人要是处于我的地位，也会干那种事，对她也会这样。”

“那就是说，她跟一个男人之后又跟另一个男人，觉得全都一样？”

“是的，但她也可以跟一个男人待在一起。跟我就是这样。”

“您是否能举个例子，说明她理解力很差？”

“对想象的事物，她无法理解。譬如一个虚构的故事，一个广播剧，你就无法使她相信这种事从未有过。从某些方面看，她是个孩子。

“电视她倒理解，当然是以她的方式来理解，但至少她不提问题。”

“她看报吗？”

“她说她看，但我并不相信。她看完标题，就把报纸放下。我了解她，我可以对您说，她不看报。”

“她是做做样子？”

“不，她不是做做样子。她从不装模作样。甚至不会。她认为她看报，这不一样。有一次，那是十年前的事了，她兴致勃勃地开始看那些无聊的读物，您要知道，是那些有插图的小书，给孩子看的，到后来，就什么也不看了。

“不错，她不再看那些书，是因为我的缘故。她这样我感到恼火，还有点害怕。这些书她是从学生的课桌里拿来的，当时她在小学里做杂务工。我不准她把这些书带回来，后来她还是这样做，我就把书都给撕了。于是她就没劲了。

“那些有插图的书，她是因为我才没有再去看。我这样做她大概感到难受，但这是为了她好。

“后来，这种书她想看多少就能看多少，我毫不在乎，只是她已不感兴趣。总之，这毕竟可悲，可怜的女人。”

“谁？”

“克莱尔，我妻子。

“有一天，我硬要她读一本书。

“这大约是在她看有插图的书的那个时期，我硬要她给我大声朗读一本书，每天晚上读一点，是一些游记，我记得十分清楚。这本书既有教益又有趣味。但毫无结果。我只好在读到一半时放弃。她一生中读过的有意义的东西，就是这半本书，我看是这样。”

“她不感兴趣？”

“就是说，她不知道学习的好处，她不善于学习，她每次只能把注意力集中在一件事上。你给她讲一个国家，她就忘记昨天讲的那个国家。

“开始时我感到十分难受。后来我就不去管了，对一个不愿改变自己的人，你反对也没用。

“您是什么学历？”

“我通过中学毕业会考的第一部分。我通过一次考试，当上了录音检验员。我因父亲去世而辍学，就去工作。但我总是设法了解各方面的情况。我喜欢阅读。”

“关于她，您是否能说她没有丝毫智力？”

“不能。我不能这样说。有时，她的看法正确。突然间，她对某个人会有语惊四座的看法。有时，她也会变得滑稽可笑，那是在发病的时候。有几次，她跟玛丽-泰蕾丝一起疯疯癫癫；我是说开始的时候，那时玛丽-泰蕾丝刚来我们家。那是很久以前的事了。

“有时，她说话也很有趣，有点像她把看过的某些现代作品里的句子背了出来，这些作品她当然不会……

“我记得两三件事，是关于花园里的花卉。她说：‘英国薄荷瘦小，黑色，有鱼腥味，来自莱萨布勒[①]的岛屿。’”

“您要是继续学业，会做什么工作？”

“我想进工业界。”

“您刚才说她没有想象力，我是否理解错了？”

“您理解错了。我的意思是说，她不理解别人的想象。她的想象力，当然啰，肯定是非常强的。它在她生活中占有的地位想必比其他一切都要高。”

“对这种想象力，您是否一无所知？”

“几乎一无所知……我觉得可以说，她编造的故事有可能是真的。开始时，这些故事从正确的基础出发——她并没有全都编造——但接下来，它们就任意朝一个方向发展。譬如，她有时抱怨我责备她，其实我没有责备她，从未责备过她，特别是最近一段时间，但这种责备，我完全可以对她说出，而且理由充分，她仿佛看出了我的想法。

“她有时也会向我们转述一些谈话，就是她觉得曾在街上跟过路人说的话。没有人会认为这些谈话是她编造出来的，但等她让跟她在街上谈话的人说出一句疯疯癫癫的话来，别人就知道是怎么回事了。”

“依您看，她没有因年老而感到痛苦？”

---

① Les Sables，杜撰地名，源于法国旺代省专区首府 Les Sables d'Olonne（莱萨布勒-多洛讷）。

“没有，一点也没有。这是她最大的优点。这有时使人感到欣慰。”

“您怎么知道？”

“这我知道。”

“关于她，您会说些什么？”

“是要知道她是否聪明？”

“是的，如果您愿意说的话。”

“什么也不会留在她脑中，她任何东西都学不进去。

“她丝毫不感到需要学习，无论是学什么。她只能理解她自己能解释的事情，至于怎么解释，我一无所知。她仿佛把什么都拒之门外，又好像对什么都敞开大门，可以说是两者兼而有之，什么也不会留在她脑中，她什么也记不住。她使人想起没有门的地方，风吹过之后，把那里的东西全都吹掉。后来我知道这不是她的过错，我就放弃了让她学习的计划。

“我现在还在想，她到底是怎么学会读书写字的。”

“是否可以说她没有任何好奇心？”

“不能这样说。可以说她的好奇心与众不同。别人会说什么话或做什么事，是在整体上而不是在细节上使她感到惊讶。我觉得在很长一段时间里，玛丽-泰蕾丝是以这种方式使她感到兴趣。特别是在开始时。她心里在想，她是怎么样生活下去的。她对阿尔丰索也曾这样想过。”

“她想成为阿尔丰索这样的人？玛丽-泰蕾丝这样的人？”

“大概如此。她连续劈两天柴，就像阿尔丰索那样。或者用蜡堵住耳朵，就像玛丽-泰蕾丝那样。得亲眼看到她才会知道。真是难以忍受。”

“她是否认为别人残缺不全、空洞无物，想要用自己编造的东西来填补他们，使他们变得完美？”

“我理解您的意思。不是，不如说恰恰相反。她可能觉得其他人无法用一般的方法来了解，如通过谈话，感情交流。就像是一些整体。但要对您说得确切，我恐怕无法做到。

“您看，我遇到她时，因为这个原因爱上了她，这事我想过，而且想得很多，这点我可以肯定。我跟她疏远，去找别的女人，也是因为这个原因，原因相同：她不需要我。要了解我，要理解我，她好像没有我也能做到。”

“她心里充满着什么？请说出您首先想到的那个词。”

“我不知道，我说不出。是她？”

“她，是谁？”

“我不知道。”

“谈到她，您是厌烦还是有兴趣？”

“有兴趣。

“我有兴趣，而且比我想象的更大。

“也许是因为一切都已结束。

“有人对她提出过同样的问题？”

“我不知道，我想不会提。

“她从来不写信，对吗？”

“她以前写信给报社，我知道。但十年以来，也许时间更长，我觉得她不再写了。不。她可能几乎不会写信了。

“另外，她在卡奥尔已经没有可以写信的人了，只有那个舅舅，她母亲最小的弟弟，年纪差不多跟她一样。但她并不喜欢这舅舅。”

“给那个男人，卡奥尔的警察呢？”

“您怎么知道有那个人？”

“她对预审法官说起过。”

“不，我不相信。不，即使是在开始时，我也不相信。

“她会写信给一个人——讲述自己的情况——询问对方的情况，只要了解她，就觉得这是不可能的。这不可能，就像她会在看一本书。而给报社写信，她脑子里想到什么就会写什么。”

“她跟您结婚之后，再也没有跟那个警察见面？”

“据我所知，没有，从未见过。

“她跟他在一起时非常不幸。我觉得她想把他忘掉。”

“在什么时候？”

“在她认识我时，她想把他忘掉。”

“她结婚是为了把他忘掉？”

“我不知道。”

“您为什么娶她为妻？”

“我爱上了她。我很喜欢她的相貌。可以说，我在这方面狂热地爱上了她。也许我因此而没有看到其他方面。”

“其他方面？”

“她如此奇特的性格，她的精神失常。”

“依您看，您是否使她忘掉了卡奥尔的警察？”

“我觉得没有，使她忘掉的是时间，时间长了也就淡忘，而不是我。即使是我使她忘掉，我也没有取代他的位置。”

“她从未对您说起这个人？”

“从未说过。但我知道她在想他，特别是在开始的时候。但与此同时，她想把他忘掉，这点我也知道。玛丽-泰蕾丝来了之后，她甚至不想知道她在卡奥尔是否认识他。这我知道，我可以肯定。

“正因为他的缘故，我们一直没去卡奥尔度假。我不希望她跟他重逢。有人对我说，他曾想打听她的地址，我有戒心。”

“您是不想失去她？”

“是的，不管怎样都不愿意，是的，即使在新婚宴尔之后。”

“您从未跟她提起过卡奥尔那个警察？”

“没有。”

“她是否曾请您不要跟她提起这个人？”

“没有。我没有理由要跟她提起这个人。没有必要听到我说她仍然爱他。”

“您不想谈论会使您难受的事，这就是您的性格？”

“是的，我就是这样。”

“您当时就知道她是因为他想要自杀？知道她曾跳进池塘？”

“我是在结婚后两年知道这事的。”

“是怎么知道的？”

“当时，我是一个政党的积极分子。这件往事跟政治有关，因为是一个原籍卡奥尔的朋友偶然听到这事后告诉我的。在党内，大家很少谈私事。我们很快就谈别的事了。”

“这事您没有跟她提起过？”

“没有。”

“您对她的态度并没有改变？”

“有改变，当然是朝不好的方向。我知道，如果我跟她分手，她是不会自杀的。”

“您从未想到要跟她分手？”

“想到过，但从未十分认真地想过，没有真正要跟她分手。”

“您在得知这事之前，是否会认为她会去自杀？”

“我得知这事，并未感到十分惊讶。这是因为我那时应该想到她会去自杀。但对她最近干的这件可怕的事，当然没有想到过。”

“您可以肯定？”

“……”

“您为什么始终没有跟她分手？”

“我要责备她的事，并不能成为离婚的充分理由。她治家无方，但不久之后玛丽-泰蕾丝就来了，这个问题也就不再存在。

“这几天，我再次想起我们过去的生活。有一段时间我非常爱她，不愿意离开她，当时我因她对我冷淡而极其痛苦。后来，在几年的时间里，我开始去找其他女人，她这种冷淡，并没有使我感到痛苦，而是使我陶醉，对我有吸引力。她有些时候仍然风姿绰约。有一天晚上，她变得像客人一样。她曾长期保持优雅的举止，脸上挂着少女般的微笑。

“后来，这些全都没了，消失得干干净净。”

“你们结婚是按财产分有制？”

“是的。是我希望这样。”

“如果您跟她离异，您是否对她会做出的事情感到害怕？”

“不，一点也不害怕。

“如果这样，她一定会回到卡奥尔。也许在那家乳品厂工作。那就没什么可害怕的了。”

“你们之间从未提出过离婚问题？”

“没有。我从未跟她提出过离婚。

“也许是我从未遇到我非常喜欢的女人，所以没想到要跟她分手。相反的想法我有过一两次，但现在，人已离开，不过我知道，我还没有像爱她那样爱过其他任何女人。这点她并不知道。”

“您跟她结婚之前，是否知道那另一个男人？”

“知道，是她说的。她没有告诉我他们曾在一起生活。但我在结婚前还是知道了这件事，也知道她跟他在一起非常不幸。我决定把这事一笔勾销。一个三十岁的女人，总会有过去的。另外，我想要她，就什么事也不会去计较。”

“否则您就不能跟她一起生活？就不想跟她结婚？”

“我不知道，我没有想过。

“现在已过了二十四年。仿佛已是来世。”

“您想到自己的生活，是否后悔娶她为妻？”

“哦，我是否后悔，现在已无关紧要。”

“但您是否后悔？”

“我对自己所做的事都感到后悔。”

“但对她比对其他事更加后悔？”

“不。我跟她有过个人幸福的时刻，我不会后悔。

“在我能告诉您的事情中，您感兴趣的只是她，对吗？”

“是的。”

“只是因为这起凶杀案？”

“就是说这起凶杀案使我对她感到兴趣。”

“因为她精神失常？”

“不如说是因为她是一个从未融入生活的女人。”

“我对您说的有关她的情况，是否使您对她的凶杀案作出一种解释？”

“是多种解释，而且跟我在听到您说的情况以前想到的那些解释不同。但我无权把其中一个解释放在这本正在编写的书中。”

“这毫无用处，这只是一些词语。人无法回到过去。”

“您刚才说：‘这毫无用处，这只是一些词语。人无法回到过去。’这是您常说的话，对吗？”

“我觉得是的。我刚才像平时一样说话。像我这种傻瓜那样在说。”

“您为什么这样说？您是不由自主地说出这话，就像您说另一句话那样？”

“是的，不错。”

“我想，她从来不用这种方式说话？”

“是的，从来不用。她从不对生活发表看法。”

“你们没有离婚，是否还有其他原因？”

“就是说，我看到许多人比我还要不幸。

“另外我得承认，跟她一起我很自由。她从来没有对我提出过任何问题。这种自由，我跟其他任何女人在一起都不会有。我知道这种动机不大光彩，但事实如此。现在一切都已结束，我可以对所有人说出这话，我毫不介意：我心里在想，我曾如此爱她，我对她不忠，对其他女人就会更加不忠，但决不会这样自由。我当时是这样想的。我已看破一切。

“还有，这我已对您说过，在很长一段时间里，我仍然喜欢她，您知道我这话的意思，这事由不得我。

“有一次，在那个政党里，我遇到一个年轻女人，我愿意跟她一起生活。她单身，我很喜欢她。她年纪比我小，但她并不在乎，再说那个时候，我看上去比实际年龄要年轻。我跟她的恋爱关系持续了两年。

“我经常对克莱尔说要去出差，其实我是跟她在一起。有一次我们去了蓝色海岸。待了半个月。是在尼斯。当时说好，在那次旅游之后，我得作出决定，要么跟克莱尔离婚，要么跟那个年轻女人一刀两断。我是跟后者一刀两断。”

“为什么？”

“也许是因为那个女人对克莱尔嫉妒，我对她说了我生活中的种种隐情之后，她就利用这些话来说服我跟克莱尔离婚。

“也许是因为我已习惯于跟克莱尔一起生活，她从未对我提出任何要求，一点也没有提过。除了我对您说过的我希望自由和我喜欢她这两个原因之外，我又对您说了这些原因。”

“您从未想要……玛丽-泰蕾丝·布斯凯和您之间，从未有过任何关系？”

“就算我有时有这种想法，也只是想想而已。我这个人不会有这种事。”

“没有这种事？……”

“我的意思是说，不会跟一个在我家干活的人搞，况且她又是我妻子的表妹。

“要跟玛丽-泰蕾丝搞易如反掌，有人想必已对您说过？”

“有人对我说，晚上常常在森林里看到她跟一些葡萄牙人在一起。但她从未有过长久的艳遇？”

“没有。像她这样的残疾人，怎么会呢？”

“那么跟阿尔丰索呢？”

“我不认为会有，不过当然啰，任何事我都无法肯定。”

“如果有人问您，您在克莱尔·布斯凯的生活中起了什么作用，您会如何回答？”

“说实话，我从未想过这个问题。”

“这个问题并不重要。但您还是可以回答。”

“我不知道自己在她生活中起了什么作用。我弄不清楚。”

“要是您没有娶她为妻，她会怎样？”

“哦！另一个男人会娶她为妻。她确实迷人。她会过同样的生活。这点我可以肯定。她会使所有男人失望，就像她使我失望那样。他们一定会跟她分手，但她会找到其他男人。这点我也可以肯定。

“我曾对您说，她在她过去的某些事情上对我撒谎，您是否记得？”

“记得。”

“是这方面的事，就是在我们相遇之前，她有过许多情人。”

“就在她自杀之后？”

“是的，有两年时间。

“以前我对此一无所知，我是结婚后才知道的。”

“她对您撒了谎？还是她没有对您说？”

“她没有对我说，仿佛她这样做十分正常，后来，我问起她，她没有承认。为什么？我一无所知。”

“这么说，您跟她谈起过她过去的事？”

“在那次，是的。那是结婚后几个星期的事。后来就再也没有谈过。

“我来回答您的问题：如果不是我，而是另一个男人……总之，其他许多男人处于我的地位，都会有这种想法，那就是他们娶她为妻，是挽救了她，认为这就是他们会在她生活中所起的作用，也许是唯一的作用。”

“您从未有过这种想法？”

“在情绪不佳时，有过。这想法我还说给其他女人听。但我又并不相信。我很清楚，如果一个人对是否得救抱无所谓的态度，这个人是救不了的。我救她又让她摆脱什么？为了给她什么？我对妓女或过类似生活的女人并没有偏见。

“如果没有人娶她为妻，她会继续跟所有人睡觉，直至年老，并呆头呆脑地在乳品厂干活。那又怎样呢？

“现在我认为，如果这样，情况不会更糟。”

“情况是否会更好？”

“哦，对她来说，这种生活或另一种生活，她对任何东西都会满意。任何东西都不会使她改变，有朝一日就会发生这种可怕的事情，不管她跟我或跟别的男人一起生活，都会杀人，我对此深信不疑。

“即使跟卡奥尔那个警察在一起，我可以肯定，她没有想过要跟他过什么样的生活，我指的是她会选择一种生活方式，而不是另一种生活方式。”

“维奥纳人，那些商人，您那些邻居，他们说从未看到你们两人之间有过大吵大闹。”

“不错，从未有过。

“他们还说了什么？”

“他们说，您确实跟其他女人有私情，甚至跟维奥纳的女人有私情。说您妻子听之任之。

“玛丽-泰蕾丝·布斯凯来之前，她还是做一点家务事？”

“是的，但没有兴趣，您要知道。她打扫得十分干净。做菜嘛，她一直不会。”

“玛丽-泰蕾丝来了之后，她在家里做些什么？”

“做的事一年比一年少。”

“是什么事？”

“她隔天去买些东西。

“她整理自己房间。只是她的房间。她一直这样做，做得很好，十分彻底，每天都整理。实在太好。

“她梳妆打扮的时间很长。每天早上至少要花一个小时。

“在几年的时间里，她经常出去兜风，有时在维奥纳，有时在巴黎。她在巴黎看电影。或者她去看阿尔丰索劈柴。她看电视。她洗衣物，她不要玛丽-泰蕾丝做这事。

“谁知道她还做些什么？她待在那个花园里，还有？

“我很少看到她。休假日我在屋子后面的菜园里，花园就在前面，玛丽-泰蕾丝在厨房里或是在维奥纳闲逛。晚上吃饭时大家又聚在一起。要叫克莱尔来吃饭，得叫上十来次。

“但最近几年，特别是最近几个月，从春天开始，她就整天待在外面，坐在长凳上，什么事也不做，一点儿也不做。我知道这难以置信，但确实如此。”

“玛丽-泰蕾丝菜做得很好？”

“依我看，她是个出色的厨娘。”

“她做的菜比任何人都好？”

“是的，我经常在外面吃饭，我可以进行比较。我在家里吃得最好。”

“您妻子是否欣赏她表妹烧的菜？”

“依我看，是的。她从未说过什么。”

“什么也没有说过，您能肯定？”

“能。干吗？”

“玛丽-泰蕾丝·布斯凯从未休过假？”

“她不是我们家的用人，您不要弄错，如果她想离开半个月，就可以离开，她完全自由。”

“但她从未离开过？”

“没有，从来没有。真正的家庭主妇是她。她是在自己家里。一切都由她决定，如吃什么菜，要修理什么。离开，在她看来就是把她的家交给克莱尔这个只会干粗活的女仆。”

“就是说，二十一年来，您妻子克莱尔一直在吃玛丽-泰蕾丝·布斯凯烧的菜？”

“是的。干吗？

“她烧的菜很好吃，非常好吃，而且品种多样，有益健康。”

“这两个女人之间也从未有过大吵大闹？”

“没有。当然啰，这事我不能对您完全肯定，我让她们俩整天待在一起，经常是连续几天这样待着，这我已对您说过，但我认为不会吵。”

“请好好想想。”

“我想想。

“不，我一点也想不出。”

“她怎么谈论她？”

“没有特别的地方。有一次，她把我叫去，远远地用手指了指她，只见她在厨房门口。她笑着。她对我说：‘你看看她，从后面看她像一头小牛。’我们笑了，毫无恶意。确实是这样。我看到玛丽-泰蕾丝时，常常会想起这件事。

"有时，那是在她们年轻的时候，我晚上看到她们在打牌。尤其在冬天。不，我觉得那时一切都好。

"没有任何吵闹。再说，又会怎么样呢？对我妻子来说，一切都完美无缺，而且一直这样。如果她们之间有过一点争吵，即使是很久以前的事，我也会首先告诉法官，这点您会想到。"

"几个人住在一起，很少会这样和睦相处。"

"我知道。如果不是这样，那就最好。"

"您真的这样想？"

"是的。但是，跟克莱尔不和是无法凭空捏造的，装出气愤的样子，她会看出来，会笑。"

"那可以怎么办呢？"

"我想不出任何办法。我也没有去想。现在已为时过晚。"

"当时家里十分安宁？"

"是的。这两个女人都能容忍对方，而且做得如此出色，我在她们中间，也许被这种安宁所蒙骗。我只要不在家里，在其他任何地方，都睡得不好，我觉得别人的话太多，住的地方也不干净。我对她们俩已经习惯。我现在仿佛刚刚醒来。

"家里好像没人住过那样。然而，一切都已做好了，如饭菜、家务，所有的事。"

"您刚才说，玛丽-泰蕾丝在监视克莱尔，并补充说：是和蔼可亲地监视。"

"特别在最后一段时间，是的，这是必要的。克莱尔有时会做蠢事，做一些可能有危险的事。玛丽-泰蕾丝对我说了。我在家里，就叫克莱尔到自己房间去，或者去花园，然后就闭口不谈这事。最好是让她独自待着。"

“您不在家呢？”

“玛丽-泰蕾丝就让她这样做。”

“家中的宁静并未因此而被打破？”

“没有。我们认为，要是让她这样去做，宁静就会被打破。”

“做什么呢？”

“譬如不小心把东西毁掉。她会把报纸全都放在壁炉里烧掉。她经常打碎东西，如盘子，或者把这些东西扔进垃圾桶。或者把它们藏在一些角落里、埋在花园里，如她的手表、她的结婚戒指，她说是遗失了，我可以肯定，这两件东西是在花园里。她也会把东西剪掉。我记得，她有一次把被单和床单全给剪掉了，每条剪成长度相同的三块。但只要不把火柴和剪刀乱放就行了。”

“但要是玛丽-泰蕾丝不在呢？”

“我不在时，玛丽-泰蕾丝从不让她独自待在家里。有些房间是锁着的：厨房，以及我们各自的房间。否则她会到处去搜寻。但只要采取了这些预防措施，就一切正常。我对您说了实际情况：家里安宁，她们俩和睦相处。克莱尔不反对去花园，她立刻去了。”

“她要是在你们各自的房间里搜寻，是想找到某件东西？”

“这完全是精神失常。是想找到她所说的‘特殊痕迹’，要把这种痕迹消除。”

“她在花园时，您感到最放心？”

“是的，当然啰。”

“夜里，门都没锁上？”

“我感到特别是在最后一段时间，玛丽-泰蕾丝有时会把厨房的门关好。这事我不能肯定。也许她跟一些葡萄牙人一起过夜时把厨房的门关好了。”

“她有时在自己的房间里接待他们？”

“可能有过。我到了楼上的房间，就不再去管楼下的事了。我认为玛丽-泰蕾丝完全可以在她愿意的时候接待她愿意接待的人。”

“在凶杀案发生的那天夜里，您没有听到任何声音?”

“没有出现叫喊声。我听到一种声音，像是门的响声。我可能认为是玛丽-泰蕾丝回来，或是她们中的一个在屋里走动。我又睡着了。我房间在三楼。我几乎听不到底楼的声音。”

“您已离开自己的屋子?”

“是的。我现在住在旅馆里。我在火车站附近的旅游者旅馆租了个房间。”

“您是否去了巴尔托咖啡馆?”

“没有。我现在去旅馆的酒吧。”

“您为什么没去那里?”

“我想跟自己的过去一刀两断，即使跟美好的事物，跟罗贝尔·拉米也是如此。”

“您打算怎么办，您是否考虑过?”

“我要把屋子卖掉。我要到别处去生活。”

“跟村里的商人，跟其他人，克莱尔·拉纳也能和睦相处?”

“是的。跟他们也从未出过任何事情。我对您说了，克莱尔隔天去买东西。没出过事，什么也没有。”

“她想买什么就买什么?”

“不是。玛丽-泰蕾丝给她开了单子。”

“罗贝尔和阿尔丰索是你们最要好的朋友?”

“就是说，他们是我们最喜欢的人。她特别喜欢阿尔丰索。”

“您是否回想起最近几年里有过什么凶杀的征兆，即使是模糊的征兆？”

“什么也没有，没有，我想不出来。什么也没有。”

“您是否想到过，哪怕是一次，唯一一次，她会做出她不久前做的事？”

“在谈到自杀时，您已提出过这个问题。”

“没有，其实在谈到自杀时，是您谈起此事的。我当时问您，您对此是否能肯定，但您没有回答。”

“我现在回答您：没有，我那时决不会想到她会做出她不久前做的事。决不会。如果当时有人对我提出这个问题，我会觉得可笑。”

“您好好想想。”

“不，我不愿去想。如果非要想到什么，就什么都能想到，或者什么都想不出来，只要希望这样。那我就不说了。”

“她为人冷漠，但并不残忍，是吗？”

“当姑娘时，她恰恰相反，十分温柔。我觉得她一直这样。”

“这点您不能肯定？”

“我后来对此不再注意，所以无法肯定。”

“玛丽-泰蕾丝对她感情如何？”

“她想必非常喜欢她。但她对她的照顾不如对我的照顾。克莱尔并不要别人去照顾她。别人关心她，会使她反感，而不是使她高兴，就是这样。

“另外，我得要说，玛丽-泰蕾丝对男人有点偏爱，不管对什么男人都是这样。维奥纳的人都会对您这样说。”

“现在，您是怎样看的？您是否认为，不管克莱尔过的是哪种生活，她最终都会杀人？”

“就是说，我的看法如下：鉴于她跟我过的生活可以说十分平常，在物质上比较富裕，而且没有争吵，无论是否要对这一切感到遗憾，她可能会过其他各种生活，也一定会有同样的结果，不可能会有其他结果。

“不，我不认为有一种生活能使她避免杀人。”

“跟另一个男人在一起？在别的地方？”

“不。这种杀人罪，我觉得她跟任何男人在一起、在任何地方都会犯。”

“我们这样谈论她之后，您难道不觉得有些事本来可以避免？”

“即使我和她的关系仍然像最初几年那样，我觉得我也不会有更多的了解。我是说我自己，另一个男人如果更加细心，更加敏感，也许会看出她会有悲惨结果。但我认为他无法阻止这惨剧发生。

“我始终无法猜出她在想些什么，无法猜出她要说什么话或做什么事。

“也许在杀死她以前一分钟，她还没有想到要去杀她。您相信吗？”

“我不知道。

“她是否向您问起过铁路线交会的情况？”

“没有，没这种事。跟大家可能会有的想法相反，这个办法，她应该是在最后一刻才想出来的。她夜里拿着袋子在维奥纳寻找地方，想必朝高架桥走去，这时刚好一列火车经过，就这样，她想出了加以利用的办法。我仿佛看到她当时的情景，就像我在场一样。在这点上，我觉得那警察说得对。”

“那人头呢，您一点也想不出来？”

“想不出。我想碰碰运气，在花园里、在英国薄荷那边找过，但什么也没有找到。”

“您会说是因为哪些原因才会这样？”

“我会说是因为精神失常。我会说她一直精神失常。说没有人会发现此事，因为她是在独自一人时对自己发疯，特别是在她房间里或是在花园里。在这种时候，她可能想到一些可怕的事情。我知道那些现代理论，大体上知道，因此我心里希望您能询问一个人，即卡奥尔的警察，但他已在去年去世。”

“她知道吗？”

“我觉得并不知道。这事我没有对她说过。玛丽-泰蕾丝并不知道有这样一个人。我想不出有谁会告诉她。”

“我真的觉得，她对法官谈起这个人，就像在谈一个活人。

“您认为卡奥尔的这个人比其他人更了解她？”

“也许是。他们在小时候就已认识。她二十岁时的事，只有他能说得出来。

“但又有谁知道呢？我并不认为她年轻时跟她现在完全不同。依我看，她应该没有很大变化。但要说没有变化，也不可能。

“我仔细想了一下，觉得我认识她之后，她并没有很大变化。仿佛她因精神失常而永葆青春。”

“但是，一次恋爱是如此刻骨铭心，竟使她要去自杀，您要是不知道这事，是否会认为真有这种爱情？”

“不会，真的不会。

“然而，我并不认为她因此有了改变。”

“但是，如果她没有改变，她在您认识她时处于那种状况，又如何能体验她体验过的爱情？

“如果她跟今天一样，又如何想象她能体验这种爱情？”

“孤身一人，在她这方面，就像她做的其他事情那样，就像她过去对我的感情那样。您别以为她一点儿也不爱我，您这样想就错了。

“您认为事情的起因是那个男人？”

“不是，我不是这样看的。我跟您的看法一样。

“您是否认为她感到厌倦？”

“不。她并不感到厌倦。您的看法呢？”

“跟您一样，我认为她并未感到厌倦。认为问题不在这儿。”

“您说得对：问题不在这儿。”

“您要知道，别人问她时，据说她的话很多。”

“啊。但有这个可能。”

“她一直说话很少，但有的时候，她也会口若悬河，对吗？”

“她有时确实这样。就像所有的人那样。往往是不多不少。但我得说，她说的事，别人是不会听的。”

“说些什么？”

“哦！什么都说。一些杜撰的谈话，我已经对您说过。这跟我们感兴趣的事毫无关系。”

“我们？”

“我是说玛丽-泰蕾丝、我以及罗贝尔店里的常客。”

“阿尔丰索呢？”

“阿尔丰索嘛，对她说的话有点兴趣。她对他说的是她在电视里看到的事。大家让他们待在一边。

“这事您也许知道，我们几乎每天晚上都去巴尔托咖啡馆，直至凶杀案发生。在其后的五天里，我没去那儿，我感到心灰意懒。她也不愿意去。

“五天之后，黄昏时分，将近七点时，她突然到屋子里来找我，对我说她想去罗贝尔那里。”

“就是各报公布凶杀案发生在维奥纳的那天？”

“是第二天。我以为她有了点精神。出去时，她叫我往前走，说她有点事要办，待一会儿再来找我。她是要整理那只手提箱，您也许知道。”

“是的。”

“我得对您说，她把半导体收音机扔到井里之后，我去找了大夫，请他来给她看病。这事我没有告诉她。大夫将在这星期来。我已打定主意，这次非要作出个决定。”

“在这五天之中，即在发生凶杀案到她在十三日晚上招认这段时间里，她几乎没跟您说过话？”

“可以这样说。我回来时，她甚至没有看到我穿过花园。

“在她眼里，我成了从未见过的陌生人。”

“她也把您的眼镜扔到井里去了？”

“是的。还有她自己的眼镜，也许还有地窖的钥匙。这钥匙我们始终没有找到。”

“这事她对您说了？”

“没有，我在餐厅里看到她把眼镜扔进去。不是钥匙。”

“您觉得她为什么把眼镜扔进去？”

“我当时认为是为了不让我看报，就是不让我知道维奥纳发生了凶杀案。我现在认为她另有原因。”

“也是为了使这惨剧能完美无缺？”

“为了使这惨剧能……封闭起来，这是我想到的词语。”

“她对法官说，她本想请阿尔丰索帮她把电视机扔到井里去。”

“您知道事实并非如此？”

“是的。”

“她已把电视机拖到走廊里，靠着玛丽-泰蕾丝的房门，并盖上一块破布，就是她的一条旧裙子。”

“我知道。但是，您认为她为什么要把这事跟阿尔丰索联系在一起？”

“也许她曾想请他帮忙，也许她认为这事已经做了。或者她曾请他这样做，当然啰，他拒绝了。我觉得是这样，否则无法理解。

“关于此事，阿尔丰索说了些什么？”

“他说这全是她编出来的，说她从未请他做过这种事。不过，她要请人帮忙做这件事，也只能想到阿尔丰索，是吗？”

“是的，可以肯定。

“我心里在想，她怎么会有力气把电视机一直拖到走廊。我当时去买面包了。等我回来，电视机已经搬好。”

“这事您对她说了？”

“没有，我又把电视机放回原处。那天她没有发现。第二天她就被捕了。”

“阿尔丰索说，这全是她编出来的，他是否有可能撒谎？”

“有可能。”

“罗贝尔是否也会这样撒谎？”

“不会，只有阿尔丰索会。阿尔丰索对克莱尔有一种好感。他看到她时，他的微笑就是明证。”

“是爱情还是好感？”

“哦！我不知道。”

“如果说有人能猜出她干的事，这个人就是他？”

“这事没有人能猜得出来。但是，如果维奥纳有人可能知道她会干出这惨剧，这个人就是阿尔丰索，是的。要是阿尔丰索聪明，他就会看出这点。他也许对她最为了解，比我还要了解，是的，确实如此。她仍然使他感到兴趣。

“她知道他已离开法国？”

“我觉得不知道。

“您对凶杀案还有什么想法？”

“我的想法很难对您表达出来。

“我觉得如果克莱尔没有杀死玛丽-泰蕾丝，她最终会杀死另一个人。”

“杀死您？”

“是的。因为她是在黑暗中走向凶杀的，所以在黑暗尽头的是玛丽-泰蕾丝还是我并不重要……”

“你们两人之间有何区别？”

“她走过来我会听到。”

“根据她的精神失常来推测，她应该杀死的是谁？”

“是我。”

“您刚才是说玛丽-泰蕾丝还是我。”

“我刚才发现恰恰相反，所以现在这样说。”

“为什么是您？”

“这无法解释，我知道。”

“她写过字的纸，很早以前写的也可以，您是否有？”

“没有，我一张也没有。”

“我们没有一张她写过字的纸。您以前是否看到过？”

“两三年前，我看到过她写给凡尔赛那些报社的信件草稿。上面的字几乎看不清楚，拼写错误比比皆是。我全都烧了。”

“信里是什么内容？”

“我只是粗粗看了一下。我只记得一封信的内容。她咨询园艺上的事，是的，问的是英国薄荷，她问家里的英国薄荷冬天如何养护。la menthe（薄荷）她写成了 amante（情妇），就像 un amant（一个情夫），une amante（一个情妇）。而 anglaise（英国的）写成了 en glaise（黏土制的），就像 en terre（土制的），en sable（沙土制的）。

“她把字写在尸体上了？”

“是的。总是两个词。在墙上也是：在一堵墙上写了‘阿尔丰索’这个词。在另一堵墙上写了‘卡奥尔’这个词。就是这些。没写错。”

“我没有再去过地窖。我决不会再去。阿尔丰索。卡奥尔。”

“是的。”

“看来还记得卡奥尔那个警察。”

“是的。”

“他们对这事怎么看？”

“我一无所知。您对此感到担心？”

“不，不是很担心。现在，不担心了。”

“如果您在罗贝尔·拉米的咖啡馆里不是那样说的话，她是否会招认？我心里这样在想。

“我觉得这事永远无法知道。

“看来她可能真的想去卡奥尔。在她的手提箱里找到一个梳洗用品袋、一件睡衣，旅行的必需品全都有。她可能真的想走，可能是您说的话使她留了下来。她留下来是要纠正您的错误，因为您说，被害人——据您说——是在森林里被杀害的。”

“这方面我对您无可奉告。”

“您曾说：我不知道自己是怎么回事。”

“不错。”

“各报谈论这起凶杀案已有十天。您知道凶杀案可能发生在维奥纳已有三天。被害人是年龄和体貌跟玛丽-泰蕾丝·布斯凯相似的妇女。而克莱尔却说她已回到卡奥尔，但几年以来她从未去过卡奥尔……您难道没有丝毫怀疑，一点儿也没有？”

“一点儿也没有。没有，我心里丝毫没有发生凶杀的直觉。

“您看，我觉得我的处境，可说是间接地使我说出关于阿尔丰索和凶杀案大体情况的这些蠢话。我在玛丽-泰蕾丝走后就是这种处境。我看这是这些话和凶杀案之间的唯一联系。这凶杀案，那天晚上在我看来仿佛是一次机会，可以找到对维奥纳发生的所有事承担责任的人，也可以对我的种种困难承担责任。”

“您在巴尔托咖啡馆说的话，是对谁说的？”

“对所有人说，又不对任何人说。”

“为什么选择了阿尔丰索？”

“因为他肯定最受警方怀疑。另外，他好像知道很多事，那模样使我感到恼火。”

“还有他对克莱尔那副模样？”

“不，这个，这个我倒无所谓。”

“那警察说，您说话有社会新闻记者的风格。”

“有这个可能。我报纸看得很多。”

“她那天晚上的态度没有使您感到奇怪？”

“没有，罗贝尔的店里有陌生人时，她总是一句话也不说。她是自己招认的，没有人叫她这样做。当时警察把我编造的话再说了一遍，说凶杀发生在森林里，她先是说不是在森林里，但说了两三次还是没把话说完，然后她就招认了，全部承认。”

“她的话是怎么说的？”

“是这样说的：‘我不是在森林里杀死玛丽-泰蕾丝·布斯凯的，而是在地窖里，是在凌晨四点钟。’

“我到临死前也会记住这句话。

“您认为她是因地点上的错误而招认的？”

“我觉得是这样。我认为您要是不犯这个错误，她就去卡奥尔了。”

“如果那警察说的话从头到尾都是错的呢？”

“我认为她也会去卡奥尔。她不会有插话的理由。但您这些假设，虽说起初正确，却突然走上歧路，她无法克制自己，非要还事实以真相。”

“总之，发生的一切仿佛是因为我说了‘森林’二字，才使她向警方招认？”

“不管怎样，警方都会将她捉拿归案，我是这样看的。”

“我刚才跟您说，玛丽-泰蕾丝走了，是因为她对我们感到厌烦，您是否记得？”

“记得。”

“这并非是真实情况。事实是，我觉得玛丽-泰蕾丝感到厌烦的是她，即克莱尔，而不是我。她感到厌烦，我觉得是因为她照顾的人对她所做的事并不欣赏。而我却不是这样。”

“您在旅馆里住得怎样？”

“不错。

“您觉得我曾希望这惨剧能使我摆脱克莱尔，是吗？”

“是的。”

“但在玛丽-泰蕾丝死后，有谁来照顾我，有谁来继续给我做饭？”

“另一个人。这点您已经说了。

“以后是否这样？您将另外买一幢房子，雇一名女仆？”

“是的。

“我希望您把自己的想法都说出来。我准备全都信以为真，不管是别人的事还是我的事。”

“我认为您希望摆脱的不仅是克莱尔，而且还有玛丽-泰蕾丝，您想必希望这两个女人从您生活中消失，使您再次单身一人。您可能希望结束一种世界。也就是希望重新开始另一种世界。但这另一种世界，您可能会得到。”

三

“克莱尔·拉纳，您从什么时候起住在维奥纳？”

“从我离开卡奥尔起，其中有两年住在巴黎。”

“从您跟皮埃尔·拉纳结婚起。”

“是的，是这样。”

“您没有孩子？”

“没有。”

“您不工作？”

“是的。”

“您最后做的是什么工作？”

“市镇小学勤务工。负责整理教室。”

“您已承认自己是杀害您表妹玛丽-泰蕾丝·布斯凯的凶手。”

“是的。”

“您也承认没有任何同谋？”

“……”

“您是独自一人干的？”

“是的。”

“您坚持说您丈夫完全不知道您所做的事？”

“完全不知道。我搬运被害人的碎尸是在夜里，他当时在睡觉。他睡着时从不醒来。我不知道您想干什么。”

“想跟您谈谈。”

“谈凶杀案？”

“是的。”

“好吧。”

“我们先说说夜里来回的路，就是从您家到高架桥这段路。您同意吗？”

“同意。”

“在这段路上走时，您是否遇到过什么人？”

“这事我已对法官说过。有一次我遇到阿尔丰索。他是维奥纳的劈柴工。”

“我知道。”

“他当时在公路上，坐在一块石头上抽烟。我们说了晚安。”

“是在几点钟？”

“我觉得是在凌晨两点到两点半之间。”

“他没有显出惊讶的样子？他没有问您在那儿干什么？”

“没有，他当时在公路上。”

“依您看，在干什么？”

“我不知道，也许在等天亮，谁知道？这事我一无所知。”

“他没有对您提出问题，您不觉得这样不正常？”

“不。”

“您看到他时，他是否使您感到害怕？”

“没有，我当时正在做的事使我感到极其害怕，我对其他任何事都不害怕。我当时怕在地窖里变成疯子。

“您是谁，也是法官？”

“不是。”

“我是否一定要回答您的问题？”

“为什么这样问？您对回答问题感到厌烦？”

“不是，我愿意回答有关凶杀案和我的所有问题。”

“您对法官说了下面的话：‘有一天，玛丽-泰蕾丝在烧菜……’您没有把话说完，我现在请您对我把这话说完。”

“这跟凶杀案没有关系。但我愿意把这话说完。

“……她在烧菜，用调味汁烧肉，她在尝调味汁，当时是晚上，我回到厨房，看到她的背影，我看到她脖子上像是有个斑点，瞧，在这儿。

“他们会对我怎样处理？”

“还不知道。

“那天的事，您只愿意说这些？”

“哦，还有事情可说。她死了以后，那斑点仍在脖子上。我想起以前见到过。”

“您为什么把这件事说给法官听？”

“因为他问我一些日期。我设法想起这是在什么时候，那是在什么时候。在我看到那个斑点的两个时间之间，也许已经过去了几夜。”

“您为什么没有对法官说完这句话？”

“因为这跟凶杀案毫无关系。我把话说到一半才发现这点，于是就突然打住。”

“这大约是在什么时候？”

“我要是知道，就不会去说那个斑点。

“当时还很冷。

"我干的事十分荒唐，这我知道。"

"您以前从未看到过那个斑点？"

"没有。我看到那斑点，是因为她当时刚改变发型，脖子就露了出来。"

"这发型使她脸部也有了改变？"

"没有，脸部没变。"

"玛丽-泰蕾丝·布斯凯是谁？"

"是我的一个表妹。她天生聋哑。总得给她找点事做。她喜欢做家务。她人很胖，总是心情愉快。

"有人对我说，因为我是女人，所以只是把我关进监狱，让我在那里度过余生。那么，我的余生，都将在这一个地方过啰？"

"您觉得把您关进监狱是公正还是不公正？"

"您爱怎么说都行。不如说是公正。但也并不公正。"

"为什么有点不公正？"

"因为他们要我说的我都说了，但结果丝毫没有改变。我知道，如果我一点不说，结果还是一样，他们也会把我关起来。"

"您不觉得这样对您丈夫不公正？我是指从您这方面来说。"

"不，不完全是这样。这样比死去要好。另外……"

"什么？"

"我不是很喜欢皮埃尔·拉纳这个人。"

"他为什么要把玛丽-泰蕾丝·布斯凯叫来？"

"来帮忙。而且不用花钱。"

"不是为了烧菜？"

"他刚叫她来时，不是，当时他并不知道她菜烧得好。是因为不用花钱。我觉得，只是到后来，他才开始付钱给她。"

“您一直说您全都对司法部门说了，但这不完全符合事实。”

“您问我是为了知道我没有说的事？”

“不是。您相信我吗？”

“我愿意相信。我全都说了，就是那个人头没说。我要是把人头在哪里说了，就全都说了。”

“这事您什么时候说？”

“我不知道。那个人头，我做了必要的处理。我当时感到很难处理。比其他碎尸更难。

“我不知道我是否会说出人头在哪里。”

“干吗不说？”

“干吗要说？”

“法律规定，招认应该彻底。只有在人头找到之后，才能完全确定她是被害人。”

“已经找到的部分尸体足以确定这点。只要找到她的两只手就够了，她的手认得出来。您可以去问我丈夫。再说我已承认。”

“您不愿说出人头藏在哪里，是否能说说是什么时候藏起来的？”

“我最后去处理人头，是在一天夜里。把所有的事都处理好以后。通常都怎么做，我也就怎么做了。这人头怎么处理，我想了很长时间。我没想出来。于是我去了巴黎。我在奥尔良门下车，一直走到我想出为止。我想出了办法。于是我就放心了。

“我心里在想，你们为什么要这人头，好像尸体的其他部分还不足够。”

“我已经跟您说了，招认应该彻底。”

“我不明白。

“我丈夫是怎么说我的？”

“大多是好话。他说，您从一段时间以来变了。说您说话很少。有一天您对他说，玛丽–泰蕾丝·布斯凯像一头牲畜。”

“错了。我是说‘像一头小牛’。从背部看，确实是像。如果您认为我说了这话才把她杀了，那您就错了。这点我早就该知道。”

“怎么知道？”

“在法官跟我说起这事的时候。”

“您曾梦见自己是另一个女人？”

“没有。

“我曾梦见我所做的事。是在以前，很久以前。这事我对丈夫说过。他对我说，他也做过这种梦。那天晚上，我在咖啡馆里问了阿尔丰索和罗贝尔。他们对我说，他们也做过杀人的梦，并说所有的人都做过杀人的梦。

“我不是第一次在做梦时杀她。”

“您是否对法官说过，您在杀玛丽–泰蕾丝时，就像在做梦一样？”

“没有，这话我从来没有说过。这事有人问过我，我说当时比做梦更糟。”

“为什么比做梦更糟？”

“因为我不在做梦。

“您想知道什么？”

“我想知道，您为什么要杀死玛丽–泰蕾丝·布斯凯？”

“为什么？”

“为使您免于终身流放。”

“这是您的职业？”

“不是。”

“这种事您不会每天都做？不会给所有人做？”

“不会。”

“那么，您就听我说。有过两件事：第一件是，我梦见自己杀死她。第二件是，我杀死她时不在做梦。

“这是您想知道的事？”

“不是。”

“我要是知道该怎么回答，我是会回答的。我不能把自己的想法理清楚，使您和法官把发生的事情弄明白。”

“也许我们还是能做到这点？”

“也许能。

“要是我做到了这点，要是一切都清楚了，他们会怎样处理我？”

“这要取决于您的理由。”

“我知道，杀人犯说得越清楚，就越有可能把他们杀了。

“那么，这点您怎么回答我？”

“那就是虽然有这种危险，您还是希望把事情弄得一清二楚。”

“不如说是这样。

“我应该对您说，我曾在梦中杀死跟我一起生活过的所有人，其中有卡奥尔那个警察，我第一个男人，也是我一生中最喜欢的人。每个人都给杀死好几次。因此，总有一天，我会真的做出这种事。现在事情已经干了，我知道我真的会这样干一次。”

“您丈夫说，您没有任何理由怨恨玛丽-泰蕾丝·布斯凯，说她把家务做得不错，特别是菜烧得很好，说她手脚干净，为人诚实、宽厚，对你们俩照顾得十分周到。还说据他所知，你们之间从未有过争吵，十七年来从未吵过。”

“她是聋哑人，没人会跟她争吵。”

“她如果不是聋哑人，您是否会责备她？”

“我没有办法知道。”

“那么您同意您丈夫对她的看法啰？”

“这个家是她的。她想怎么做就怎么做。我决不会去想她做的事是好是坏。”

“现在她不在了呢？”

“我看出跟以前的区别。到处都是灰尘。”

“您更喜欢有灰尘？”

“干净的时候更好，不是吗？”

“但您更喜欢什么？”

“干净在家里十分重要，它过于重要。”

“干净挤掉了别的东西？”

“也许？”

“是什么？请说出您首先想到的词。”

“时间。”

“干净挤掉了时间，是不是这样？”

“是的。”

“那美味佳肴呢？”

“比保持干净所花的时间更多。

“现在，全都没人照管了。炉灶是冷的。那些桌上还有冷掉的油脂，油脂上有灰尘。窗玻璃嘛，已看不清外面的东西。有阳光照进来，什么都看到了，是灰尘和油迹。已经没有干净的东西，一只玻璃杯也没有。所有的餐具都从餐具橱里拿了出来。”

“您说的是‘现在’，但您并不在那里？”

“我还是知道家里已变成什么样子。”

“像谷仓一样？”

“我不明白。”

“我的意思是说：像谷仓一样脏，是吗？”

“不是，为什么说谷仓？”

“要是这样下去，会发生什么事呢？”

“但现在仍然这样，没有人去照管。我在的时候已经开始变得这样了。七天里不洗碗碟。”

“要是这样下去，会发生什么事呢？”

“要是这样下去，就什么也没了。在碎石之间会长出野草；另外，连人站的地方也不会有了。要是这样下去，就不再是人住的房子，就会变成猪圈。”

“或者变成谷仓？”

“不，不是。是猪圈。我被捕时，就开始变成这样。”

“对这场惨剧的发生，您没有做任何事情来加以阻止？”

“我什么也没做，既不赞成也不反对。我不去管它。

“我们会看到，这会变成什么样子。”

“您当时在度假？”

“什么时候？”

“在家里变得肮脏之后？”

“不是，我从未度过假。这没有必要，完全没有。我有的是时间，我丈夫的工资已经够用，而我也有卡奥尔一幢房子的收入。这事我丈夫没对您说过？”

“说过。

“您觉得监狱里的伙食怎样？”

“我得说我是否喜欢那里的伙食？”

“是的。”

“我喜欢。”

“伙食好？”

“我喜欢。

“您希望我这样回答？”

“是的。”

“您知道，请您对他们说，如果必须让我在监狱里度过余生，他们就这样做吧，行，行，他们就这样做吧。”

“您对过去的生活一点也不怀念？”

“要是仍然这样过下去，我在这儿很好。现在您知道，我家里的人全都走了，我在这儿不会不好。”

“但您对过去的生活是否有点怀念？”

“哪一部分的生活？”

“譬如最近几年的生活。”

“阿尔丰索。

“阿尔丰索和其他一切。”

“她是您家里最后一个人？”

“不完全是。她父亲还在，名叫阿尔弗雷德·布斯凯，是我母亲阿德琳·布斯凯的八弟。布斯凯家的人都死了，只有她父亲阿尔弗雷德还在。他只有独生女玛丽-泰蕾丝，运气不好，是个聋哑人，她母亲过于伤心就死了。

“我丈夫嘛，我不把他算进去。

“而她，她真的是我家的人。我想到她，总是看到同样的形象：她在大街的人行道上跟一只猫在玩。有人说，她是聋哑人，像这样已经非常快活，比正常人还要快活。”

“除了残疾之外，您是否觉得她跟您有区别？”

“没有区别，瞧，她死了，没有区别。”

“那活着的时候呢？”

“活着的时候，区别是她很胖，每天晚上都睡得很好，而且吃得很多。”

“这区别是否比她残疾产生的区别更大？”

“是的。也许是。她吃饭时，走路时，我有时感到无法忍受。这点我没有对法官说。”

“您是否能说说是为什么？为什么您没有对法官说？”

“因为他会弄错，会以为我讨厌她，而我并没有讨厌她。我没有把握能对他解释清楚，所以就情愿不说。您可以认为我在撒谎，因为我刚才对您说我全都说了，而我现在跟您说的是我没有说的事情。但您这样认为就错了，因为我刚才对您说的事，只是跟我性格有关。我可以说，我有一种性格，无法容忍别人吃得香睡得好。就是这样。要是另一个女人跟她一样吃得香睡得好，我也一样会感到无法忍受。因此，并不是因为是她我才不能忍受。而是因为任何人这样我都不能忍受。有时我离开餐桌，到花园里去看别的东西。有几次我呕吐了。特别是有调味汁烧肉的时候。调味汁烧肉，在我看来是可怕的东西，很可怕。我不知道是为了什么。在卡奥尔时常常吃这个菜，当时我还小，我母亲做这个菜，是因为这样比光吃肉要便宜。”

“您不喜欢这菜，她为什么要做呢？”

“她做菜就是为了做菜，是为了给大家吃，没有去考虑这个问题，她做这菜是因为我丈夫喜欢吃，现在完了，再也不会有这个菜了，她做这菜是为了他，为了她，为了我，没有任何原因。”

“她不知道您不喜欢调味汁烧肉？”

“我从来没有跟他们说过。”

“他们猜不出来？”

“猜不出。吃饭时，我跟他们一样吃这菜。如果我不是看着他们吃这个菜，我可以吃下去。”

“您为什么一直没对她说您讨厌调味汁烧肉？”

“我不知道。”

“您想想。”

“既然我不认为‘我不喜欢调味汁烧肉’，我就不能这样说。”

“您当时可以对他们这样说，这是我现在让您知道的？”

“也许是。然而，这种肉我已吃了许许多多。我不是十分清楚。”

“您为什么要吃，而不是不吃？”

“因为从某种意义上说，我喜欢吃。是的。这种令人恶心的调味汁烧肉，我还是愿意吃。吃完后，我在花园里想这件事，会整天闷闷不乐。

“我是否对您说过我非常喜欢花园？在那里我很安宁。可我在屋里，我总是无法肯定她是否会突然来吻我，我不喜欢她吻我，这点我也应该说出来。她非常胖，而房间都很小。我觉得她太胖，房子又太小。”

“这话您对她说过？”

“没有，我没有对她说过。”

“为什么？”

“因为这只是我的看法，是我看到她在屋里，觉得她太胖。否则就不是这样。但不光是她。我丈夫像一根麻秆，我觉得他个子太高，在这屋里太高，有时候我去花园，是不想看到他在天花板下面走来走去。

“我在花园里，他们不来找我。

“那里有一张水泥做的长凳和几棵英国情妇(薄荷)，这是我最喜欢的植物。这植物可以吃，长在一些放羊的岛上。我想到了这个：英国情妇，这跟调味汁烧肉完全不同。我应该对您说，我坐在水泥长凳上，有时感到自己非常聪明。一动不动地坐在那里，心里安宁，智慧渐渐出现在我脑中，我就会有聪明的想法。”

“您是怎么知道的？”

“这大家都知道。

“现在全都完了。现在我是您看到的在您面前的人，而不是其他任何人。”

“在花园里您是什么人？”

“在我死后仍在的女人。”

“您说了，调味汁烧肉您还是吃的。”

“我刚才对您说了。”

“您是否做了许多您既不喜欢又喜欢的事？”

“有几件。”

“您怎么会喜欢做这种事？”

“我刚才也已对您说了。我喜欢做这种事，是因为做了以后我可以在花园里进行思考。”

“每天都是用同样的方法？”

“不是，决不是。”

“您当时在想另一幢房子？”

“没有，我在想这里的那幢房子。”

“但那屋里没有他们？”

“没有他们，不，他们那时就在那儿，在我背后，在那屋子里，没有他们，不，我不能。

“我当时想要作出解释，他们在我背后，决不会想到这些解释。”

“解释什么？”

“哦，许多事情。

“我不知道我怎么会一直活到现在。我爱过卡奥尔那个警察。就是这样。

“谁希望我进监狱？”

“谁也不希望这样，所有的人都希望这样。”

“我像是在担心，其实我无所谓。

“我丈夫跟您说起卡奥尔那个警察？”

“说得不多。”

“他不知道我当时多么喜爱那个警察。我，就像您看到的那样，我当时二十五岁，这个漂亮的男人爱上了我。我那时信仰上帝，每天去领圣体。我被安排在一家乳制品厂工作。他当时跟一个女人同居，开始时我因为这事不想跟他好。于是他离开了那个女人。我们相爱了两年，爱得发狂。我是说发狂。是他让我离开了上帝。除了上帝我只相信他一人。我只听他的话，他对我来说就是一切，到了有一天，我没有上帝了，只有他了。后来有一天，他撒了谎。

“他来晚了。我在等他。他回来时眼睛发亮，他说着，说着……我看着他，我听他说，他是从邮局来的，还说他做了什么事，他那些谎话，我看着他，他说得越来越快，然后突然不说了，我们相互看着，看着。天塌了下来。

“我回到乳制品厂。又过了三年，我遇到皮埃尔·拉纳，他把我带到巴黎。我没有生过孩子。

“我心里在想，后来的生活我是怎么过的。”

“您没有再见到过卡奥尔那个警察？”

“见到过，在巴黎见过一次。他从卡奥尔来看我。他来我家时我丈夫不在。他把我带到里昂火车站附近的一家旅馆。

我们在房间里一起哭。他还想要我，但已经太晚了。”

“为什么太晚了？”

“不能再像以前那样相爱了。我们只会哭泣。最后，总得这样吧，我硬是离开了他的怀抱，从他那里挣脱出来，我把他的双臂从我赤裸的身上扳开，他不想让我走。我在黑暗中穿上衣服，然后逃走。我逃脱了，正好在丈夫回来前回到家里。

“后来我觉得我不再这样想他了。我们是在里昂火车站附近的那个房间里最终分手的。”

“当时玛丽-泰蕾丝·布斯凯已经跟你们在一起了？”

“没有。她是一年以后来的。我丈夫去卡奥尔找她。他在一九四五年三月七日把她带到家里，她当时十九岁。那是在一个星期天的上午。我看到他们是从共和国大街来的，我那时在花园里。从远处看，她跟大家都一样。走到近前，她不说话。但她看着嘴会知道你在说什么。没办法叫唤她，得走到她身边，拍拍她肩膀。

“家里十分安静，尤其是冬天晚上，小学放学以后。晚上七点，开始闻到厨房里的气味，那时就是这样。她菜里总是放很多油，那味道到处都是，在屋里不会闻不到。

“冬天我不能到花园里去。

“关于凶杀案，您问了维奥纳的一些人？”

“是的。罗贝尔·拉米也问了。”

“幸好他在。

“那些人对您说了些什么？”

“他们说他们无法理解。”

“在警车里，我忘了对维奥纳看上最后一眼。这事不会想到。我现在想起的是广场的夜景，阿尔丰索慢慢地走着，抽着烟，朝我微笑。”

“有些人说，您有这样的条件，应该幸福。”

“我有充裕的时间，我丈夫的工资完全够用，我这方面还有卡奥尔一幢房子的收入，这事他们对您说了？”

“是的。还有些人说，他们料想到会这样。”

“啊！”

“您现在感到不幸？”

“不。我现在可以说幸福，我是在幸福的边缘。如果我有那座花园，我就会完全幸福，但他们决不会把花园还给我，我现在情愿，我情愿因失去我的花园而这样悲伤，因为现在睡觉时要睁着一只眼睛，要看好我自己。

“我要有自己的花园，那是不可能的，那太过分了。

“那么，他们在说什么？”

“说您当时有这样的条件，应该幸福。”

“不错。

“在那花园里，我想到过幸福。我一点也记不得我当时坐在长凳上想些什么。现在全都完了，我不再理解我以前想的事。

“我有这样的条件，应该幸福，这话罗贝尔是否说过？”

“没有。他说：‘如果克莱尔过的是另一种生活，情况也许会完全不同。’”

“是哪种生活，他没说？”

“没有。”

“那就等于没说。

“阿尔丰索呢？他说了什么？”

“我没有见到阿尔丰索。但他对法官几乎什么也没说。他好像对您没有明确的看法。”

“阿尔丰索什么也没说，但他应该对凶杀案有看法。”

“他对您说了？”

“没有，没这回事，没有，相互能说些什么？没有，但您要知道，过了二十二年，一年到头见到阿尔丰索，相互间说的话就是这些，‘白天好，晚上好’，加起来有一大堆。

“不然的话，在夜里，有时在维奥纳镇里遇到。”

“您为什么说：‘现在全都完了’？您认为是这样？”

“有什么会开始呢？那就结束了。

“她已经死了，对她来说，已经完了。我干了这事，对我来说也是这样。

“这个家，完了。维持了二十二年，但现在全完了。

“这唯一漫长的一天——白天——夜里——白天——夜里，突然发生了凶杀案。

“还记得冬天，那时不能去花园，否则全都一样。坐在那长凳上，我觉得我什么都想过了。

“我当时在看报，然后呢，坐在那长凳上，我在想报上看到的事。有时也想一些政治问题。有些人走过，我就想他们。我也想玛丽-泰蕾丝，想她怎么干活。我用蜡堵住耳朵。不是经常这样，也许有十来次吧，就是这样。我丈夫是否说要把房子卖掉？”

“我不知道。”

“哦，他会卖掉的。还有家具。现在，他还能把房子怎么处理呢？他会在街上公开拍卖。把什么都放在外面。维奥纳的人都会到街上来看那些床。他们会看到灰尘和全是油迹的桌子，还有肮脏的餐具，他们看到这些后会怎么想，我现在毫不在乎。必须得这样。

“也许他要把房子卖掉有点困难，因为里面杀过人。也许他会按地价把房子卖掉。他对我说过，在维奥纳，现在建房用地的价格是每平米七百法郎；加上花园，可卖个好价钱。

“这笔钱，他又会派什么用场？”

“您当时有这样的条件，应该幸福，这点您不相信？”

“在说这话和相信这话的人看来，我相信这点，是的，我相信我当时有这样的条件，应该幸福。从另一种意义上说，在其他人看来，不相信。”

“哪些人？”

“您。”

“那么依您看，我这样想，也错了？”

“是的。你想到跟卡奥尔的警察在一起时的生活，你可以说：其他一切都不存在。但这不符合实际。我从来没有跟卡奥尔的幸福分开过，这幸福陪伴了我的一生。这不是几年的幸福，您别这样看，这是降临后永远存在的幸福。我睡着时它仍然在，他下班回来时，我看到它在树篱后对我微笑。我一直想把这事说给某个人听，但可以对谁谈论这男人呢？现在已经太晚了，太遥远了，太晚了。

“写信谈论他，我是可以写的，但给谁写呢？”

“给他？”

“不行，他是不会理解的。

“不，得要把信给随便哪个人寄去。但这‘随便哪个人’并不容易找到。然而却应该这样做：把信寄给一个既不认识他也不认识我的人，这样事情就会完全被理解。”

“也许可以寄给报社？”

“不行。我因各种原因给报社写过两三次信，但决不是因为这样重要的原因。”

“在花园和其他东西之间还有什么？”

“还有开始闻到厨房里气味的时候。知道晚饭前只有一小时时间了，要想要紧的事就得抓紧，因为再过一小时白天就要结束。那时就是这样。

“在花园里，您要知道，先生，我脑袋上方有个铅制的盖子。我的这些想法，得要穿过这盖子，才能使自己……我才能，就说是平静下来吧，但它们只有少数几次能穿过去。在大部分时间里，这些想法又落到我头上，它们留在盖子下面乱蹦乱动，这样极其难受，有好多次我想自杀算了，免得再受痛苦。”

“但有时候它们能穿过铅制盖子？”

“有时候，是的，它们会出去几天。我不是疯子，我很清楚它们不会去任何地方。但它们在我脑中穿过要起飞时，我是多么……是多么的幸福，可以认为是疯了。我觉得别人听到我在想什么，觉得这些想法在街上发出声音，像枪声那样响。街上因此就发生了变化。有时，人们回过头来朝花园观看，好像有人叫唤过他们。我的意思是说，我会相信这种事。”

“这些想法涉及什么？涉及您的生活？”

“如果跟我生活有关，它们就不会使任何人产生兴趣。不，它们涉及的还有其他许多事情，不光是我以及我周围的人。其他人也可以有这些想法并加以使用。我有过一些想法，涉及幸福，涉及冬天的植物，某些植物，某些事物，食物，政治，水，涉及水，寒冷的湖泊，湖底，湖底的湖泊，涉及会吸收会结冰会关上的水，涉及那个东西，水，很多，涉及不断爬行、没有手的动物，涉及来来往往的东西，也很多，在想到卡奥尔时，涉及对它的想法，在没有想到它时，涉及电视，并跟其他东西混在一起，一个故事套在别的故事上又套在另一个故事上，涉及聚集，很多，关于聚集的聚集，结果是聚集和其他，涉及混合和分离，很多很多，聚集是否被分开，您看，一粒粒被分开，但又黏在一起，涉及聚集乘法，还有除法，涉及浪费和失去的一切，等等等等，我哪知道。”

“涉及阿尔丰索？”

“是的，很多，很多，因为他的心无限敞开，双手张开，小屋空空，手提箱空空，没人能看出他完美无缺。”

“涉及那些杀过人的人？”

“是的，但我以前搞错了，现在我知道了。这件事，我只能跟干过这种事的人去说，他会帮助我，您要知道。跟您说，不行。”

“您当时希望别人了解您在花园里的想法？”

“是的。

"我是希望告诉别人，希望他们知道，我有一些答案是给他们的。但怎么让别人知道呢？我不够聪明，不能使我的智慧表现出来，不能把我的智慧说出来，我做不到。而皮埃尔·拉纳，他过于聪明，这点连他自己也看不出来。我真希望变得非常聪明。我在临死那天能感到安慰的是，我没能充分认识到我在整个那段时间里所拥有的智慧。我一直没能做到这点。我清楚地想到，做一个非常聪明的人，知道这种智慧跟自己一样面临死亡的威胁，应该是可怕的事情。但我还是会喜欢这样。

"整个那段时间，整个那段时间全都浪费了。我现在心里平静，因为我知道已经太晚了。"

"那是从什么时候开始的？"

"是在没有人的教室里，我在打扫的时候。里面还很热，是孩子们留下的热气，我关在里面，黑板上写有数字，有除法和乘法，乘法和除法，于是我成了'三'这个数字，真的是这样。"

"您丈夫说，您有时以为自己在跟过路人谈话。"

"啊，他对您说了。我高兴时就编造那些谈话。我很清楚，他们俩都不会相信我。我很喜欢他们有时把我看作疯子，让他们感到有点害怕。过后我还会更加安宁。

"但有的时候，那些谈话确实有过，但并不是我跟他们说的那样，决不会说。"

"我们回过来谈凶杀案？好吗？"

"对那段时间，我现在几乎什么也记不清了。有人想必跟您说过。"

“您为什么干这事？”

“您说的是什么？”

“您为什么把她给杀了？”

“我要是知道怎么说，审问早就结束，您也不会在这儿问我了。其他的事我知道。”

“其他的事？”

“是的。我把她尸体切成一块块，把这些碎尸扔进火车，是因为这是把她灭迹的一种办法，您处于我的地位，会怎么办？

“另外有人说，这办法想得不错。

“在被捕前，我不想让警察把我抓住，我把她毁尸灭迹，就像头脑清醒的人一样。

“您无法想象，夜里在地窖里把尸体切开是多么吃力，我是决不会想到的。如果有人对您说，我杀了人，又在地窖里干这种事，是罪上加罪，您要说，这样说是错的。”

“您不知道自己为什么把她杀了？”

“我决不会这样说。”

“您会怎么说呢？”

“这要看问题是怎么对我提的。”

“别人从未对您恰当地提出过关于这凶杀案的问题？”

“没有。我说的是实话。如果有人对我恰当地提出问题，我就会知道该如何回答。这种问题，我自己也提不出来。”

“依您看，是否有人能回答这个问题，即您为什么杀死她？”

“没人能回答。除非到最后，也许有。”

“您自己不设法想出这恰当的问题？”

“在设法想，但想不出来。我没有花很大力气去想。这对我来说实在太难，我没法去想。

“他们对我提出了一系列问题，但我觉得提得恰当的一个也没有。”

“一个也没有？……”

“一个也没有。他们问：是否因为她又聋又哑，使您感到恼火？或者问：您是否嫉妒您丈夫？嫉妒她年轻？或者问：您是否感到厌烦？或者问：是否家里这样安排使您感到有压力？

“您至少没有提出过这样的问题。”

“这些问题有什么地方不符合实际？”

“它们互不相关。”

“恰当的问题是否会包括所有这些问题以及其他问题？”

“也许会。这个我怎么知道呢？但您，您是否有兴趣知道我为什么干了这事？”

“是的。您使我感到兴趣。因此，您干的一切，我都想知道。”

“是的，但是我如果没有犯杀人罪，我就丝毫也不会使您感到兴趣。我还会待在那里，在我的花园里默不作声。有时，我的嘴就像那长凳的水泥一样。”

“依您看，怎样才算是恰当的问题？不是在我能给您提出的那些问题里面，不，当然不是。但是否在您能对我提出的那些问题里面呢？”

“对您提问题干吗？”

“譬如，想知道我为什么问您？您怎么使我感兴趣？我是怎么样的人？”

“这我知道，我怎么会使您感兴趣。您是怎么样的人，我已经有点知道。

“至于其他事，我对阿尔丰索是这样的。他来跟皮埃尔谈工作或随便什么事时，我就到走廊里或门后去听。对您也应该会这样。”

“那我就应该在远离您的地方说话啰？”

“是的，要是跟别人说话。”

“同时不知道您在听？”

“并不知道。得要这样才行，像这样，是偶然的事。”

“在门后听得更加清楚？”

“都能听到。这是生活中的一个奇迹。这样，我就看到了阿尔丰索的内心深处，而他自己却看不到。

“皮埃尔发现我在门后，就叫我回到花园去，马上回去。这是什么生活。”

“皮埃尔的声音在门后听到时是怎样的？”

“他嘛，他的声音跟当面听到时一样。

“您听着，我不能再说得更清楚了：您要是想出恰当的问题，我一定回答您。

“对我杀死她的原因，大家说了些什么？”

“大家作出了一些假设。”

“跟法官提出的那些问题一样。”

“用‘为什么’这个词是否更加恰当？”

“‘为什么？’是的。可以到此为止了。”

“那么我问您：为什么？”

“不错。为什么。

“但这个词使我跟您接近，跟那些问题接近。”

“而如果有一个原因却又不为人知，有一个不知道的原因。”

“这时是谁不知道？”

“大家都不知道。您不知道。我不知道。”

“这个不为人知的原因在哪里？”

“在您身上？”

“为什么？为什么不在她身上，或是在屋子里，在刀子里？或是在死亡里？是的，在死亡里。

“精神失常是否是一种原因？”

“也许是。”

“想来想去又想不出来，时间长了，大家就会说是因为精神失常，这我知道。

“真倒霉。如果精神失常就是我的毛病，如果我的毛病就是精神失常，我并不伤心。”

“您别去想这事。”

“我不在想这事。是您在想这事。我知道，人们在想我是疯子，我可以从说话的声音中听出来。”

“您在家里做些什么？”

“什么也不做。隔天去买一次东西。就这些。”

“那您在照管什么？”

“没有。”

“那么时间是怎么过的？”

“过得很快，每小时一百公里，就像激流那样。”

“您丈夫说您每天整理自己的房间。”

“为我自己，我整理自己房间，我洗澡，我洗自己的衣服和我。这样，我就总是作好准备，您要知道，房间也是这样。干干净净，梳妆打扮好，床铺好。于是，我可以到花园里去，没留下任何痕迹。

“是的，我因为是疯子，还是有点伤心。如果其他人都是疯子，我在这中间会变成什么呢？”

“您房间整理好之后，您呢，又洗好澡，您准备做什么？”

“什么也不做。我准备好。如果有大事发生，我准备好了，就是这样。如果有人来找我，如果我失踪了，如果我再也不回来了，永远不回来了，别人就不会在我身后找到任何东西，连一个特别的痕迹也找不到，只有干净的痕迹。就是这样。”

“您在想什么？”

“我在想花园。这很远。这很温馨。这已结束。阿尔丰索仍在劈柴，而一切都已结束。皮埃尔到办公室去。我觉得阿尔丰索也具备条件，可以成为聪明人，但他却没有成为这样的人，我永远不会知道是为了什么，就像我的事一样。在维奥纳，有两个人是这种情况，阿尔丰索和我。

“我觉得皮埃尔·拉纳不是这样。

“依您看，我对您说的这些是否都是事实？”

“我觉得是事实。”

“那么，您看。我也觉得这是事实。我从来没有说过这么多话，我说的是事实。也许我以前也能这样做，如果有这样的机会。

“我可以不停地说，说上一年。我也可以立刻停下不说，钥匙转一下，就永远结束。现在也是这样：我在对您说，我同时又不在对您说。脑袋里总是这样满满的。里面总是有许多东西。这又有什么办法？像我们这种人，真怪。我是否谈了那幢房子？

“二楼有两个房间，底楼有餐厅和玛丽-泰蕾丝的房间。”

“您到她房间里去之前，是否睡着过？”

“那时我已不需要开电灯，天应该已经亮了。我大概睡着过。

“我常常在天蒙蒙亮时醒来，再也睡不着了，我就在屋里走来走去，总是在底楼走，就是这样。

“当时，在餐厅和走廊之间有阳光。”

“……她房间的门开着，您看到她侧睡着，背朝您。”

“是的。总是这样。”

“您到厨房里去喝一杯水。您环顾四周。”

“是的。在盘子底部，我看到结婚前三天在卡奥尔买的那些盘子的图案，就是‘星球商店 1942’。这又出现了。我知道，想到那些盘子，我又要回想起那些事情。于是，我感到厌烦，您要知道。我希望有人来把我带走。我希望有三四堵墙、一扇铁门、铁床和装有栅栏的窗子，把克莱尔·拉纳关在里面。于是我打开窗子，把盘子全都砸碎，以便让人听到，来让我把她甩掉。但突然间她在那里出现，站在通风的地方，看着我把盘子砸碎，她微笑着，跑去告诉皮埃尔。她什么事都要告诉皮埃尔。皮埃尔来了。好吧，你到花园里去。

“我终于开始喜欢花园。”

“那是在什么时候？”

“盘子砸碎，那是在三年前，或是五年前。”

“您对丈夫说玛丽-泰蕾丝去了卡奥尔，他怎么会相信您？”

“哦，您让我休息一会儿。

“您想知道些什么？”

“您丈夫起来后，您对他说了什么？”

“我说了您刚才说的话。”

“您丈夫是否说了真话？”

“我丈夫不相信我。没有人向我打听她的消息，阿尔丰索也没问。”

“您丈夫没有向您提出任何问题？”

“没有，这证明他不相信我，这不是真话。”

“那么，他相信什么？”

“您知道这个有什么用呢？这我不知道。”

“阿尔丰索呢，依您看，他是否猜到了？”

“是的。我要他把电视机扔到井里去时，我清楚地看出他猜到了。

“他说了什么？”

“他说，您从未要他把电视机扔到井里去。”

“我不相信您说的话。要么他们都在撒谎，要么是您在撒谎。”

“我大概弄错了。”

“好吧。因为阿尔丰索不会说话，不过‘是’和‘不是’，他还是会说的。有一天也许会来，就像我这样，突然来了。他回家时有时唱《茶花女》①，这事我有一次问过他。不然的话，他就一直劈柴，真讨厌。很久以前，十二年前，我曾希望他喜欢我，这个阿尔

① 指威尔地的歌剧。

丰索，希望他把我带到森林里去，跟他一起生活，但这种爱情决不会再有了。有一次，我等了他整整一夜，听到了各种声音，这种爱情本来可以重新开始，就像卡奥尔，在一起，但他没来。

“他们都会说我现在疯了，如果他们这样，他们也会发疯。他们想说什么就让他们去说吧，他们是在另一边乱说一气，说的时候没动脑子，没有好好考虑。

要是他们知道地窖里发生的事就好了。要是他们在地窖里待上一分钟，他们就不会说了，就会对这件事一言不发。”

“凶杀案发生前，您是否在他们那边？”

“不是，从来不是，我从未在他们那边。我有时也去那边，譬如去买东西——我是隔天去买东西，您别以为我一点事也不干，那时我只好向他们问好，跟他们说话，但尽量少说。然后，我在一个小时里要听到他们像演戏那样的尖叫声。”

“您经常去看戏？”

“有时去，我们住在巴黎时，他带我去。

“《茶花女》是在卡奥尔跟那警察一起去看的。”

“阿尔丰索不是在另一边？”

“不是，阿尔丰索在我这边，即使他自己并不知道。

“卡奥尔那个警察也是，他完全站在我这边。”

“您不知道他现在的情况？”

“他一直在卡奥尔，待在那城市里，过着他随心所欲的生活。”

“您丈夫是‘在另一边’？”

“是的，又不是。我觉得他应该是在另一边，但因为我们的关系，他从未完全待在那边。要不是因为我们，他会请他们来吃饭，这点我可以肯定，他会像他们那样说话。您好，太太，您好吗？孩子们好吗？长大了？情况不好，会好起来的。有时候，他到他们家里去。但他总是回来，在自己家暖和，有肉吃，总是这样，即使跟其他人一起过了好几天，他仍然回到我们这儿。请您注意，我们没有谈到过要请这些人来我家。他知道不能把他们带到家里，因为一边是他妻子，另一边是又聋又哑的女人。他感到不自在。这点他十分清楚。其实，他也是另一边的……

“是的，跟我们俩在一起，他对两种女人习惯了，一种在走廊里走来走去不说一句话，另一种待在花园里不发出声音。

“有一次，我在里昂火车站附近的一家旅馆跟卡奥尔的警察最后一次约会后回来，我赶紧回到家里，使他无法猜出，我看到他回来时戴着领带和眼镜，好像什么事也没有那样，来到我的面前，我那时还在哭，我没法停住不哭，热泪不由流了下来，那天我看到他回来时戴着领带和眼镜，还有白色领子，他那样子，他像是在对我说，却又没有说出来：‘你到别处去哭，姑娘，你要是想哭。’那天，我看出他是另一边的，在那天就已看出。”

“玛丽-泰蕾丝·布斯凯是不是‘另一边的’？”

“她因为残疾，不是，她不是另一边的，但如果她是正常人，她就会是另一边的女王。请记住我刚才对您说的话：女王。他们在人行道上走过去望弥撒时，她就盯着他们看。他们对她微笑，您看。对我，从来也没有人对我微笑过，他们从来不对我微笑。

“她是聋哑人，是一大块听不到声音的肉，但有时她身体里会发出叫声，这叫声不是从她喉咙里发出，而是从她胸部发出。

“在地窖里，我戴上墨镜，关掉电灯，可见我不是疯子，因为我不想看到她，因为我关掉电灯和戴上墨镜是不要看到她。我对她看够了，看了简直有一百年。

“您听到了我刚才说的话。我不再像刚才那样说了。我不再对那些句子加以区别。我刚听懂自己的意思。

“这样您会在意？”

“不会。”

“我会说粗话，会从一个话题转到另一话题。您别以为我不知道什么时候我会这样。

“我会永远不再说话。就这样。”

“在地窖的一堵墙上，有人看到阿尔丰索的名字，是您用一块炭写的。您是否记得自己写过？”

“不记得。

“可能我想叫他，让他来救我？但我不能叫喊，这样会吵醒我丈夫，于是我就写了？也许是这样。我想不起来了。

“有时我用写字来叫唤，却又知道这毫无用处。”

“叫谁？”

“哦，叫一个没有再回来的男人。

“玛丽-泰蕾丝经常这样做，这也许是受她的影响。”

“在另一堵墙上，有‘卡奥尔’三个字。”

“有这个可能。我想不起来了。我在地窖里做了许许多多事情。

“请告诉我，怎么会这样？”

“您不能谈地窖，还是您不想说？”

“我不想说。

“我不能说。

“另外，地窖不能说清任何问题。那只是我作出巨大努力，想摆脱这桩残杀。那不是别的事，只是作出努力，不过这努力让人极其痛苦，使人想大声叫喊。我大概晕了过去，我发现自己在地上睡着了，我可以肯定。我不能说，我不想说。我会带着对地窖里的回忆死去。已经发生的事，我会带到坟墓里去。如果其他人都认为我惹人讨厌，认为维奥纳所有的人都会唾弃我，只有这个，才能使地窖恢复平衡。”

“看来，维奥纳的居民在您心目中十分重要，比您说的还重要。”

“维奥纳，是背景，我在那里生活的时间最长，是在维奥纳中央，在正中央，每天发生什么事，全都知道。有一天，凶杀发生。我猜到他们是怎么看的，这极其容易，这清楚，很清楚。凶杀发生。我闭上眼睛就看到他们，他们从窗口伸出脑袋，或者站在门口，用他们演戏般的声音说：‘她还是做得太过分了。’”

“您当时准备到卡奥尔去？”

“是的，我可以发誓。我告诉您，是因为您一无所知，真的希望全都知道，而我丈夫以为自己知道，跟他说话是在浪费时间。是的，我想到卡奥尔去。我当时在想，从他们发现凶杀案发生在维奥纳，一直到他们发现这是我干的，这中间会有一段时间，我可以到卡奥尔去待几天。

“我会住在克里斯塔尔旅馆。”

“您为什么没去？”

“这您知道，为什么还要问我？”

“是因为您丈夫说的话？”

“他真是可笑，连这个也不知道。”

“还有一个原因？”

“我想，是的。

“这使我感到有趣，我把时间给忘了。

“这是他第一次这样确切地谈到她。

“是这样？”

“他谈的是她？”

“是的，他甚至说出她的姓名：玛丽-泰蕾丝·布斯凯。

“那时，他几乎全都猜到，可以一下子弄清凶杀案的全部真相。这样确切，只有我一人知道。您十分清楚，这时就会不由自主地要告诉他们。”

“您对他们说了些什么？”

“我轻轻地对阿尔丰索说了，是他告诉他们的。这事来得十分简单。我对阿尔丰索说：‘告诉他们是我，说我同意。’于是，阿尔丰索往前走到咖啡馆中央，并说：‘你们不要去多想了，是克莱尔在她表妹睡着时用刀把她给杀了，然后用大家已经知道的方法毁尸灭迹。’先是一阵沉默。然后响起叫喊声。

“后来，那警察把我带走。”

“阿尔丰索还说，他夜里有时在维奥纳遇到您。”

“这是另一个问题。如果他夜里不到维奥纳来，他就不会遇到我。

“他说这话很奇怪。”

“我可以肯定地对您说，这话没有恶意。”

“这我知道。

“我夜里出去在维奥纳走动，是因为我认为那里发生一些事情，我应该去进行核实。

“我认为有人在一些地窖里要把别人打死。有一天夜里，到处都发生火灾，幸好下起了雨，把火给灭了。”

“谁在打谁？”

“警察在维奥纳的地窖里打外国人，或是打其他人。他们是在天蒙蒙亮时走的。”

“您看到他们了？”

“没有。我刚到，事情就结束了。

“但我往往弄错，那里安宁，平静，十分平静。

“我刚才说了什么？”

“您在说阿尔丰索。”

“不错，是阿尔丰索。

“他也会进监狱？”

“不会。”

“我应该相信。他还像以前那样生活？住在森林里？”

“我不知道。您希望他进监狱？”

“就是说，我进监狱之后，他也没有理由不进来。他从一开始就什么都知道。但他们没把他抓起来。

“请您注意，我们不会被关在同一个监狱里，所以这事我并不在乎。”

“您去卡奥尔会做些什么？”

“我会在几天时间里重做某一件事。我会在各条街上散步。我会对卡奥尔进行观赏。”

“那他，卡奥尔的警察，您会去找他？”

“可能不会。为什么现在去找？

“然后，他们会来逮捕我。”

“那个人头……”

“请别再提那人头……”

“我不问您它在哪儿。我是想知道它使您产生了什么问题？”

“想知道把它怎样处理，放在哪儿。”

“但为什么是那人头？”

“因为这是人头。一颗人头是不能扔到火车里去的。

“那篮子呢，该放在什么地方？

“我把东西全都为她埋了。我还做了亡灵祈祷。我想不出还有别的事可做，虽然卡奥尔的警察使我离开了上帝，我后来也从未回到上帝身边。

“您看，我最终说出了这方面的一些事，我是不愿意说的。”

“您知道您把她杀了，是在您杀人的时候？”

“这您是猜到的？

“是的，是在那个时候。您相信我的话？”

“是的。”

“首先是脖子上的斑点，我看到斑点时，她好像又活了过来。然后是人头，我看到人头时，她完全死了。

“他们应该会把我的头也砍下来，以惩罚我干的事。以眼还眼嘛。我要是他们，也会这样干的。我想念那花园。监狱的院子里没有青草。是要惩罚我们。想出这个办法真好。我的花园，任何东西都无法取代。

“我丈夫本该加以注意。我有时感到自己疯了。

“这种生活，真是滑稽。”

“您感到自己疯了？”

“是的，夜里我感到自己疯了。我听到一些声音。我觉得有人在打人。我有时候有这种感觉。”

“如果您不把这个告诉丈夫，他就猜不出来？”

“如果我把这个告诉他，根据我对他的了解，他一定会把我送进精神病院。他思想井井有条。他说：一件东西得放在一个地方，每件东西都得放在各自的地方。您明白吗？

“您听我说：凶杀那天夜里，她发出叫喊声，我以为她不让我睡觉。我心里在想，阿尔丰索是否就在附近逗她高兴。您要知道，阿尔丰索，他还需要女人。我年纪比他大。这年龄上的差别，一直是我们之间的问题。这个一直没能缩小。于是我就在想，他是否已看中了玛丽-泰蕾丝·布斯凯。她是我表妹，跟我同一血统。又是同姓，以前都在卡奥尔，而且吃的是同样的饭菜，住在同一幢屋子里，她又是聋哑人。

“我走到楼下。阿尔丰索不在那儿。

“现在，我不说这事了。

“我知道阿尔丰索不在那儿。这事通常是在那小屋里干的，在星期六下午，决不会在其他地方，决不会在夜里。那么？

“您是否知道，凶杀不是马上就发生的？不。这事是慢慢来的，就像一辆坦克那样。然后就停了下来。就是这样。干完了。一桩凶杀刚在维奥纳发生。是克莱尔·拉纳干的。这事已无法改变。凶杀降临维奥纳。它高高地挂在上面，在维奥纳所在的地方落了下来，落到那幢屋子里，落到那幢屋子的厨房里，而干这事的女人，哦……是克莱尔·拉纳。她知道这凶杀存在，知道这凶杀一线高悬在维奥纳上空。

“就是这样，先生，就是这样。我知道有些人不想听到克莱尔·拉纳的名字，知道他们情愿不看报，但他们错了。怎么能把一百公斤的尸体搬到火车里？不用锯子怎么能把骨头弄断？有人说：地窖里有血。但是，您和我，又怎么能不留下血迹？

“如果已在屋里进行搜查，您可别忘了说，那些门开关的方向，在下楼时总觉得不顺手。

“我很想知道，对其他干过我这种事的人，是否每次都是这样。”

“是的。”

“这不是作出解释？”

“不是。”

“您看，我是无法脱身了。活该。我现在觉得疲倦。但这种疲倦使我感到舒服。我也许快要疯了。要么死了。要么活着。谁知道呢？”

“我们来说说您丈夫每天晚上叫您大声朗读的那本书，您还记得吗？”

“是的。那是几年前的事了。我丈夫认为我文化程度不高。他叫我念一本地理书。但他泄了气。我不明白。

“这本书的事就这些？”

“您不明白什么？”

“我不明白他为什么要我了解各国的地理知识。每天要学一个国家，一天一个国家，这书没法看完。他叫我朗读，是要我待在他身边，也是对我想念卡奥尔的警察作出的惩罚。但我还是在那次读书时记住了一些事，如印度的饥荒，西藏，还有墨西哥城，就是在四十五米高处的城市。

“这本书的事就这些？”

“好的。您在学校里拿的那些有插图的书，您还记得吗？”

“记得的非常非常少。

“我把人头放在哪里，我对您说了？”

“没有。”

“好的。我应该保守这个秘密。我只有这个秘密了。我的话太多了。

“从未有人对我提出过问题。我走的路直接通向这次凶杀。我的秘密全都没了。我想把自己的脸遮住。如果我在花园里，如果您把我释放，维奥纳的人就都会来看我，监视我，这样我就只好离开这地方。去哪儿呢？得把我看管起来。这花园就算了吧，是我将来的回忆。

“我关在普通刑事女犯部。那里还有其他女犯人，她们说：‘你看到了维奥纳那个女人？’她们还因为铁路线交会处笑了。她们要我解释一下铁路线交会处。我作了解释。

“一个律师来看我，并对我说，我即将到别的地方去，去一家精神病疗养院，在那里我会忘记过去发生的事情。我没有相信他。

“其他女犯人都说我没有责任。我听到她们之间说的话。但对这件事，她们又知道些什么呢？我表现非常好。有人对我这样说。我拒绝第二次跟我丈夫见面。

“我知道阿尔丰索是不会来看我的。我临死以前，不会再见到他们三人，一个也不会见到。算了。

“我过的生活糟透了，没有一点开心的事，而在当初，生活是多么美好，跟卡奥尔的警察在一起。完了。

“您什么也不说了？

“他们把纸给了我，还给了一支蘸水钢笔。他们叫我把想到的事都写下来。您对这个不感兴趣？

“我想要写，但我想不出第一句话该写什么。

“不过，我以前给报社写过，哦，还经常写，写的信很长。这事我跟您说过？那些信也许一直没有寄到。”

“那些信里有一封，您询问冬天如何养护英国薄荷。”

“是吗？我有时吃英国薄荷，清洗肠胃。我也许写过一封信，了解如何使它常绿，一直是绿油油的，我不记得了，有这个可能。我写过许多信。五十三封信，或是十二封。我多么想，我多么想写，进行解释。

“在杀人之前，我比阴沟更脏。现在嘛，反倒一点点好起来了。

“铁路线交会处使她们笑了。我以前不知道有这种地方。我曾相信，我干的事决不会被人发现。

“我当时没有想到高架桥，我朝河边走去，就从上面经过。

“于是，我就在想，决不会，那人头埋在隐秘的地方，决不会，决不会，天晓得他们会在那些火车里找到什么，即使他们全都找到了，他们也决不会发现是我干的。但我错了。报上刊登了铁路线交会处的图：维奥纳在中央，所有的火车都在那里经过，开往很远的地方的那些火车也是这样。那些火车必须经过维奥纳。您以前知道吗？这是法国最大的火车站，我住在维奥纳，却不知道。我选择这个高架桥是个错误。

“但要在夜里步行去，其他高架桥又太远。怎么办呢？

“除了人头，他们全都找到了，全都算好了，全都拼了起来，什么也不缺了。

“我决不会想到有这种可能。

“您什么也别说了。”

“现在，您得告诉我那人头在哪里？”

“您对我提出所有其他问题，只是为了能提出这个问题？”

“不是。”

“如果是法官请您对我提出这个问题，您只要对他说我没有回答。

“如果我对您说，他们将把我送到凡尔赛的精神病院，您会怎么回答？”

“我对您回答说：是的。

“我已对您作出回答。”

“那是因为我是疯子？如果我问您我是否是疯子，您怎么回答？”

“我也对您回答说：是的。”

“那么，您是在跟疯子说话。”

“是的。”

“一个疯子说的话，是不能算数的。既然我说的话不能算数，又为什么要问我人头在哪里呢？也许我已不知道把它放在哪里；也许我忘了确切地点？”

“说个地方吧，哪怕不大确切也可以。说一个词。森林，高坡。”

“那是为了什么？”

“是因为好奇。”

“那么，跟其他话相比，只有这个词重要啰？您认为我会让人把这个词抢走？使其他话都被活埋，使我跟它们一起被活活埋在精神病院里？

“不，不，要让这个词从我口中说出，您和其他人，你们得跟我一起度过漫长的时间。

“您听到吗？”

“听到。”

“有些事我没有跟您说。您不想知道是哪些事？”

“不。”

“那就算了。

“如果我告诉您人头在哪里，您还会跟我说话吗？”

“不会。”

“我看您泄气了。”

“是的。”

“如果我能对您说出我杀死那个耳聋的胖女人的原因，您还会跟我说话吗？”

“不会，我觉得您不会说。”

“您希望他们再去找吗？她不管什么事都要去叫皮埃尔，这个我对您说了？但我们之间从未争吵过，这个我对您说了？从未有过。那是为什么，您猜到了？因为我怕他们过早地把我关进精神病院。

“我说了什么话使您突然泄了气？

“也许时间晚了。时间已经过了？

“这种事总是这样，不管是杀了人还是什么也没干。

“那些有插图的儿童读物，看来您会喜欢。这非常漂亮，但法律禁止。幸好皮埃尔跟我说了。”

“他对您说了什么？”

“啊，您总算醒了。他对我说了什么，我已经记不得了。他对我说，这是法律禁止的。”

“禁止什么？”

“拿走课桌里的儿童读物。不是看这种书。看这种书是他禁止我们看，不准玛丽-泰蕾丝和我看。

“有时，我在市镇议会晚餐会时管理衣帽间，这事我对您说了？

“在底楼，你下了楼梯就看到三个门，第一个门通到餐厅，第二个门通向走廊，第三个门通到她的房间，这些门总是全都开着，排成一行，都在同一边，压着同一堵墙，你会觉得屋子朝这一边倾斜，觉得屋子因倾斜而沿着门滑了下去，得要抓住楼梯栏杆。

“我要是您，我会听的。请听我说。”

阿巴恩，萨巴娜，大卫

刘 方 译

献给罗贝尔·昂泰尔姆

献给莫里斯·布朗肖

夜幕降临了。寒冷。

他们走在冰冻得发白的道路上。她，一个女人，他，一个男青年。停下来后，他们朝房屋那边张望。

房屋内外，空空如也。屋内，什么也不曾点燃。窗玻璃后面，一个又高又瘦、两鬓灰白的男人正朝道路的方向望过去。

夜色更浓，也更寒冷。

他们在屋前停下来。

他们往四周看了看。道路空无人迹，路尽头的天空阴沉沉的。他们似乎并没有等待什么。

首先朝房屋大门走去的是女人，男青年跟在她后面。

首先走进房屋的是女人，男青年跟在她后面。

是她关上了房门。

又高又瘦、两鬓灰白的男人在房屋尽里头看着他们走进来。

说话的是女人。

“这里是阿巴恩家吗？”

他没有回答。

“这里是？”

她等待着。他没有回答。

她个子矮小，穿着几件黑色长袍。他，中等身材，穿一件浅色毛皮外套。

"我是萨巴娜，"她说道，"他是大卫。我们是本地人，施塔特人。"

男人朝他们缓步走来。他对他们微笑。

"脱掉你们的外衣吧，"他说，"请坐。"

他们没有回应。他们仍旧站在大门边。

他们也没有看他。

男人走近他们。

"我们认识。"他说道。

他们没有回答，也没有动弹。

男人现在已离得很近，可以看清楚他们。他看见了：他们没有目光。

她又开始说话。

"我们找阿巴恩。我陪大卫来。我们是施塔特村的。"

她的眼睛非常大，直盯着男人。大卫的眼睛被厚厚的眼皮遮住，看不见。

"我就是阿巴恩。"

她没有动。她问道：

"就是大伙儿叫犹太人的那个人？"

"是的。"

"半年前来到施塔特的。"

"没错。"

"就一个人。"

"正是。你们没有搞错。"

她看了看周围：有三间房。

墙壁光秃秃的。里里外外，家徒四壁。房舍一面朝着冰冻得发白的道路，另一面朝着一座蓊蓊郁郁的大花园。

她的视线又转回到犹太人身上。

“这是犹太人的住宅吗？”
“是的。”
大花园里，有狗在叫。
大卫转头，朝大花园的方向望过去。
狗叫声停止了。
重又静默下来。大卫不再朝大花园看。
“你们是格林戈派来的？”
她回答说：
“对。他说他晚些时候来。”
他们不说话了，三个人都站着。犹太人走近大卫。
“你认出我了吗？”
大卫往地上看。她回答：
“他认出你了。”
“你是泥瓦匠大卫。”
她答道：
“是他。”
“我认出他了。”犹太人说道。
大卫仍愣愣地往地上看。
“他变成瞎子了。”犹太人说。
他们没有回答。
“他变成聋子了。”
他们没有回答。
犹太人走近大卫。
“你在怕什么？”
大卫的视线移到犹太人脸上，然后再回到地上。
“你怕什么，大卫？”犹太人问道。
他声音温和得竟让垂下的眼皮颤抖起来。她回答说：

“没什么。他属于格林戈党。”

犹太人沉默。她问道：

“你难道不明白？”

“大卫的事儿我原来不知道。”犹太人说。

萨巴娜第一次注视他。他则注视着大卫。

“别的事儿，你知道吗？”

“知道。”

犹太人似乎感到疲倦突然朝他袭来。

“你一直在等我们吗？”

“是的。”

他朝大卫迈了一步。大卫没有后退。他再往他身边挪。他抬起手。他触摸大卫的眼睛。他说：

“你已经变成瞎子了。”

大卫往后一跳。他叫道：

“别碰我！”

大卫抬起他那被水泥弄得肿胀龟裂的手，他在保护自己的脸，他还在叫。

“别再这么干了！”

她瞧瞧这个，再瞧瞧那个，没有动。她没有说话。

犹太人离开大卫。他回到他们进门时所待的位置，在桌旁重新坐下。

“你们别怕，”他说，“你们什么危险也没有。脱掉你们的外衣吧。坐下。别走了。”

他们仍保持原样，在大门附近站得笔直，浑身绷得紧紧的。

她平静地说：

“你不明白，我们是来看守你的。”

“那就看守我吧。”

“你别设法逃走！”

“我不设法逃走。”

“别费那个劲儿。”

大卫不吭一声。萨巴娜向大卫指了指犹太人。她告诉他刚才与犹太人间的对话。

“他知道设法逃走也白费劲儿。”

“我知道。”犹太人说。

还是萨巴娜首先脱掉了外衣。她将外衣放在门边的地上。她帮助大卫脱掉他的外衣。

大卫的腰上挎着武器。

他们俩坐下。萨巴娜把一把安乐椅递给大卫，她自己坐在一把椅子上。

犹太人保持沉默。

她直起身往外看。她观察着道路、大花园、寒冷。一切都沐浴在同样强烈的光线里，里边，外边。还没有什么被点燃过。她看看坐在桌子旁边的那个人。

“咱们等着天亮吧！”他说。

萨巴娜的眼睛是蓝色的，又深又蓝。

“你是萨巴娜。”

“是的。”

狗在黑黢黢的大花园里叫。

大卫在听狗叫。

狗安静下来。

静默。

泥瓦匠大卫将头朝后仰靠在安乐椅的椅背上。他的双手分别放在两个扶手上。他望着另一间房的尽里头。他说话了。

“这住宅里还有别的什么人。”

“是我。”犹太人说道。

“就只有他。”她说。

“犹太人。”大卫说。

“对，你们什么也别怕。”

她一直在看他。她一直直着腰坐在椅子边上。她在看。

“大卫明天上午还得干活。他应该睡觉。如果你设法逃走，我就叫，他会醒过来。”

“让他睡吧。你来看守我。我会一直待在我现在待的地方，离你很远。”

大卫感到睡意袭来。他现在也在看犹太人。她说：

“他马上就要睡着了。”

犹太人没有答话。萨巴娜还在说。

“买卖人的保安今天夜里不出来。格林戈同买卖人做了一笔交易。他们对格林戈说：如果你让我们卖东西给希腊人，我们就给你犹太人阿巴恩。格林戈答应了。买卖人的保安今天夜里睡大觉。城市归格林戈。”

犹太人不回答，而且再也不动弹了。

“你要马上逃走吗？”

“不。”

犹太人好像更疲倦了。

“为什么？”

“我没有逃跑的愿望。”

他们沉默了一会儿。坐得直直的萨巴娜朝冰冻得发白的道路转过身去。

大卫已经闭上了眼睛。

“你为什么来施塔特？”

犹太人做了一个无所谓的手势。

“为了杀格林戈？”

“不。”

“在施塔特，格林戈很厉害。他与施塔特的买卖人达成协议。他已经在买卖人当中安顿下来。他有他的办事处。有他的分支机构。他有他的保安。有他的军队。他有他的武器。好长时间以来他一直让买卖人感到害怕。你知道这些吗？”

“在施塔特，买卖人不怕格林戈。”犹太人说。

“从啥时候开始的？”

“很久以前。买卖人怕犹太人。”

“格林戈怕谁？”

“格林戈怕犹太人。”

“跟买卖人一样。”

“没错。你早就知道。”

“是的。”

萨巴娜看了看他。

“你当时不知道去哪里落脚，不知道该把自己怎么办，你就到这里来了，是吗？”

“一开始我的确不知道。随后就找到了施塔特。”

“跟别的地方一样？”

“不一样。”

他们沉默下来。大卫在睡觉。

萨巴娜向犹太人指了指他。

“他们真能睡。”她说道。

他们互相看了看。

他们仍没有说话。她在等待。他问：

“你是谁？”

她犹豫，她往大卫那边看了看。

“谁也不是。我不属于格林戈党。”

她坐在椅子边上，她在等待。她问：

“你是敌人吗？”

“是。”

“你当时想要什么？”

“我当时也不知道我想要什么。”

他们相互注视良久。

“你是谁？”他又问。

他在等待。她半闭着眼，她在思索。她脸上的表情显得犹豫不决。她睁开眼，她说：

“我不知道。”

犹太人朝桌子俯下身。他把头放在叠拢的手臂上。他就这样一动不动。她问道：

“你当时什么也不再想要？”

“我当时什么都不想要。我当时什么都想要。”静默。

“那，今天夜里呢？”

“什么都想要。什么都不想要。”

“还那样？”

“对。”

再也看不见犹太人的脸。

“有一天，你来到大卫的工地。你等待着收工。是大卫先跟你搭讪。他问你：阿巴恩是您吗？你说是的。他问你：您到这里来找什么？你说：我找人说话。大卫问：谁？你没有回答。你看着大卫。大卫问：是找我大卫说话吗？你说是的。大卫问：为什么找我？你说：因为您跟我说过话了。”

他不做声。

“你想得起来。”

“是的。”

“一切就是从那里开始的。”萨巴娜说。

他不说什么，也不动。

“我在跟你说话，我在跟你解释，你没有听见？”

他没有听见。

萨巴娜，直起身，看着他。

夜色更浓，也更寒冷。

有个人走了进来，一个又高又瘦、两鬓灰白的男人。

萨巴娜看着他走进来。男人对萨巴娜微笑。她没有对他微笑。他说：

“我路过这里。”

他们互相看了看。他好像只看到她，坐在大卫身边，直着腰，离犹太人很远。

“关上门，天气很冷，夜深了。”

他去关上门，走回来，靠近她。他指指没有窗帘的玻璃窗后面那条冰冻得发白的道路。然后指指犹太人。

“我经过这里。我看见有人在哭。我就进来了。”

蓝眼睛盯着新来的人。

“你是谁？”

“人家管我叫阿巴恩。”

“他也叫阿巴恩，但他，人家叫他犹太人。格林戈今天晚上有个会议。我们看着他，等格林戈来。他说他大约在破晓时来。”

“天亮之前？”

萨巴娜没有马上回答。

“是的。”

阿巴恩发现睡着的大卫在场。

“那是大卫，”萨巴娜说，“泥瓦匠。我是萨巴娜。我们都是施塔特村的——”她补充说，“他属于格林戈党。”

她转过身来，这才指着房间尽里头趴在桌上的犹太人。

“我不认为他在哭。”

阿巴恩看了看犹太人。

“他在哭。”

她看看在哭的人。然后看看说话的人。

“他不可能同时又哭又想活下去吧？”

“他没有为他自己而哭，”阿巴恩说，“让他为别人而哭的动力很强大。如果只为他自个儿哭，这力量就大得过头了。对他，这力量比他想活下去需要的力量大得多。”

她仔细端详他。

“你知道这些，你究竟是谁？”

“一个犹太人。”

她长时间审视着他的衣着，他白皙的手，他微笑着的脸。

“你不是本地人。”

“不是。”

她朝寒冷、朝夜色转过身去。她说：

“大家也管他叫犹太人阿巴恩，狗阿巴恩。”

“也叫犹太人，也叫狗？”

“是的。”

“这里管别的人也叫犹太人吗？”

“是的。”

“狗呢？”

“犹太人——”她在等，“那你来的那地方呢？”

“也一样。”

视线又回到阿巴恩身上。

“你是敌人吗？”

“是的。”

“只是格林戈的敌人？”

“不。”

有好一会儿她愣在那里，睁大眼睛，一副心不在焉的样子。接着，她重新指着正在哭泣的人。

“我们也没有搞清楚他究竟是谁。也是个敌人。他也不是本地人。

“我们不知道他从哪里来。

“他应该在破晓时被杀掉。”

静默。她说：

“他们并不是每次都杀掉他们。”

半明半暗中，蓝眼睛朝着阿巴恩的方向看。

“这里没有毒气室。”

他回答得晚了些。他凝视着她。

“没有毒气室，这里从没有过毒气室。”

“没有。”

“任何地方都再不会有了。”

“没有，再也没有了。”

“任何地方都没有，”阿巴恩说。

萨巴娜的眼神仍然涣散。他说：

“任何地方都没有，”他看看她，再说一遍，“任何地方都没有。”

“没有。”

她又不说话了。接着，她指指道路那边一处看不见的地方。她说话的节奏放慢了，眼神涣散。

“那些他们没有杀掉的人都乘着军用货车去北方的盐矿了。”

她停下来。她又说：

“他们杀掉的那些人都被埋在平原的边界上，”她指指同样的方向，“就在那里。”

“在带刺的铁丝网下边。”

“对。没有人知道。”

他不回答。

“那块土地光秃秃的，没有长庄稼。战后，买卖人为庆祝格林戈的节日把那块地送给了他。”

他的眼睛一直盯着她。他问道：

“再也没有节日了吧？”

“最后那些节日都很冷清。那是好久以前的事了。”

“年轻人不愿参加了？”

她似乎不知道，她回答时一副漫不经心的模样。

“我觉得，我不清楚。”

眼神一直涣散，说话节奏很慢。

“如今是一个一个杀——”她停了停，“毒气室是纳粹的吧？”

“没错。再也没有了。哪儿都没有了。”

“没有了。

“没有了，这里只有苦役，或者干脆是死亡。”

“是这么回事。”

蓝窟窿一直朝道路的方向看。她说：

“当时并不是那些犹太人进毒气室。”

“不是他们，是别的犹太人。”

“别的犹太人——”她停了停，“仍旧是那个词：犹太人。”

“是的。人家愿意这么说。”

她什么也不再问了。

他看着光秃秃的墙壁，冰冻得发白的道路，黑黢黢的大花园。

“这原来是他的住宅。”他说。

“没错，有一个大花园。就在那里。花园里有狗。”

她的眼神收回来了。她指指三间相通的没有门的房间。

“这间房朝向大花园，你是从另外那间房走进来的。如果他设法逃走，我就叫大卫。大卫会醒来，把他杀掉。”

他微微一笑。她说：

“这是这里的规矩，是施塔特的格林戈们的规矩。他们开枪，他们杀人。除非有人对他们说他们无权杀人，他们就有这个权利。好久以来就这样。”

“我们脚下是谁的领土？”

“这儿的领土属于最有势力的人。夜里是格林戈。”

“白天，是买卖人。”

“没错，”她补充说，“以前，时间更久，在格林戈之前。”

阿巴恩站起来，他在房间里走了几步，走过去，走过来，然后走去坐在犹太人附近，在桌子的另一端。她也走到他们身边，也坐下来。他们看了看犹太人。她说话，沉默，说话。

“他到达这里时，不知道该去哪儿。”

“他之所以到达这里，是因为他没有地方可去。他最后选中了这个地方。”

“他在这里已经有些日子了，一直在等我们。买卖人也在设法摆脱他，后来，你都看见了。”

“是的。”

她注视阿巴恩良久。

“你呢？”

“今天夜里我路过施塔特。”

“偶然？”

"不。"

静默。她一直注视着他。

"你也是一个人？"

"是的，跟那些犹太人一起。"

他微微一笑。她没有回应他的笑。她好像没有看见他。她说：

"买卖人要没收这个住宅，大花园也一样。

"就只有狗的问题，他们还没有做出决定。他们不知道该怎么办——"她犹豫，"那些狗也许适应不了另外的主人？"

"也许吧。就这事儿，犹太人说过点什么吗？"

"还没有。"

他更执着地注视着她。

"你会向他提出这个问题吗？"

"哪个问题？"

"这个问题：他想怎样处置他的狗？"

她把视线转向黑黢黢的大花园。

"也许晚些时候，在夜里。"她说。

大卫在安乐椅里动了动。他睁开眼。

他又睡过去了。阿巴恩说：

"我们刚才在谈狗，大卫醒来了吗？"

"没错。你猜对了。"

他们俩说话一致变得缓慢起来。他问道：

"为什么你让我进来？为什么？"

她连忙回答：

"你已经进来了嘛。"

"你为什么跟我说话？"

"你在跟我说话嘛。"

突然，眼睛睁大了，模糊了。

“别怕，”他说，“你什么也别怕。”

静默。他注视着那细挑的、直挺的身体。她的眼睛模糊了。她在谛听：有狗在嗥叫。

远处，顺着她手指的方向，落日的方向，狗儿们在狂吠。吠声低沉，有节奏。

狗叫声停止了。他问：

“你还在害怕吗？”

“好一点。”

“你不是为你自己害怕。”

“不是——”她在等待，在思索，“这不是害怕。”

他在等待。她在思索。她找到答案了：

“这是一种痛苦。”她说。

“巨大的？”

她又在思索。

“不是，是全面的。”

他们不说话了。

她站起身，朝大卫那边走去。她向阿巴恩指指大卫。她说话的声音更低了。

“以前他们互相就有点认识，犹太人和大卫。”

她谛听着从施塔特传来的声响。

“我老以为有人来了。”她说。

她朝发白的道路转过身去，等待着。

“你说他们过去互相有点认识，是同大卫吗？”

“对。有几个人知道这事儿。

“大卫忘记了。但有几个人知道这事儿。”

她又在等。他什么也没说。她朝他转过身来。

“你说什么？”

“什么也没说。”

他们互相看了看。他问：

“你是谁？”

她目不转睛地看着他，他的眼神无边无际，它在询问。

“我不知道。”她说。

那眼神还在询问。

“对他来说，你是谁？”

她示意：她也不知道。

“你是他的妻子？”

“是的。”

“你是他的母亲？”

她没有回答，她在思索。

“你不是他的母亲？”

“他希望我是他的母亲。”

“你不愿意？”

“不愿意。”

犹太人已经抬起了头。她看见了。她注视他良久。然后她再次走过去坐在他的身边。她一开始并没有说话。后来，她用平静的口吻对他说：

“过去你写作。你同别人谈话。你不工作。”

她对阿巴恩说：

“过去他在大街上走路，在公路上走路，白日，黑夜。他看着一个个工地。

“他时不时去去咖啡馆，他同人们谈话。”

“他同他们谈话啦？”

“是的。他向他们提出些问题。”

“向大卫？”

“也向大卫。

“你时不时讲述点很难懂的东西，好像他们都能听懂似的。

“只在别人给我们解释了你说话的意思之后。”

“是格林戈吗？”阿巴恩问道。

“是他。”

她尽力回忆。

“他当时说：自由。”

“格林戈怎样解释？”

“钱。”

“他当时说：打倒真相。”

“格林戈怎么解释？”

“罪行。”

“他当时说：未来万岁。”

“格林戈怎么解释？”

“证据。”

她在思索，她问犹太人：

“你当时说什么来着？”

“再也别相信任何事情。”犹太人说道。

“任何事情，任何人。”阿巴恩说。

“包括你？”萨巴娜问道。

“包括我，包括他，包括所有人。”

“包括他？”

“包括他。格林戈怎么解释？”

“再也别相信格林戈。”

他们都沉默下来。萨巴娜在回想犹太人当时说了些什么。

“他当时说：快乐地对待一切，快乐地反对一切吧。”

“格林戈怎么解释？”

“他没有解释。”

萨巴娜垂下眼睛，久久地思考着。她随后说话了，眼睛一动不动地看着地面。

“如果他们放过他，他会到哪里去？”

他们俩都没有回答。

“假如大卫的武器被抢了呢？——”她补充说，“我去过的地方从没有超过施塔特，我不知道之外有什么。”

“你在想犹太人？”阿巴恩问。

“我是在想他。他会去哪里？”

“这里之外，”阿巴恩说，“仍然是施塔特，仍然是别的犹地亚地区[1]。它们一个接一个，边界相连。”

“直到哪里呢？”

“到海里，土地流失到海里。”

她在沉思。

“人口很稠密？”

“非常稠密。”

静默。

她朝遥远的、看不见的边界望去。犹太人，一动不动，注视着她。

“别的犹地亚地区。”她说。

“是的，别的格林戈。”犹太人说。

“不管是不是买卖人，”阿巴恩说，“犹地亚，格林戈，全一样。”

她一直在往远处看。

---

① Judée，古巴勒斯坦南部地区，此处泛指犹太人居住区。

“逃到别处没有用。”她说。

“没用。”犹太人说。

狗叫声又从萨巴娜手指的方向传了过来，低沉，有节奏。她说：

“那些都是死人平原上的狗。”

静默。

阿巴恩问：

“有很多死人吗？”

萨巴娜似乎无法肯定。

“有人说总共两千万。我不清楚死人的事。”

萨巴娜转过身去。犹太人一直在注视她。

天更冷了。夜。天空几乎一片漆黑。黑黢黢的大花园里也看不见任何东西。

“是冰冻，”萨巴娜说道，“人在外边像走在铁上，有人摔倒，有人死掉。”

“我们被关在这里。”阿巴恩说。

“我们一道。”犹太人说。

静默。

狗在叫，那是犹太人的几条狗，很近，就在大花园里。

跟前几次一样，大卫在睡梦中动了动。

阿巴恩站起来，在房间里转，慢慢转，然后朝大卫走去，他围着他绕了一圈，停在他面前。萨巴娜看着他。

“多大年纪？”阿巴恩问。

“二十五岁，”萨巴娜说，“跟让娜结了婚。”

“不是犹太人，不是狗，从来不是，他？”

“不是。”

他指指青年大卫龟裂的手。

“干粗活的？”

“他没有技术，他在葡萄牙人班组里。”

他继续走近大卫。萨巴娜没有动。

“左轮手枪是谁的？”

“是格林戈的。”

“为这事儿借给他的？”

“是。”

“为枪决犹太人？”

萨巴娜朝犹太人转过身来。他看上去并没有在听。

“不是，为看着他。”

“是格林戈负责枪决犹太人？”

“格林戈，是的。”

“你能肯定：是格林戈？”

眼睛睁大了，恐惧突如其来。她指指大卫。

“瞧，他太年轻，是吧？”

“不，瞧，他已经带上了武器。”阿巴恩说。

她又朝犹太人转过身去。她的眼睛始终睁得大大的。

“你说了什么？”

“没说什么。”

静默。

“谁会杀你？”

犹太人没有回答。

“大卫？”阿巴恩问。

她没思索。她回答。

“为什么大卫会杀犹太人？”

传来了犹太人的嗓音，他在低声说话，谁都听不懂他说的是什么。

她不再看他们。她一再重复：

“为什么？”

他们没有回答她。她回答。

“为了格林戈不亲自动手，对吧？”

他们仍没有回答她。她说：

“假如是大卫杀犹太人，该是谁杀死了犹太人？”

“大卫。”犹太人说。

她朝阿巴恩转过身来。

“你听见他说的话了吗？”

“听见了。”

“你，回答。”

“我回答：如果是格林戈杀犹太人，就该是格林戈杀死犹太人。”

“我说不。我说：假如是大卫开枪，就该是格林戈杀人。”她吼起来。

“不对。”犹太人说。

她伸直腰，死死地盯着他们看。她的眼神显得无限深邃。她叫犹太人。

“告诉我。”

“我们刚才在谈论，那之后格林戈会说些什么。”犹太人说——他的声音很温和。

“什么之后？”

“一旦大卫朝犹太人开枪之后。”

她不说话了。

她一个接一个看他们。她在等，他们却不说话，她叫道：

“我要弄明白！”

“弄吧，”犹太人说道，“弄明白吧。”

她在他面前停下不动。

眼睛一直发出强烈的蓝光。

“买卖人的保安已经把犹太人丢给格林戈去杀。”她说——话音已平静下来。

“有这个可能。”阿巴恩说道。

“他们在这方面已经达成协议。格林戈曾说：‘你们就别张罗这事儿了，就帮我这个忙吧。’‘那就说定了。’买卖人齐声说——”她停下来，“那就是格林戈和他要杀的犹太人，对吧？”

“是的。”

犹太人微微一笑。她没有看见。她说得更快了：

“那就是格林戈和他要处置的犹太人？那就是盼着格林戈杀害犹太人的买卖人的保安，对吧？”

“不对。”犹太人说。

“那就是盼着能说‘杀害犹太人的人，是格林戈’的买卖人的保安，对吧？”

“对，”犹太人说，“正是这样。”

“那就是盼着能说‘杀害犹太人的人是一个名叫大卫的人，施塔特的一个泥瓦匠，大家都搞错了，你们都搞错了，不是我，是施塔特的一个泥瓦匠’的格林戈，对吧？”

“对，正是如此。”阿巴恩说。

“可怜的格林戈？”

“不对。”

“犹太人的熟人？”

“对。”

静默。

她离开他们。她朝窗户走去。传来一声愤怒而又痛苦的呻吟。她透过没有窗帘的窗玻璃往外看了很久。随即猛地朝两个犹太人转过身来。

“假如不是大卫呢？”

他们没有回答。

“又能是谁呢？”

她提完这个问题，并不等待回答，她自己来回答，同时看着犹太人：

“也许没有任何人？”

她朝他，朝犹太人走过去，站在那里，站在他面前。出现一瞬间的光亮。落日亮开去，黄光洒进房内。她在落日的余晖里注视着犹太人。

“你是谁，竟让人害怕？”

落日又退隐了。

“谁知道呢？”阿巴恩说道，“也许，一下子多了一个犹太人？”

“被杀？”

“是的。”

“是可能解除买卖人桎梏的犹太人？”

“不是，因为买卖人是同意的。”

“那是谁呢？”

“是可能解除别的犹太人桎梏的犹太人。”阿巴恩说。

她再也不在死人的计数上费脑筋了。

“尽说些不明不白的话，”她说，“这是很难理解的。”

“对。”犹太人说。

阿巴恩踱步。他走到她身边。她看见他了，发现他了。

"你为什么进来？"

"我看见有人在哭泣。"

"一个犹太人。"

"是的，我认出他们了。"

"种族主义者就在这里被处决。"

眼睛的蓝色深而又深。

"我就是种族主义者。"阿巴恩说。

他们没有停止互相对视。

"你就是犹太人阿巴恩，狗阿巴恩？"

"我也是。你认出我啦？"

"是的，"她看看他们两人，"你就是不会被杀的那个。"

"也许吧。"

"说话的那个？"

"我替犹太人回答。"

"能看见的、会说出去的那个犹太人？"

"是的。"

"向谁？"

"向那些能看见的、能听见的人。"

萨巴娜朝大卫转过身去，他闭着眼睛。她指指他。

"也向那些人？聋子？猴子？"

"也向他们，没错，"犹太人说。

"啊！"一阵无声的狂笑扭曲了萨巴娜的脸。

"我们在寻找耳朵。"阿巴恩说。

"寻找眼睛。"犹太人说。

"为了听见他们的声音。"阿巴恩说。

"为了对他们说话。"犹太人说。

静默。

她看看他们两人，再看看大卫。

“也许别的人还会到来？”

“也许吧。”犹太人说。

“夜很长，”阿巴恩说，“很长，很寂寥。”

她转身向着大路。

“你们都从哪里来？”

“从各处。”犹太人说道。

她朝通向大花园的门走去。她停下来。最后一缕阳光扫过墙壁，消失了。

“他们杀那些人比平常还快，”她说，“在夜里，更早，在平原上，那边，不在界内。

“他们每次都说：这是最后一个。但接着再来，再来，我觉得好像一次比一次多？”

“是的。”

静默。

他们互相看了看。

“你们来是为了破坏团结？”

“是的。”

“是为了引进混乱破坏团结？”

“没错。”

“在团结一致中制造分裂、动乱？”

“对。”

她在等待，他们始终注视着她。而她，没有。她两眼茫然。

“为了分裂？破坏？”

“是的。”犹太人说。

“用什么代替？”

“不用什么。”

忽然，她动了一动，像要逃走，要死去。她问，声音很细微：

“谁在说话？”

“我。”犹太人说。

她站起身。

她看看大卫。

“让娜在开会。”她说。

“跟格林戈一道？”

“是的。”

“格林戈在开会？”犹太人问道。

她迟疑了片刻才回答。

“我不知道。”

“让娜在路上，在开会，在路上，”犹太人说道，“跟格林戈一道。”

“没错。”

她谁也不看了。她只看黑黢黢的大路。

“今天夜里让娜在外面。”她说。

“今晚，是冰和荒漠。”阿巴恩说。

“让娜就在冰和荒漠里。”犹太人说。

萨巴娜睁大了眼睛。

“大家老害怕，”萨巴娜说道，“永远不知道天黑时让娜在干什么。”

“永远搞不清楚她究竟在哪里？”阿巴恩问。

“永远搞不清楚，”萨巴娜说——她补充道，“她设法稍加阻挡，”她又停了下来。

她一直看着黑黢黢的大路。

“我害怕——”她停下，“这么冷——”她又停下了。

“阻挡什么？”

“稍加阻挡，死亡，就在这里，在施塔特。”

静默。

“他知道吗？”阿巴恩问——他指指大卫。

“不知道。”

“他不知道？”犹太人问。

萨巴娜没有回答。

她朝夕阳转过身去。

“她同大卫一般年轻，”她停了停，“跟大卫一样美。”

夕阳映入萨巴娜的眼睛，又蓝又深。

“你同他们住在一起？”

“是的，”她停了停，“我现在就住在那里。他们有一个可自由支配的房间。他们让我跟他们住在一起。我干厨房活。让娜告诉了政府。我早上工作，”她停了停，“我暂时在那里，同那些人在一起，”她补充说，“让娜跟我都是大卫的妻子。”

他们沉默良久。

“你说什么？”阿巴恩问。

“没说什么。”萨巴娜说。

“那么是大卫？”

“不是。”

大卫的表情紧张，但同时又很专心，笑呵呵的。

“他不说话，他梦见有人说话。”阿巴恩说道。

“他正在说话。”犹太人说。

“真的，就近可以看得出来。”萨巴娜说。

“他在听，他在回答。”阿巴恩说。

“没错。”

萨巴娜俯身看大卫。犹太人看她。

“你说什么，萨巴娜？”

“啥也没说。”

她站起来。他们互相注视着。

“你回答了些什么？”

“啥也没回答。”

他们又沉默下来。大卫在惊吓中大叫。他没有醒，他只在叫。

顺着萨巴娜手指的方向，死人平原的方向，还有落日的余晖，冻僵了的微光。

那片黑黢黢的大花园显得静谧、安宁。犹太人养的那些狗没有叫。死人平原上的狗也没有叫。

阿巴恩坐到地上，坐在大卫的对面。他背靠着墙壁，没有言语。

犹太人已经站起来，他在几个房间里踱来踱去。

萨巴娜坐在桌边，在半明半暗中看着他踱来踱去。

“此前还有一个人。”萨巴娜说道。

“他正在休息。”犹太人说。

他走路的步伐很平稳。他从萨巴娜面前走过，又从大卫面前走过，再走进里间，消失了。他又转回来。她叫他：她的声音又充满了睡意。

“你会说你过去认识大卫吗？”

“对谁说？”

“对随便哪个人。”

“我会说我过去有点认识他。”

他走到另外一间房里，她再也看不见他。

“你会说你过去认识我吗？”

“不。我早上看见过你，你正要去打扫施塔特村政厅。”

“你当时在看我。”

“我看所有的人。”

他又出现了。她朝他转过身去。

他没有停步。

“你不会说：我过去认识她，是她，不是他？”

“不会说。”

她不说话了。她看不见他正停在另一间房的门口，看着她。

“对我们，”她说，“人家对我们说：忘记那犹太人吧，忘记他说的关于自由的话，连同他的名字。你，你就不能忘记一个大卫？”

“不能忘记。”

她发现他在那里。他问：

“你们忘记那犹太人了吗？”

“要是有人这么问我们，我们就说：一个犹太人？哪个犹太人？”她停了停接着说，“你就不能说，一个大卫？哪个大卫？”

“我不会这么说。”

他又停下来。他们互相几乎看不见。她问：

“你以前属于格林戈党吗？”

“对。”

“你当时是格林戈分子吗？”

“是。”

“你却不能说你从没有遇见过一个大卫。”

“不能。”

她站起来。她穿过房间，慢慢走到通向大花园的门边，站在那里。她说：

“假如有人知道大卫过去是犹太人的朋友，他就有死亡的危险——”她的声音变得极为温柔，“我希望弄明白。”

他朝她走过去。她看着他走过来。她在等他。

“全是假的，”他说，“大卫不是因为认识犹太人而有死亡的危险。”

他走到离她非常近的地方。她继续看着他。她在等待。她那背着阳光的眼睛发出原野冰一样的冷光。

“大卫有死亡的危险，是因为今天夜里格林戈需要一个人有死亡的危险，”他的声音同她的声音一样极为温柔，“在那里，在施塔特，有一个大卫认识我，认识犹太人，所以他便抓住大卫。”

他们还在互相注视。他们沉默下来。他问道：

“没有人会向我提这些问题，你为什么向我提这些问题？”

“因为夜，”萨巴娜说——她没有继续说下去。

她将额头贴在冰冷的窗玻璃上，就这样一动不动。

“别管我。”她说。

她重又转过身来。他还在那里。她抬起手，朝他脸的方向伸过去，但没有触到他的脸。他重复道：

“你说因为夜。”

她没有回答。她往前走一步。她贴到犹太人身上，一动不动。她的手又抬起来，触到他冰冷的脸。她说：

“我抓住你，我抓住你这狗犹太人的话。”

他们沉默下来，整个身子一动不动。

“你想活吗？”

他没有回答。他回答：

“我想活，我想死。”

萨巴娜的手又落下来。她走开了。

他们分开了。静默下来。

有狗在叫。

“你说因为夜。”

“是的。

“因为梦见恐惧，人就醒了，琢磨着自己做梦了，那不是真的。”

他离开她。他朝前走一步。她在等待。他走两步。他大步走。他没有去另一个房间，而朝大卫走去。他点燃一盏灯。他在灯光下看大卫。

萨巴娜也动，她走一步，她走两步，跟他一样，她也来看大卫。

“你说话吧，我们不说话，他就会醒。”她说。

犹太人说话，说得很慢，温柔依旧。

“他在施塔特的房地产公司吗？”

“是的，在那个公司。他二十五岁。他同让娜结了婚。非技术工人。他只爱森林和狗。”

她停下来，朝他转过身去。

“说话吧，”她说道，“我会回答你。”

他们互相看了看。

“就你一个人知道？”

“是的。他不知道。”

“这里的人说他很老实、勤劳，对吗？”

“是的。他们让他这么相信——”她补充说，“他也相信。”

犹太人的眼里闪过一缕微弱的光。

“你说过：森林和狗？”

“狗。”

“他在咖啡馆里对我说过：我能与葡萄牙人和狗讲话。”

他们分开了。犹太人重又在住宅里踱步。

萨巴娜走过去坐在桌子旁边，离他很远，离大卫也很远，离阿巴恩很近。她在等待。她在谛听：有人在走路：是犹太人的脚步声吗？是的，是他的。他从她面前走过去。

“那个人，他们把他派到布拉格。”她说。

他停下来。她指指大卫。

他又走了。他大步走着。她在远处同他说话，语气跟原来一样。

“你们所有人都是从世界的首都来的吗？”

“从各处，是的。”

“到处都有首都。”

“没错。”

远处传来沉闷的碎裂声，在施塔特。

“寒冷。”她说。

“是的。”

他走来走去，他看看大卫。他问：

“他赞成杀死犹太人？”

“他什么也没有说。”萨巴娜说。

他走着。她的目光不再追随他。

“你曾经有过工作？有过一个妻子、一些孩子？你在哪里都有权生活、有权死亡？”

“对。”

“你离开了那一切。你走了？”

“是的。很久以前。”

“有一天，你对施塔特的某个人说：我绝望了。”

“没错。”

“然后你又离开了你待的地方？”

“是的。”

“老被赶走？被杀？”

“是的。”

静默。

“就为了这个他们又要杀你？”

勉强的微笑使犹太人的脸抽搐起来。

“是的。”

“绝望了。”萨巴娜重复道。

她沉默下来。她又说：

“那你到施塔特以后呢？”

“还能忍受。”

“有危险也能忍受？”

“没错。”

他一直在走。她看着他走。

“在哪里你随时准备离开？”

“在你待的地方，我想，在你经过的地方。”

静默。

“我冷，我怕。”萨巴娜说。

“我们怕。”犹太人说。

“怕死。”

“怕活。”

静默。犹太人大步走。他走着。

这不，他一边走一边开始叫大卫。

“大卫，大卫。”

一开始声音很低，然后，越叫声音越大，他叫着大卫。

大卫在睡觉。他的嘴唇微微张开，犹太人点燃的灯光正好照在他的脸上。

“大卫。”

他在睡觉。

"大卫。"

犹太人停下来，等着：大卫还在睡。犹太人又走开了。

萨巴娜沉默着。

"大卫，大卫。"

犹太人又停下来。他不再走开。萨巴娜在另一间半明半暗的屋里设法看见他，她在等他。他又离开，他又回来。萨巴娜的眼睛成了两个无光的灰色窟窿。他又走开。他在叫。他又停下。他们在等待。

"大卫。"

他们在等待。寒冷彻骨，江河湖泊的水都达到上冻的冰点。在寂静中传来大卫的话音。

"我听见了。什么事？"

他的声音很平静。

犹太人停下来。他们听见一声低沉的叫喊。不是大卫。喊声停止。狗儿们狂吠一声，戛然而止。吠声停止。寂静冻结，逐渐消减。寂静使大卫发出一声内心的呼喊。萨巴娜表情痛楚，她说：

"他好像很痛苦。"

"谁？"犹太人问。

她动了动。她站起来，走到窗前，来到犹太人身边，她没有看他，她站在窗前，面朝空旷的大路，停在那里。

唯一的声音是大卫的呼吸声，呼吸不时停止，仿佛遇到了什么障碍，然后继续进行，更深，更长。

"他在做梦。"萨巴娜说。

"梦见什么？"

“梦见水泥和狗。”

犹太人走近大卫。萨巴娜跟他一起走近大卫。他们端详着他。

“一千年？”犹太人对大卫说。

大卫双手略微抬起。

“一千年。”大卫重复说。

他在睡。

他的双手猛然放下。为说清楚这几个字所做的努力使他双手颤抖。

他在睡。他在睡。他的双手，他的伤口，重又放到安乐椅的扶手上。犹太人的眼睛紧盯住那双睡过去的手。

“千千年？”犹太人继续说。

大卫仿佛要说话。

没有。

“千千年？”犹太人继续说。

大卫浑身轻微哆嗦了一下。

“千千年。”大卫重复说。

大卫的呼吸更快了。呼吸随后停止。再也没有继续下去。

寂静更为深沉。寂静使人失去理智。寂静达到顶点。平稳下来。平稳，直至睡眠出现裂缝，直至墙壁无声的石头出现裂缝：一声短暂而奇异的呼喊。

大卫叫了一声。

叫喊完毕，大卫在睡梦中挣扎，他抬起头，睁开眼，却什么也看不见，他重又低下头，他说话了。他在抱怨。

“别来烦我！”

随后的寂静中，传来萨巴娜嘶哑的声音。

“大卫。”

也有犹太人的声音：

“大卫。”

静默。

阿巴恩站起来。他面朝黑黢黢的大路站在那里，背对着他们。他说：

“现在才是夜晚。”

犹太人离开萨巴娜和大卫。他重又在屋子里平稳地踱来踱去。

犹太人高大的身躯有规律地在萨巴娜和阿巴恩眼前出现又消失。

双眼紧闭的犹太人一边走一边对大卫说话。

“一千年？是这样吗？还在继续吗？”

他大声说话。他的嗓音在四壁间发出回响。萨巴娜站在那里，望着黑黢黢的大花园。

“一千年，一千年？还在继续吗？”

犹太人的话音一声声击打着墙壁。

“还有一千年吗？”

萨巴娜将视线从大花园收回，埋到地里，这时，犹太人正在喊：

“大卫，”他叫道，“大卫，大卫！”

他停下。

阿巴恩也过来了。

“大卫。”阿巴恩呼唤道。

阿巴恩没有大叫。萨巴娜转过身来：她看见阿巴恩正面对着她，萨巴娜。

萨巴娜的蓝眼睛便停在阿巴恩身上。

她看着阿巴恩，却叫着大卫。

“大卫，”萨巴娜说道，“犹太人跟你说话啦？”

“是的。”阿巴恩说。

萨巴娜离开两个犹太人，朝大卫走去。两个犹太人也走过来。他们让萨巴娜单独靠近大卫。他们停在她身后。

是她在叫醒大卫。她首先用双手紧紧抓住大卫的肩膀。

“你醒醒，大卫，犹太人想跟你说话。”

大卫的头摇晃片刻又埋下去睡着了。

“大卫，犹太人要跟你说话。”

“别。”睡着了的大卫说道。

萨巴娜放开大卫的肩膀。她捧起大卫的头，一直捧着。萨巴娜的双手搭在大卫的头上。

“犹太人就要死了，他想跟你说话。”

“别。”睡着的大卫说。

她一直用双手捧着大卫的头。

“他就要死了，他要跟你说话。”

她说话的语气很平和。

大卫没有回答。他睁开眼睛，却视而不见。

“你说过一千年什么？”萨巴娜问。

大卫回答：

“一千年。”

萨巴娜放开紧抱的双手。她慢慢放下大卫的头。

她放下了大卫的头。

那头独自撑在那里。双眼大睁。

萨巴娜转身，走开了。

阿巴恩和犹太人对大卫说话。

“你讲过水泥，冰，风，一千年？”

“一千年。”大卫重复说。

“你讲过水泥，恐惧，水泥，恐惧，恐惧，水泥，一千年？还有一千年？”

大卫抬眼望着阿巴恩。可以看见大卫眼睛的颜色，他的眼睛蓝得透亮，混杂着白色。

阿巴恩走近大卫。犹太人在他身后。

萨巴娜与犹太人并排，在他旁边。阿巴恩和犹太人还在跟睡着的大卫说话。

“你说过一千年，还什么也听不见？”犹太人说道。

“一千年，还什么也不明白？”

“一千年，还什么也看不见？”

“一千年。”睡着的大卫重复着。

“一千年，还是猴脑袋？”

大卫的蓝眼睛朝声音的方向看。他什么也没有认出来。

“一千年，还是猴子格林戈？”

“一千年，还是杀人狂？还是杀人猴？”

他们不叫喊了。大卫一直睁着眼睛朝话音的方向看。

“大卫，你真是大卫——”那是犹太人嘶哑的声音。

“猎手。”阿巴恩说。

“猎手。”大卫跟着说。

他们不再言语。想必是静默使大卫呆滞的眼里出现了某种忧虑。他看上去很吃惊。他的眼神在询问。他朝话音的地方使了下劲。他还在睡，他说：

“狗。”

萨巴娜朝犹太人迈了一步。她并没有停止看黑黢黢的大花园。

是阿巴恩在跟大卫说话。

“你在买卖人的房地产公司干活？你今年二十五岁？你的妻子是让娜？”

大卫用与阿巴恩相同的语气回答，缓慢而清晰。

“狗。”

“你是非技术工人？你搞水泥？你同葡萄牙人一起干活，葡萄牙人？”

“狗。”大卫说。

他正在同瞌睡斗争。他费劲地想把话说清楚。他终于能说出完整的句子了。

“我想要犹太人的狗。”

他朝这些人看过去，神情越来越吃惊。他的眼睛明亮而又正直。他好像为自己的执拗感到吃惊。他一再说：

“我想要狗。”

他沉默下来。他正要说话。他没有说。他一直昂着头，睁着眼。

他那望着阿巴恩的眼神正在祈求。

他似乎并没有察觉在场的人全都保持沉默。阿巴恩说话了。

“你把犹太人交给了格林戈。”

他显然是在就清晰的字面含义回答问题。回答是从瞌睡中冒出来的。

“是的。”

那眼神还在祈求。

“狗。”

很明显，他正在同无边无际的疲劳作斗争。他的眼神一直在祈求。

“没错，”阿巴恩说，“你把犹太人交出来是为了得到狗。”

“是的。”

大家都觉察到话音的温和。眼里流露出感激。

“听着，”阿巴恩说道，“大卫说话了，大卫说：‘我交出犹太人是为了得到狗。’”

“是这样。”大卫说道。

他对阿巴恩说话，却没有看见他。而阿巴恩的眼睛一直没有离开过他。

萨巴娜听任自己紧贴着犹太人的身躯。她继续看着黑黢黢的大花园。犹太人瞧着大卫。

“‘我把犹太人在咖啡馆说过的话复述了一遍，’”阿巴恩继续说，“‘格林戈问我，我就学舌了。格林戈说，应该放进报告里的不是犹太人在咖啡馆里说过什么，而是别的东西。别的更简单的东西。应该放进报告里的是犹太人想说的，而不是他已经在咖啡馆里说过的。’”

阿巴恩等着继续说。大卫也在等。他脸上流露出一种狂热的兴趣。从死人平原传来一阵阵狗群的狂吠。大花园的狗也在回应。接着又沉寂下来。

大卫叫：

“萨巴娜！”

没有人回答他。

“‘我做了格林戈希望我做的，’”阿巴恩继续说。“‘我说过犹太人曾建议给我钱，如果我告诉他格林戈怎样处置了别的犹太人。犹太人说：自由。格林戈说，那意思就是钱，从施塔特出走要花的钱，如果我交出被处死的犹太人名单。’”

大卫使了很大的劲。他发音清晰地说：

“不对。是狗。”

“‘我一开始也试着说，如果我交出被处决的犹太人名单，他就准备给我狗，但格林戈说不：不，犹太人准备给你狗也是为了卖个好价钱，那是一回事儿。他说：别忘了，犹太人建议给你钱。钱。’”

“不是，是狗。”

“是钱。”阿巴恩再说一遍。

大卫不再回答。

睡眠随时都可能卷走大卫。阿巴恩仍旧四平八稳地说着，仿佛不存在这样的危险似的。

“‘格林戈要求让娜打报告。我呢，我恐怕不知道。格林戈说，犹太人收受一些大国的钱。让娜同格林戈进行讨论。我不懂让娜说的话。’”

大卫不再看阿巴恩，忽然，他开始在半明半暗中寻找。

“萨巴娜！”睡梦中的大卫叫起来。

萨巴娜没有回答。大卫还在叫。

“萨巴娜！”

他不再叫了。阿巴恩继续平静地说。

“‘我不懂格林戈说的话。’”

“她在哪里？”睡梦中的大卫问道。

阿巴恩没有回答。他继续说。

“‘在咖啡馆，犹太人曾说：我绝望了。’”

“萨巴娜！”大卫叫道。

“‘我没有听懂犹太人说的话。’”阿巴恩继续说。

大卫不再叫了。他似乎已成了输家。

瞌睡又控制了他，他的头开始向后仰倒。

“‘格林戈对我说：忘掉绝望这个字，犹太人的臭字！’”阿巴恩继续说。

阿巴恩显然在跟大卫的瞌睡赛跑，试图走在前头。

“‘我把一切都告诉了萨巴娜。’”

“萨巴娜，萨巴娜。”大卫喃喃说道。

他在与睡眠作斗争。他的眼皮颤动着。

“‘萨巴娜对我说：别担心，大卫，你一定能得到犹太人的狗，我一定把狗给你。’”

“是这样。”

萨巴娜一直在看黑黢黢的大花园。

大卫把头靠在安乐椅的椅背上。他半闭着眼，视线转到阿巴恩身上。

“‘有人同快被处死的犹太人说话。这是格林戈所禁止的。不知道格林戈为什么要这么禁止。’”

阿巴恩不再说话。他离开大卫。大卫是否看见他走了？

“萨巴娜！”睡梦中的大卫还在喊她。

大卫什么也看不见了，他的眼神漂浮不定。

“萨巴娜！”他倾全身之力朝她的方向动了动，他直起身，眼睛变得朦胧，好像十分警觉，他摸摸自己的武器，将它抓在手里。

“萨巴娜去哪里了？”

他用眼睛寻找萨巴娜。

他的警觉显然非常短暂，以致还来不及发现在半明半暗中她正紧靠着犹太人。

他松开手中的武器。

他又一下子跌坐进安乐椅。

他睡了。

萨巴娜离开犹太人。她坐到远离大卫的地方，坐在犹太人待过的桌子旁边。

犹太人留在原来的地方，他站在那里，朝大花园的方向望过去。

阿巴恩重又在各个房间里踱步。

萨巴娜朝自己周围看看。看不见阿巴恩，犹太人离得很远，大卫在睡觉。她沉默良久。然后，她说话了。

“他今后什么也记不起来。”

她的声音发生了变化，很微弱。

“他会记得一点点。”阿巴恩说道。

萨巴娜不动。她看上去似乎也沉入了梦乡。她跟大卫一样纹丝不动。

犹太人转过身来。阿巴恩回来了。他们看看她。她抬眼看他们：她的眼睛却只是两个黑窟窿。

“我们把狗给他吧！”她说。

“把你的狗给大卫吧，”萨巴娜说，“你的狗，你的脏狗。你的犹太狗。”

犹太人朝萨巴娜走过去。她看着他走过来。她对他说：

“我这就去叫醒他。我要对他说，你曾经试图逃走。同狗一起溜掉。”

犹太人坐在萨巴娜脚边。他把头靠在她的膝上。他用双臂使劲地搂住她。

“你那些价值几百万的狗，你应该给他。你写下：我把狗留给大卫。”

犹太人没有回答。他用双手死死抱住萨巴娜的身子。

“你听见了。你那些狗，你那些肮脏的犹太狗，你应该都给他。”

她并没有设法躲避犹太人的搂抱。她说话时也没有看他。

“那些狗已经属于大卫了。他把犹太人交了出来，犹太人的狗就属于他。”

她说话的声音很低沉，带着睡意。她的眼神跟大卫的一样朦胧。

阿巴恩从另一个房间回来了。她看见了他，她对他说话。

“我想要犹太人的狗，好让大卫到森林去。”

阿巴恩站在她和犹太人的面前。他看看她，没有回答。

“你们过去老把那些狗带在身边，如今，他们就要杀死你们，必须让这些狗离开施塔特。”

她挣脱犹太人的拥抱，她站起来。

“你们应该在死亡之前把那些狗交给大卫。把狗给了大卫，狗就能活。你们听见了吗？”

她看看大卫。

“大卫从格林戈手里把它们抢出来。

“他把它们带到森林里。

“它们就能活下去。”

她沉默，然后又说：

“森林里有一个狗窝，他神不知鬼不觉地把小狗卖掉，那些狗就藏起来了，他放弃了水泥，永别了，格林戈。”

犹太人又抬起头。他看看她。他仔细听她说话。她正在微笑。她发黑的嘴唇边上沾有白沫。她对他说：

“你也许不明白？狗属于大卫。”

她在等待。犹太人一直注视着她。他说道：

“那些狗属于大卫，我把它们给了大卫。”

萨巴娜往后退，然后停下。他们对视着。

“你去告诉格林戈：犹太人把他的狗遗留给了大卫。”阿巴恩说道。

犹太人又站起来，走到桌前，取一张白纸，写字。

他写完了，说：

“狗儿们会过得很快活。”

她没有回答。她呆呆地站在那里，听他们说话，看他们做事。

"你应该向格林戈解释这件事，"阿巴恩说道，"去对他说，大卫想要的，是犹太人的狗。"

她慢慢转身朝向黑黢黢的大花园，就这样站在那里。她说：

"格林戈什么也不会听，什么也不会读。"

他们好像没有听见。

"你应该对他解释说，当时大卫的愿望比生命、比死亡都要强烈。"犹太人说。

"对他格林戈来说，这个愿望看不见摸不着，"阿巴恩说道，"但对你萨巴娜来说却看得见摸得着。你对他说，大卫是猎手。又有狗。就应该让大卫得到那些狗。"

"你说，大卫这个名字，"犹太人说，"就是一个猎手的名字。"

她说：

"我打听过了，在施塔特禁养这些狗。"

他们没有回答。他们仿佛没有听见她的话。看他们的模样，好像已经忘记了萨巴娜的存在。他们自顾自地说话。

"价值几百万的狗。"犹太人说道。

犹太人的声音里有什么东西破碎了。是什么突然进入了他的嗓音?

"犹太狗。"阿巴恩说。

"没用的狗。"犹太人说。

"从不怀疑的狗。"阿巴恩说。

"快活的狗。"犹太人说。

静默。

传来一阵哭声。他们转身。萨巴娜在哭。

静默。

她说：

“我想要毒气室。我想死。”

她哭。

“带我走吧。我想出去。”

他们没有回答她。

“什么森林？”阿巴恩问道。

眼泪从萨巴娜眼里流出来。她在思索。

“森林。”

“你不知道这后面有什么，”阿巴恩说，“森林在哪里？”

她思索着。

“我不知道在哪里。有人说到过。”

“荒蛮的森林。”犹太人说。

“是的，”萨巴娜说——她等了等，“森林在哪儿呢？”

“在施塔特的一个个地窖里。”犹太人说。

她不再哭泣。她重又看了看两个犹太人。她的眼睛重又变成蓝色的了。又深，又蓝。

“森林也在大卫的头脑里。”犹太人说。

她仔细端详着睡觉的人。

“在大卫的头脑里。”萨巴娜重复道。

他们不言语了。

“你在森林里，”犹太人说，“你在大卫的头脑里。”

“远处，”阿巴恩说。“你看见了什么东西。”

她思索良久。

“我看不见另一个大卫，”萨巴娜说道，“我看见了那个犹太人。”

“那些犹太人也都在森林里。”阿巴恩说。

又传来一阵呜咽声，很短暂，立即被压抑下去了。

“他们都知道这点。但大卫……”

“你替大卫知道这点。”犹太人说。

她沉默了。她看了好一阵犹太人住宅里那些光秃秃的墙壁。她说：

“森林在犹太人的住宅里。”

“是的。”

“在犹太人体内，在他的狗身上。”阿巴恩说。

萨巴娜的眼神茫然。

“在布拉格城里，在死人平原上。”

“对，就照这个样子。布拉格也在施塔特。”阿巴恩说。

“死人平原就在犹太人的住宅里。”

“没错。”

“在一个相通的森林里。”

“在森林里。”犹太人说。

他们不做声，分散开来。

她谛听着施塔特的声音。万籁俱寂。

她再听，这次，闭上眼睛。

“你说话了？”她问犹太人。

“没有。”

“我听见了：有人说话。”

他没有回答她。她转向阿巴恩。

“有人在说：背叛，所有犹太人的背叛。”

“没有，”犹太人说，“什么也没说。”

“没人说话。”阿巴恩说道。

平原的狗儿们一下子乱叫起来。

“在狗叫声中我听见有人说话。”萨巴娜说道。

狗叫声停止。

“狗儿们安静下来了。”犹太人说。

“听呀，”阿巴恩说，“没有人说话，没有人叫喊。”

她听：万籁俱寂。

“犹太人从没背叛过，”阿巴恩说，“格林戈却有过背叛。大卫交出犹太人是为了得到犹太人的狗。大卫一旦得到了狗，他就会背叛格林戈。他就会说：永别了，水泥，永别了，格林戈。”

萨巴娜思索，有了结果，便向阿巴恩微笑。

“真的，由于深入研究了大卫，最终找到：永别了，格林戈，”她说，“也找到犹太人的森林了吗？”

“找到了。”阿巴恩说。

犹太人的狗在叫：叫声低沉而温和。

“是迪亚娜在叫，它在做梦。”犹太人说。

萨巴娜又想起了黑黢黢的大花园。她指指门玻璃后面那一大片看不见的深黑。她说：

“你说过：别再害怕，”她补充说，“别害怕什么？”

“快乐。”犹太人说。

“饥饿。”阿巴恩说。

大卫睁开了眼。狗儿们还在低声吼叫：大卫的眼睛便一直张开着。

“那个字眼把他惊醒了。”阿巴恩说。

“狗。”萨巴娜说。

“饥饿。”犹太人说。

狗叫声停止了。他们都在等待。大卫一直睁着眼睛，然后一下子，眼睛闭上了。他的呼吸又变得平静。

她指着他整个人。

“你宁可挨饿，也不愿这样？”

“他什么也不愿意，宁愿挨饿。”

“就为了这，他们才杀他？”

“是的。”

她再一次指指大卫整个人，但并不看他。

“我宁可死，也不愿这样。”

“不愿。”犹太人说。

他们分开了。都独自待着。每个人都注视着在灯光里睡觉的大卫。

“在他们睡觉的时候。”阿巴恩说。

萨巴娜不看大卫了。她转身对着黑黢黢的大花园。

“他还年轻吧？”阿巴恩问道。

“是的，年轻。”犹太人说。

“他不睡觉时，他是猴杀手。”阿巴恩说。

“泥瓦工人，”犹太人说，“在党的人。”

“他睡觉时，他是谁？”阿巴恩问。

萨巴娜没有说话。

“是萨巴娜的孩子。”犹太人说。

她一直待在通往大花园的门前，默默不语，向外张望。

施塔特整个是个黑黢黢的大花园。

犹太人的狗在叫。

大卫微微支起身子，扬手拒绝听狗叫。

他们一直离大卫很远，身体也各有距离。

“你当时往工地走，”萨巴娜说，“你回来，你写字。他们看见你在你住宅的窗玻璃后边写东西。”

狗叫停止。大卫又沉入梦乡。

"我当时没有写东西。"犹太人说。

"夜里，在桌前，所有的人都能看见你。你在白纸上写字。"

她向阿巴恩转过身去。

"每天夜里，他都在他住宅里踱步。他写东西。

"到早上，他就睡觉。"

"人们说过什么，我就写什么，"犹太人说道，"当时大家什么也没说。"

他们说话的声音都一样，很平静。

"你不愿写人们所说的以外的任何东西。"萨巴娜说。

"对，"犹太人说，"任何东西都不愿再写。"

"当时人们都说了些什么？"

"无论在一起或是分开，他们说的话都一样。"

"可你回来仍旧得写。"

犹太人不回答。

他们都不说话了。黑黢黢的大花园带来的隐隐约约的压力从四面八方袭来。犹太人透过窗玻璃注视着大花园。萨巴娜似乎在等待回答。

"不错，我仍旧写。"犹太人说。

他们又沉默了。

"格林戈曾说：在太阳出来之前那一刻？"犹太人问道。

"我不知道。"萨巴娜说。

静默。他们的话音深处起了同样的变化。

"你原来以为他们有可能会说点什么吧？"阿巴恩问道。

"在这方面我什么也没有想过。"犹太人说。

"来施塔特之前呢？"萨巴娜问。

"他们告诉我，用不着试图去写什么。但是我从来没有试图写过他们所说的东西。"

犹太人指指桌上放的某样东西。

“纸都在那里，”他说，“他们用不着去找。”

“他们会把那些纸烧掉。”萨巴娜说。

“没错。”

“他们把纸烧掉之后，”阿巴恩说，“格林戈就会说：犹太人写过他的私人日记。他在日记里记录了曾收受那些大国多少钱。”

“没错。”犹太人说。

“他们说日记里记录了每次收钱的数目。”萨巴娜说。

静默。

“没法理解。”萨巴娜说。

“没法。”犹太人说。

勉强的微笑使犹太人的脸抽搐起来。

“他们还会烧掉你的家具，”萨巴娜说，“你的衣服。它们再也无处放置了。他们也会烧狗。”

“大卫的狗，”阿巴恩说，“大卫的森林。”

“是的。”

静默。随后萨巴娜站起来，朝通往黑黢黢的大花园的门走去。

“施塔特人说的话挺没意思的吧？”

“还没听见有意思的。”犹太人说。

“对谁有意思？”萨巴娜问。

“对大家。”犹太人说。

“对烧毁呢？”

“也一样，”犹太人说——他又补充说，“对保存也一样。”

“对说话的人，施塔特人呢？”

“不，没意思。”犹太人说道。

“那就对谁都没意思。”萨巴娜说。

她喊叫。那是一声短促的呻吟，非常痛苦，低沉，从呻吟中还漏出大卫这个词。

从大卫的睡梦中也传来同样的呻吟，不连贯，也不结束：一定是大卫未经历过的梦境。谁也没有去接替这个梦。

他们都不说话。

“需要时间。”犹太人说。

他指指大卫。

“好让大卫，”犹太人继续说，“大卫，大卫……”

他没有说完这句话。

由阿巴恩从桌上取来被烧的纸。他读。

“‘一月十八日大家到达八楼。墙壁还没有砌好。四面受风。冬天很寒冷。大家靠一杯白酒支撑度过一个个小时。到晚上，大家都醉了。葡萄牙人不习惯，他们感到冷。有三个葡萄牙人在我的工地上死了。五个黑人在他们的房间里窒息而死。希腊人也不习惯。我那个工地上有一个希腊结核病患者大量咯痰。我所在的是三号工地。早上七点温度在十二度以下。人们干的活只有夏天的一半，手上的皮肤都冻裂了，水泥钻进裂口，手都成了灰色，早上，手破了，皮肤咔咔作响。格林戈是三号工地的头。让娜教葡萄牙人写字。格林戈说，三号工地给党增光。大家都加入了工会，是格林戈让我们加入的。大家向政府请愿。格林戈写请愿书。他说：葡萄牙人的生活条件令人没法接受。格林戈在人民之家讲话。在人民之家第二十二届大会上，他讲了一整夜的话。好多人都睡着了。晚上，大家很疲乏。太艰难了。一天下来，十公斤重的水泥，我们背了三十次，总共三百公斤。手像被灼伤一样疼。不是技工，就得跟葡萄牙人一起干活。’”

在寂静中，大卫叫起来。

“狗。”睡梦中的大卫叫道。

果然，狗儿们在黑黢黢的大花园的浓浓夜色中狂吠。孤单的长吠。

“格林戈。”萨巴娜说。

她不动了，她的眼睛再也没有离开过犹太人。

狗停止狂吠。

大卫又睡了过去。

“夜里，每逢有人走过，它们都叫。”阿巴恩说。

“不，只在格林戈经过时叫。”萨巴娜说。

在坚硬的道路上走路，她听得见。犹太人却听不见。

“他在看你。”萨巴娜说道。

她闭上眼睛听着。

“就他一个人。”萨巴娜说。

在坚硬的道路上走路，她又听见了。犹太人却没有听见。

“刚才就他一个人——”她等了等，“他又走了。”

又静默下来。

“也许是另一个人，”阿巴恩说，“或者什么也没有。”

“在施塔特，”萨巴娜说，“什么声音都能辨别出来，甚至格林戈的脚步声——”她补充说，“他刚才来看过了。”

“这就是可读的全部内容？”阿巴恩问道。

犹太人迟疑了很久才回答。

“里面有关于劳动条件方面的信息。”

他们不做声了。他们之间一直离得很远，都一动不动。

“连狗都不叫了。”萨巴娜说。

“可以读下去。”犹太人说。

“好让某个人说话。”阿巴恩说。

“或者呼喊，”萨巴娜说，“为狗。”

“资料在桌上，在被烧的纸下面。”犹太人说。

他们三人都同样处于迷迷糊糊的状态。

“房地产公司。”阿巴恩开始念。

他停下。又念起来。

“房地产公司由三家工业企业创办。完全是对等投资。医药公司，法国的？德国公司，纤维素。美国公司，钨。”

他停下。静默。

“我们试着念下去。”犹太人说。

“好的。”

阿巴恩在越来越迷糊的状态下继续念着。

“投资方面的利润是百分之五十二。法定的利润率原定在百分之二十七，合法的暴利率为百分之二十五。”

他停下。萨巴娜说：

“过去我了解医药公司。”

阿巴恩已经停下来。仍然是静默。

“再试着念下去。”犹太人说。

“房地产公司，”阿巴恩继续念，“是在施塔特过去的墓地上建造的。四天就拿到了建筑许可证。施塔特村长和三个村议员拿的回扣高达三百五十万。众议员回扣的金额是这个数目的三倍。”

他停下来。

“继续念。”犹太人说。

“葡萄牙人，”阿巴恩继续念，“葡萄牙人和别的工人拿到的薪酬在工会规定的工资标准之下。他们在企业委员会没有选举权。由此，他们也没有罢工权。房地产公司十成中有七成都是外国劳工，因而能避免罢工。”

他停下。他闭上眼。

犹太人不再说什么。

“劳资协议最近规定，四十小时工作时间以外的劳动工资，每小时应该按比例提高百分之十二。但并没有遵守这个规定。”

停顿。

“非征税食品已经提高到百分之十的范围，”阿巴恩继续念，“在非移民工人的收支预算里，提高的部分却消失了。”

停顿。

阿巴恩等了等，又开始念。他的声音很微弱。

“当前唯一的政治目标：最低工资的浮动级别。”

他停下。

阿巴恩坐在桌边，保持着阅读被烧文件的姿势。

犹太人在房间里走了几步，然后坐下来，靠着通往黑黢黢大花园的门坐下来。他跌坐在那里，头朝萨巴娜，闭上眼睛。

萨巴娜也在作同样的努力。她站起身。她没有盲目乱走，她直奔犹太人所在的地方。她到达那里。她在他旁边站着，长时间注视着他。她说：

“点灯，我看不见你了。”

他没有动。阿巴恩也一样。

萨巴娜走开，她点燃两个犹太人对面房间的灯。

她一个接一个看他们，灯光斜照在他俩闭着眼睛的脸上。然后，她只看犹太人。她说：

“我在看你，我看见你了。”

传来阿巴恩的话音。

“他现在什么也不去想了。”

犹太人垂着眼睛。她说：

“那是假的。”

犹太人抬眼。

“你们害怕了，”萨巴娜叫道，“你们在哪里？”

“在这里，你面前。”阿巴恩说道。

“不是他，”她指指犹太人，“不是他。”

犹太人与萨巴娜互相对视。勉强的微笑使犹太人的脸抽搐起来。

“我有一天会自杀。”犹太人说道。

萨巴娜的蓝眼睛睁大了，随即暗淡下去。

“就因为这个他们才杀你。”

“没错。”阿巴恩说。

萨巴娜坐到犹太人身边。她留在那里，在他身边，不说话，张大了眼睛。

他们都不说话，两人都顺着墙壁滑下去，什么也不看。

“所有的犹太人在痛苦时未必都能避免做蠢事。”阿巴恩说道。

他停下。他显然在努力说得清楚些。他继续说：

“有时候，他们感到很难活下去。”

静默。

“之前，这个犹太人是很有信心的。”阿巴恩又说。

“对什么有信心？”

“他当时属于格林戈党。”

“共产党。”

“不，格林戈党。”

她也跟阿巴恩一样在努力：

“现在呢，他是什么？”

阿巴恩没有马上回答。

“假如他还能是什么，那就是共产党员。”

轮到阿巴恩站起来靠在墙上，墙对面是通往大花园的门，他跟其他两人不在一起。萨巴娜只能在远处听他说话。

“那现在呢？到现在为止？”萨巴娜再问一次。

犹太人微微一笑，做了个手势。

“什么也不是？”萨巴娜问。

“不是，”阿巴恩说道，“是另外的什么。他也不知道是什么。”

“我早就知道了。”萨巴娜说。

阿巴恩贴着墙滑下去，他坐在地上。他仍然离犹太人和萨巴娜都很远，但跟他们一样，他现在也坐到地上了。

萨巴娜把手朝犹太人的方向伸过去，触到了他的眼睛。

“你已经变成瞎子了。”

“是的。”阿巴恩说。

“你已经变成聋子了。”

“是的。”

她的手还停在冰冷的眼睛上。

“就像大卫。”萨巴娜说。

手又落了下去。

她做了这事。她艰难地站起来，她离开自己在犹太人身边的位置。

她站在那里，面对着犹太人。

她朝大卫那边动了动，但视线仍停留在犹太人身上。

随后她朝大卫转过身来。她就这样转到大卫那边。她的视线已离开犹太人。

随后一动不动。

萨巴娜的身躯好像受到后续的动作阻挡，她虽然朝向大卫，却仍然跟犹太人在一起。

接着，她突然迈步。她朝大卫缓缓走过去。她停下。她又走。她来到他身边。她看着他。

大卫的呼吸深长而均匀，他睡得很解乏：她注视着他。

她做这事。

她用双手小心翼翼地捧起大卫的头，把他的头抬起来。

“你醒醒，大卫，两个犹太人在说话。”

“不。”睡意正浓的大卫说。

她俯身。她好像很快活似的说着话。

“大卫，犹太人在说话。”

“什么？”大卫问道。

他还闭着眼。

“什么？”大卫问道。

他张开眼。他看了看坐在大厅深处的两个犹太人。他似乎认出他们了。他在回忆。犹太人没有看他。

大卫看上去得到了休息。

“他们没有试图逃走吧？”大卫问道。

“没有。”

她目不转睛地看着大卫。

“你睡得很好。”

大卫没有回答。

“几点啦？”大卫问。

“夜里。”萨巴娜说。

大卫老往有狗的大花园那边看。

“格林戈呢？”大卫问。

“他走了，”萨巴娜说，“他晚些时候回来。”

“一直在开会？”

大卫很吃惊。

“为什么开这么长？”

“我不知道。”萨巴娜说。

“他原来告诉我在夜刚开始的时候。”大卫说。

大卫看看犹太人。

“刚才还只有一个犹太人。”

“你睡觉的时候格林戈又带来了第二个。”

大卫醒了。他伸伸懒腰，伸伸胳膊，皱了皱眉，看看自己的双手，试着伸开手指。他感到疼。他的动作戛然停止：他一定记起了什么。

“那第二个，他们也要杀掉？”

“我不知道。”

“他们杀他也罢，不杀也罢——”他笑笑，“既然他们要杀第一个，对他们来说就都一样了。”

“那倒是。”萨巴娜说。

两个犹太人都抬起了眼。他们没有看大卫，他们在往黑黢黢的大花园看，他们没有说话。

“他们互相认识吗？”大卫问道。

“我想不认识。”

阿巴恩朝萨巴娜笑笑。大卫看见了他的微笑。

“瞧，他们在笑。”大卫说。

她没有回答。大卫问道：

“为什么？”

她没有回答。

“在将死之时。”大卫说。

大卫似乎在迟疑。他也尝试着笑笑，后来却没有笑出来。他好像胆怯了。他一定已经看出来她不会回答他。他说：

“你把我叫醒，你说：犹太人在说话。”

他指指犹太人，他说：

“他在笑。”

那个犹太人闭上了眼。从他脸上什么也看不出来。

“他当时在说话，”萨巴娜说。“他在说他要自杀。这使他发笑。”

大卫发愣。他还指着犹太人。他还在说：

“他在笑。”

“离死就几个钟头，这让人发笑。”萨巴娜说。

他们看看那犹太人：他正在看黑黢黢的大花园，他好像在笑。

“他在笑。我看见他在笑。”大卫说。

大卫仔细看了看他，自己还一直在发愣。

“也许他在睡觉。”他说。

“没有。”萨巴娜说。

“也许他在害怕。”大卫说。

“他并没有试图逃走。”阿巴恩说。

大卫微微惊跳了一下，他看看新来的人阿巴恩，然后又回到那犹太人身上。

“他说：我想活，我想死。”萨巴娜说。

“也许他对生死无所谓，”大卫说，“有这样的人。”

“也许吧。”

萨巴娜离开大卫。她朝房间尽里头走去，她靠墙坐下。大卫一个人留在灯光下。

静默。

没有人说话。

大卫在等待。他显然很不自在。

“我不明白，”大卫说，“你说过：犹太人在对你说话。”

“我们不能逼迫他再说话。”萨巴娜说道。

大卫问阿巴恩：

“他当时在说什么？”

“他在说：什么也没有了，”阿巴恩说，“别的什么东西，别的做法，别处。”

大卫一个接一个看他们，然后看萨巴娜。他试着笑笑，他对萨巴娜说：

“就为这个把我叫醒。”

没有人回答他。他发现犹太人在看他。他吓了一跳。犹太人不再看他了。犹太人闭上眼。大卫使了下劲。这是他第一次为了说话而使劲。

“这人是谁？”大卫问道。

“我不认识他。”阿巴恩说。

“我不知道。”萨巴娜说。

“他的一生没人看得见。”阿巴恩说。

静默。

“你是谁？”萨巴娜问犹太人。

犹太人摇头：不。

“他再没有勇气了。”大卫说。

“不对，”阿巴恩说，“他的力量完好无损。他还有巨大的力量。”

大卫注视犹太人良久，犹太人闭着眼睛在微笑，从而显示出力量。

“还真是。”大卫说。

“就这一会儿，很快就会过去。”萨巴娜说。

“夜的空隙。”阿巴恩说。

犹太人站起来，他在房间里走了几步，走得很慢，好像心不在焉，他的影子从大卫身边经过，他朝通向大花园的门走去，停在那里。

“他有活的愿望，”萨巴娜说道。“他却不去尝试活下去。”

静默。

大卫朝前俯身，试图待在灯光之外。

“他想活下去，但不愿在施塔特郊外工人区干活，”阿巴恩慢条斯理地说道，“什么活也不干，也没有任何看得见的工作，在施塔特郊外工人区他就愿意这样活下去。”

“什么活也不干。”大卫喃喃说道。

大卫注视着犹太人。他似乎想说话。他什么也没有说，他紧张而费力地看着犹太人的背。

“一天晚上，”萨巴娜说道，“我当时不在那里，我在哪儿来着？是掉后头了吧？你和犹太人，你们俩进了咖啡馆，他对你讲了一下他当时的处境。”

大卫的脸变得煞白。

“我当时没有听，”大卫说——他等了等，“我听不懂。”

“什么也听不懂吗？”萨巴娜问。

“他应该听到了点什么。”阿巴恩说。

大卫思索了很久。

“关于自由，”大卫终于说道，“关于自由方面的东西。”

他还在思索。

“谈到了绝望，”大卫说——他好像吓坏了，他笑笑，有点尴尬，“我睡觉了。”

他们都沉默下来。阿巴恩指着犹太人。

“他失去了全部的信心，”阿巴恩说，“这点谁都知道。”

大卫在思考。

“格林戈杀他，这很正常。”

“正常。”阿巴恩说。

大卫说话的声音更低了。

“他是格林戈的敌人。”

“这个人可不一样，”阿巴恩说，“他不相信共产主义能实现——”他补充说，“格林戈相信能实现吗？”

大卫像面对一场闹剧似的笑笑，他在犹豫。

“是的，他相信。”大卫说。

“什么样的共产主义？”阿巴恩问道。

大卫不笑了。他朝萨巴娜那边看。他在求助。萨巴娜不做声。

“你不知道，”阿巴恩说，“我们都不知道。”

他们都沉默下来。阿巴恩又指指犹太人。

“他，”阿巴恩继续说，“他认为没有必要杀格林戈。”

“他认为格林戈已经死了。”萨巴娜说。

“怎么？”大卫叫起来。

没有人回答大卫。

“格林戈杀他，这很正常。”大卫再说一遍——他的声音在发抖。

“格林戈，是这样。”萨巴娜说。

大卫盯着萨巴娜看，然后，恐惧像霹雳一般猛然攫住了他。

他在等待。萨巴娜却什么也不说了。恐惧离开了他。

“那犹太人的一生是看不见的，”阿巴恩说——他补充一句，“就像大卫的一生。”

恐惧走得更远。又是静默。

“那犹太人过去是很有信心的，”萨巴娜说，“就像现在的格林戈。”

“对什么有信心？”萨巴娜问。

“对等待过后才能找到的东西，”阿巴恩说，“以及只有等待才能引导人得到的东西。”

“那犹太人还很年轻的时候，”萨巴娜说，“他相信这个，就像现在的格林戈，是吗？”

“是的，他生活在这个信念里有好些年了。”阿巴恩说。

“我不明白。”大卫说。

“好长时间了，格林戈。好长时间了，你明白的。”

大卫没有回答。

“我们曾经相信，没完没了的等待是合理的。而现在，我们认为这样的等待是无用的。”阿巴恩说。

大卫在思考。他在周围每个人的脸上寻求答案。

“发生了什么事情？”大卫问道。

“耐心逐渐变成了目的。”

大卫突然转过头去，他触到自己的武器，他像扔掉火一样放开武器：原来是那犹太人在说话。他的语气十分平和。

“我在看，而且我看见了耐心。”萨巴娜说。

大卫也突然地把视线收回到萨巴娜身上。萨巴娜补充说：

“耐心烧坏了你的手。”

静默。

“我们可能搞错了。”阿巴恩说道。

“可能，”犹太人说。“永远可能。永远。”

犹太人慢慢回到自己的位置上。他席地而坐，背靠着墙壁。勉强的微笑使他的脸抽搐起来。他说：

“很漫长。”

他闭上眼。

萨巴娜转向面朝道路的窗户那边。

她谛听从死人平原传来的狗叫声。

“大卫，我看见他在外面，”萨巴娜说，“我看见，如果有人开门，他会带着寒冷走进来。而你，你一向只看得见大卫身上的大卫。”

“是的。”犹太人说。

“‘大卫，你就是大卫。’”大卫喃喃说道。

他用眼神询问他们，他试图理解他刚才说过的话。

“他当时看你很年轻，”阿巴恩说，“他把你看成孩子，他想教你认识你的名字。他哭了。他看得不准。”

“他当时哭了。”大卫喃喃说道。

“是的。现在，他看你准些了。”

突如其来的深沉寂静。狗不再叫。没有一丝微风吹过。

“他现在怎么看我？”大卫低声问道。

犹太人睁开眼睛看大卫。大卫与犹太人第一次互相对视。

“我想杀掉你。”犹太人说。

声音嘶哑了。爱，又一次进入犹太人的声音。

大卫俯身向前，大叫：

“萨巴娜！”

她没有回应。

“你当时在睡觉，”阿巴恩说，“他只看见你的身体在睡觉。他只看见你的双手。”

静默。狗在远处叫。盲目的嗥叫。

“在大卫的命运问题上，我们处在致命的不确定中。”阿巴恩说。

大卫在安乐椅里直起身子，他看着萨巴娜，他张开嘴想喊叫。他没有叫。

又静默下来。

传来萨巴娜的声音。

“我怕。”

“我们怕。”犹太人说。

萨巴娜向前走几步，她到达窗前，把脸贴在冰冷的玻璃上。

“外面只有活人格林戈。”她说。

“还有让娜。”

“没错。”

她谛听着。她的声音重又变得很微弱。

“森林里，牲畜都完蛋了——”她还在谛听，“池塘都干得见底。”

“睡得深沉，”阿巴恩说，“黑夜将尽。”

他们的话音都一样，缓慢，平和。大卫叫道：

“过来。”

她没有听见。他在寻找她的视线。她已经转过身去，她在看犹太人。

犹太人也在看她。

“这犹太人过去以为可能成功，”阿巴恩说，“他现在不这么看了。”

大卫不再后退，也不再前迎。

“他现在认为成功就是失败，”阿巴恩继续说，“最显著的成功就是最严重的失败。”

“力量。”犹太人说道。

大卫再一次触到他的武器。

“死亡。”犹太人说。

大卫像躲开火一样放开他的武器。

“我在看它，我看见它了。”萨巴娜说。

“别说了！”大卫恳求道。

“它烧了你的手。”萨巴娜继续说。

没有人再说话。

狗在大花园里叫。

“格林戈，”萨巴娜说，“他在寒冷中转来转去。”

她离开窗户，她走去贴墙坐下。

“萨巴娜。”大卫叫她。

“我再也听不见你说话了。”萨巴娜说道。

“过来。”

“她再也不会过来。”阿巴恩说。

大卫不再叫她。

“今天夜里，她对大卫的爱已经变成了她对犹太人的爱。”阿巴恩说。

“你们都别说了！”大卫喃喃道。

传来犹太人嘶哑低沉的嗓音。

“萨巴娜。”

传来萨巴娜的声音。

“我就要同犹太人一起被杀。”

静默。

“谁在说话？”大卫问。

“萨巴娜。”阿巴恩说。

“她疯了。”大卫说道。

又听见萨巴娜说话。

“格林戈马上要从大路上开枪。”

大卫住口，接着突然飞快地说：

“她一上当就发疯。”

没有人回应他。他说话飞快。

“她啥也不懂。”

“萨巴娜。”犹太人说道。

“她不识字，”大卫说，“她啥也不知道——”他问萨巴娜，“施塔特在哪儿？”

"我不知道。"

大卫笑了。假笑，随即停止。

"你们瞧见了。"他说。

他对两个犹太人说话。他说话，说得飞快。

"她不知道自己多大年纪，她不知道自己姓什么。"

他停下。再说话时就没那么快了。

"她不知道自己是否有孩子。"

萨巴娜没有答话。大卫对两个犹太人说。

"她甚至不知道自己是从哪儿来的，那么你们瞧着吧。"

他在等。萨巴娜一直没有说话。

"有人说她是犹太人，"大卫说道，"说她从远处来。"

"从德国的犹太人居住区来，"犹太人说道，"从奥斯施塔特城。"

大卫不说话了。他重复道：

"奥斯施塔特。"

他说话的快速劲儿消失了。

他朝萨巴娜转过身来。眼睛里流露出恐惧。

"你是奥斯施塔特城的？"

他们都在注视她。她在灯光下贴墙坐着，一动不动。蓝色的眼睛也不转动：它们在搜寻奥斯施塔特。

"奥斯施塔特。"萨巴娜一再重复。

"正是。"犹太人说道。

"奥斯施塔特在哪儿？"大卫问。

"就在这里。"犹太人说。

"哪儿都有，"阿巴恩说，"就像格林戈。就像犹太人。就像大卫。"

"在这儿，在所有地方。"犹太人说。

萨巴娜还在搜寻奥斯施塔特。

“是在什么时候？”大卫问。

“向来，”犹太人说，“现在。”

“我们全都从奥斯施塔特城来。”阿巴恩说。

静默。好像有另外一种恐惧又开始攫住大卫，截然不同的恐惧。

“假如她知道些事情，她就不会与犹太人有所区别。”阿巴恩说。

大卫一边往后退，一边看萨巴娜的影子，仿佛再也认不出她了似的，他说：

“没错——”他飞快地补充道，“格林戈说她疯了，她在乱编。”

“你怎么想？”阿巴恩问。

大卫在努力。恐惧似乎消散了一点。他过了好一阵才回答。他回答时没有看他们。

“我不知道，”大卫说——他笑了笑，但几乎看不出来，好像被吓住了似的，“我跟她闹着玩儿。”

静默。

“她是谁？”大卫问。

恐惧退隐了。

“谁也不知道。”犹太人说。

大卫与犹太人面面相觑。

大卫与犹太人一直面面相觑。

“毕竟还是有必要试一试。”犹太人对大卫说。

大卫吓了一跳。

“试什么？”

“往共产主义走。”犹太人说。

“什么样的共产主义？”大卫问道。

大卫仿佛正对着一出闹剧发笑。两个犹太人也在笑。

“什么样的共产主义我们不知道，”阿巴恩说。“你也不知道。”

那犹太人开始向大卫微笑，开始微笑，向大卫微笑。

大卫摸摸他的武器，他并不知道。摸到武器时，他像摸到火一样连忙放开。

“试试到森林里去。”阿巴恩又说。

“原始。”犹太人说。

“森林。”大卫接着说。

他们都不说话了。大卫一直在看他们。他们却不再看大卫。

“你们是为破坏团结而来？”大卫问——他在背书，嗓音毫无生气，他在发抖。

“是的。”

“分裂？制造混乱破坏团结？”

“是的。”犹太人说。

“在思想上播撒怀疑？”

“是的。”

“要达到什么目的？”大卫问道。

“没有人知道。”犹太人说。

“打碎，摧毁。”萨巴娜说。

“哪里？”大卫问。

“萨巴娜那边。”犹太人说。

静默。大卫仿佛在睡梦中挣扎。

“人家杀你们，人家像瘟疫一样驱赶你们，都很正常。”

“没错。”犹太人说道。

静默。

萨巴娜透过黑黑的玻璃窗往外看。

大卫支起身子。

萨巴娜和大卫能听见两个犹太人听不见的，能看见两个犹太人看不见的。

“有人在水塘那边走。”萨巴娜说。

“有亮光！”大卫叫道。

她透过窗玻璃看黑黢黢的大花园。

“大花园里有亮光！”大卫叫道。

萨巴娜看着，等着。她说话很平静。

“我看见亮光了，”她说，“现在什么也没有了。”

他朝她那边支起身子。她却一直面对着大花园。

“我害怕，过来。”大卫说道。

“不。”

他又跌坐进安乐椅里。他闭上眼。他竭尽全力希望睡眠再光顾自己。他呼唤萨巴娜。他对她说他不明白，要她回来。

她不回答他。

他还在叫她，声音微弱了些。接着便不叫了。

她朝他转过身来：又快睡着了，两只胳膊已经放在扶手上，头往后仰。她离开通向大花园的门，她走到他身边，捧起他的手，留在他旁边。

“别睡。”她说。

“不睡。”大卫说。

萨巴娜一直待在大卫身边。

“别睡。”萨巴娜说。

“不睡。”大卫说。

她一直将大卫的手握在自己手里。她说道：

“花园里的亮光，那是假的。你的手很凉。”

大卫不回答。

“你不那么害怕了。”萨巴娜说。

大卫的眼神在询问萨巴娜。

“我想是的。”大卫说。

两个犹太人坐在桌旁，姿势相同。他们的头靠在墙上，他们都不做声。那犹太人注视着萨巴娜。他注视着那双蓝眼睛，又深又蓝，朝大卫大睁着。

“没有必要害怕。”萨巴娜对大卫说。

“没有必要。”

大卫的眼里流露出一种全面的信任之情。她举起他的手，仔细端详着。

“你的手很重，”她说，“是水泥造成的。”

“那东西刺手。”大卫说。

“你干了很多活。”萨巴娜说。

“是的。”大卫说。

“为了什么？”萨巴娜问道。

大卫等了会儿才回答：

“我不知道。”

静默。

萨巴娜一直将大卫的手握在自己手里，同时朝大路望过去。她说话的声音很平和。

“今天晚上，是冰和荒漠，”她说，“让娜就在冰和荒漠里。”

“让娜，”大卫说，“她在哪里？”

他几乎是叫着说出这句话的。他的声音低沉，嘶哑。

“我不知道，”萨巴娜说，“你早就把她忘记了——”她对犹太人说，“我们为让娜担惊受怕，白日，黑夜。”

“为什么？”大卫问。

萨巴娜没有回答大卫。她回答犹太人。

“她干的都是反对格林戈的事，她拆他工作的台，她一天接一天在试验。”

大卫甩开萨巴娜的手。

“这不符合实际！”大卫叫道。

萨巴娜不回答。她目不转睛，声音跟大卫的一般嘶哑。

“她以为她能那么做，她疯了。”

静默。

“让娜写报告那天晚上，我没有睡觉，”萨巴娜说——她指指大卫，“大卫在睡觉。我听见了。

“格林戈要让娜写：罪恶的谎言。让娜写的是：罪恶的自由。

“格林戈想要这句话：由一个商业大国豢养。

“让娜写的是：思想上的谬误。

“格林戈大叫。

“让娜说她要去叫醒大卫，好问他犹太人在咖啡馆说过些什么，后来只记下了大卫可能说些什么。

“格林戈笑了。他叫让娜别装小孩。

“于是，让娜写了这个词：自由。”

萨巴娜离开大卫。她朝通向黑黢黢的大花园的门那边走去。

“让娜到现在也不知道我晓得，”萨巴娜说——她朝大卫转过身来，“你当时并不知道。”

“不知道。”大卫说。

大卫在等待。紧张的等待让他的脸显老。

“你当时啥也不知道？”萨巴娜问。

“我应该知道一点点，”大卫说——他又补充道，“格林戈说过：让娜是个没用的废物。”

静默。

“让娜跟大卫一般年轻，”萨巴娜说，“她跟大卫同年。她跟他一般漂亮——”她看看犹太人，“她总有一天会像你一样被杀掉。”

“住嘴。”大卫叫道。

萨巴娜望着黑黢黢的大花园。

“我们过去住在一起，”萨巴娜说，“我们过去一道，都是大卫的妻子。”

呜咽声从萨巴娜胸腔中发出。她把双手放在冰冷的窗玻璃上，然后把额头放在手上。

一片低沉嘈杂的声音从施塔特连接大花园延伸处的地方传来。大卫叫道：

“有人朝水塘那边开枪！”

萨巴娜没有动。大卫的脸重又变成了娃娃脸。

“你怕什么？”犹太人问。

大卫没有回答。他目不转睛地看着犹太人。他的眼睛在颤抖。

萨巴娜又回到大卫身边。

又有一条狗在叫。是在大花园里。叫声很奇怪，像是被掐着脖子而痛苦地嚎叫。

“是迪亚娜。”大卫说。

“你也许还在睡觉吧？”萨巴娜问他。

大卫艰难地支起身子。

“我听见你好像在远处说话，”他对萨巴娜说，“好像在大花园的另一头。”

“同狗儿们说话。”

他谛听着。

“迪亚娜，那是迪亚娜——”他好像才发现萨巴娜在场，“啊，你在这里。”

“迪亚娜在做梦，几条狗都在做梦。”萨巴娜说。

“不。”大卫说。

“格林戈试图杀死迪亚娜。”

大卫吓了一跳。他随即安静下来。

“不，没有。”

“他们没有明说要杀死那几条狗。”萨巴娜说道。

“没有。”大卫说。

萨巴娜离开大卫。她朝通向大花园的那道门走去。她张望。狗叫已经停止了。

“这条犹太母狗，”萨巴娜喃喃说道——爱已经进入她的嗓音里。

“是的。”大卫说——某种微笑使他的眼睛发亮。

“养来玩儿的母狗，为你养的。”萨巴娜说。

“是的。”

“那么，他们一定会把它杀掉。”萨巴娜说。

“在这里，他们要的只是看门狗。

“在死人平原有成百条这样的狗，那都是施塔特的王子。”

大卫倾听着萨巴娜缓慢而柔和的话音。他在做手势。

“那些狗每天吃饭，”萨巴娜说，“它们睡觉。黎明时才训练。

“有时候，人们把它们放在警用坦克的转塔里，它们去邻近的犹太人居住区，格林戈祝贺它们，扔鲜花给它们，还命人给它们制造勋章，他把勋章挂在狗颈圈上。”

她朝大卫那边走几步，在到达他身边之前停下。他们互相看看。她说：

“有时候它们会得到自由，人们把它们放出去，对它们说：你们自由了，去杀吧。

“当犹太人从平原另一边、从水塘那边越过带刺铁丝网时，有人就会对它们说：去杀吧。”

“‘你们自由了。’”犹太人说。

大卫又支起身子。他的眼睛又变得浑浊发黑。他在摸自己的武器。萨巴娜没有显出已看见他动作的样子。她说：

“你自由了。”

大卫放开自己的武器。他注视着站在他面前的萨巴娜。他的手在发抖。他盲目地向她微笑：

“我不明白。”他说。

“你没有开枪。”萨巴娜说。

静默。

在大花园里，又传来同样痛苦的狗叫声。

“迪亚娜。”犹太人说。

大卫看看犹太人，然后看看萨巴娜。他的眼睛又变得明亮了。

“它在绝望地嗥叫。”萨巴娜说。

“一条狗？”大卫问道。

“不知道。”犹太人说。

“绝望地，一条狗？”大卫喃喃重复着这几个字。

“什么也不知道。”阿巴恩说。

静默。

“几点了？”大卫问。

传来阿巴恩的话音。

“我们总算快熬到天亮了。”

大卫又支起身子，一脸恐惧。他第一次朝大路那边看。他在发抖。

“没有，天还很黑。”犹太人说。

“他们不再朝水塘开枪了，”萨巴娜说，“他们又走了。”

“我不明白。”大卫喃喃说。

他们都沉默下来。

在大花园里，这次传来了一声极长的哀号。大卫又直起腰。他明确地说：

“有人在伤害迪亚娜。”

他是在对犹太人说话。犹太人，跟他一样，在倾听那哀号声。大卫朝阿巴恩转过身来。

“它在抱怨天太黑？太冷？”阿巴恩问道。

“我不知道。”犹太人说。

“我认为是吓的。”大卫说。

“怕有人杀它？”

“怕杀戮，”萨巴娜说——她在等，“它又睡着了。”

静默。

萨巴娜离开大卫，慢慢地，她往桌子那边走去，来到犹太人附近。她又转身朝着大卫。她突然显得筋疲力尽。

“那犹太人把狗给你，”她说，“你可以去牵。”

大卫的眼神变了。他的全身，他的眼睛，突然显露出掺杂着痛苦的快乐。

“迪亚娜，”萨巴娜说，“你去牵它。”

大卫示意她闭嘴。

“迪亚娜，”萨巴娜继续说道，“那条犹太母狗，属于你了。”

她话音里的柔情使他禁不住流下眼泪。

“你在犹太人的住宅里干什么？”萨巴娜继续说，“动身去森林吧。”

大卫示意：不。他说：

“格林戈永远不愿意。”

静默。

“你了解那片森林吗？”阿巴恩问道。

“了解，”大卫说，“在带刺铁丝网后面。”

“很大吗？”萨巴娜问。

“荒无人烟。”大卫说。

“有野兔。”

“对。”

他的面前是固定的、绝望的睡梦。他的眼睛望着黑黢黢的大花园里一个不确定的地点。

“谁对你提过这个地方？”阿巴恩问。

“谁也没提过。”

他望着黑黢黢的大花园。

“那是不可能的。”他加重语气说。

“中毒气的狗，”萨巴娜轻轻说道，“值几百万的狗。”

“是的。”大卫说。

他们看了看闭着眼睛的犹太人。

“千年以来那些狗一直在他家，”阿巴恩说，“它们是他身体的一部分。格林戈会给它们定价。”

“怎么？”大卫问道——他的声音像孩子一般。

“他既然杀了那些狗，”阿巴恩继续说，“他就一定会说明为什么杀。他会说：我杀它们，因为它们非常值钱。”

“值多少多少钱，数字精确。”萨巴娜说。

静默。犹太人睁开眼，看看大卫。

“又开始了。”萨巴娜说。

萨巴娜能听见的东西，大卫再也不听了。

她在谛听，她说：

“子弹滑过冰面。是在大花园另一边。”

她还在谛听。大卫注视着她。

“他们又走了。”她说。

“又走了。”大卫喃喃说。

“是的。”

“我不明白。”大卫说——他是在对犹太人说话。

萨巴娜又朝大卫那边走去，她又在到达之前停了下来。

“你应该这么做。”她说——她的声音很微弱。

大卫稍退几步，目光却一直没有离开萨巴娜。

“啥？”大卫问。

“杀犹太人的狗。”

大卫一动不动。恐惧还未成形。

“你告诉格林戈：我也杀了犹太人的狗。”

大卫一直看着萨巴娜。恐惧正在形成。大卫似乎有了点笑意。他看见眼睛里的蓝色光芒已经熄灭。

“格林戈会给你提级，他会允许你放弃水泥行当，你就可以回到格林戈部队的红色兵团。”

大卫抬起他龟裂的双手，他赶走这些景象，他大叫。

他大叫“不”，声音拖得很长，双手往前伸，闭眼不去看杀狗的景象。

接着，他停止大叫。他的双手垂下，抓住安乐椅的扶手。他注视着两个犹太人。

“他在哭泣。”萨巴娜说。

再也看不见犹太人的眼睛。

“有人哭，”萨巴娜说，“某个人在哭。是你，或是他。”

她朝大卫转过身去。大卫不明白。他用手抹脸，他看了看湿了的手。他不明白。

坐在犹太人旁边的阿巴恩看上去已经把犹太人忘记了。

“或者他在睡觉。”萨巴娜说。

她等了等，看着犹太人。

“不，他是在哭泣。为你哭。或者不为什么而哭——”她的声音变得低沉，“不为任何东西而哭。”

大卫朝犹太人俯身。他脸上露出一种像是痛苦而憎恶的表情。

“他再也不自卫了。”大卫说。

“不自卫了。”

萨巴娜和大卫看着犹太人。阿巴恩说话时并不看他。

“他害怕。”大卫喃喃说道。

“他没有试图逃跑，”阿巴恩说，“实际上他兴许并不害怕。”

“他累了。”

“不，你瞧，他的力量还完好无损，还相当可观。”

大卫注视闭上眼睛的犹太人良久，这才发现了他的力量。

“真的。”大卫喃喃道。

“他过去的生活方式一定使他对他所能预计到的一切做好了思想准备。”阿巴恩说道。

他们都沉默下来。

“但他究竟是谁？”大卫又问。

“我不知道。”阿巴恩说。

“他对犹太人居住区厌倦了，”萨巴娜说，“对跑货车的道路厌倦了，因此他来到这里。”

她转身对着阿巴恩。她说：

“你也是，犹太人。”

“对，也是。”阿巴恩说。

他们说的话都同样记在大卫心里：他注视着犹太人，只注视他。他盯着他说道：

“格林戈说：犹太人很危险。”

“没错。”阿巴恩说道。

“还有吗？”大卫问。

“有。”

大卫看着，看着，竟神秘地看见了，看见了危险。

“真是那么回事。”大卫喃喃道。

他艰难地转身朝着阿巴恩，他说：

“格林戈害怕他。”

“对犹太人来说，格林戈根本不存在。”

大卫想起来了。

“没错，犹太人当时什么也没说，没有说格林戈任何坏话。”

阿巴恩微笑，他等了一会儿才回答。

“对犹太人来说，格林戈存在的唯一方式，就是杀他。”

大卫又被恐惧攫住了。他好像要从安乐椅上站起来。萨巴娜也好，阿巴恩也好，都似乎没有留意他费的这些劲。

“换句话说，”阿巴恩说，“犹太人过着一种看不见的生活，就像大卫那样的生活。”

“一大堆痛苦。”萨巴娜说。

“一大堆水泥。”阿巴恩说。

“一大堆一大堆的痛苦和水泥。”萨巴娜说。

“是的，”阿巴恩说——他微微一笑，“看不见的，淹没在犹太人居住区的。”

犹太人又抬起头，看着大卫。

大卫发现犹太人正注视着他。他的腿和腰都惊得一颤，他试图躲开他的视线。他又跌坐进他的安乐椅里。犹太人将视线转到黑黢黢的大花园那边：大卫平静下来。

“他当时一点不知道该去哪里，”阿巴恩说道，“他来到了这里，施塔特，但他本来也是可以去别处的。在别处，也一样，事情也会发生：格林戈们或买卖人最终也可能把他杀掉。所以，这里或别处，这个人或那个人，都一样。”

大卫又试图逃离安乐椅。他再一次跌坐下来。萨巴娜也好，阿巴恩也好，都没有留意他费的这些劲。

犹太人又把头枕在自己的胳膊上，他似乎精疲力竭了。萨巴娜躺到桌上，紧贴着他，她触到了他的背，他的头发，他的手，他的身躯。然后停在那里，一动不动。

大卫只看着犹太人。

“很久以前他就离开家了，”阿巴恩继续说，“他好像娶过一次老婆，还有过孩子。后来有一天，他又动身走了。”

“随后他又从他后来待的地方动身离开了。”萨巴娜说。

“又动身了，又走了，”阿巴恩说，“无论在哪里都这样。”

大卫的眼睛流露出极度的焦虑和狂喜。

“以前，很久以前，他似乎也有过一个职业。这段时间，他开始忘记那是什么职业。有一次，他对村里的某个人说：我终于开始忘记我过去干的工作了。”

静默。

“是对你说的吗，大卫？”萨巴娜问道。

从大卫嘴里艰难地迸出了这个字。

“是。”

“有人还说，他学习过很长时间，学到很晚。在好几个首都，他长时间地学习。他曾说：我很喜欢学习。他现在已经忘记学过些什么。他曾对村里的某个人说：我开始忘记其他我过去知道的东西。”

“对我。”大卫说道。

狗叫。

狗在叫：大卫再也不看通向大花园的门。

狗安静下来。

“他曾说：我一学会‘犹太人’这几个字，我就开始考虑动身离开。”

朝水塘射击的枪声突然响彻施塔特的夜空。听起来还相当远。没有人在听水塘射击声。

“在他身上，”萨巴娜说，“在他胳膊上，有一些写下来的东西。”

她离开犹太人，抓起他的一只胳膊，撩起他上衣的袖子，看。

“在我的号码的地方。”

“写的是你从哪里来，”阿巴恩说——他补充说，“在世界的首都。”

萨巴娜看胳膊。

“是蓝色的字迹。”

“啥？”大卫问。

“我看不懂，我不识字。”萨巴娜说。

“是‘不’字。”阿巴恩说。

“他们啥时候写的？”大卫问。

“在活着的时候。”阿巴恩说。

“对犹太人，对想杀犹太人的那些人来说，都是这个字。”

“一样的，”阿巴恩说，“是犹太人的字，也是反犹太人的字。”

萨巴娜拿起犹太人的胳膊，放在自己的眼睛上。她再把胳膊放下。

阿巴恩和萨巴娜似乎都进入了同样迷迷糊糊的状态。

“他有许多故事，”阿巴恩又说话了，“一百个吧，但永远是相同的，犹太人的故事。这犹太人同施塔特的人们聊天时很少谈自己的故事。他跟别人聊天时谈的主要是别人的生活。”

大卫点头示意那是真的。

“来到这里之前，这犹太人已经退出了所有的党派，格林戈党和别的党，他所有的故事也随之结束，他孤家寡人，独自守着自己的故事。犹太人再一次忍受不了这种孤家寡人、独自守着自己故事的生活。他因而重新开始。他因而开始成为施塔特人。”

阿巴恩停下来。他说话时突然进入了更深沉的迷糊状态，说话也更缓慢。他看着地面。他似乎再也不是对着大卫说话。

“随着遗忘侵袭各个方面，事情变得有了可能：成为施塔特人。他因而重新开始。又重新开始成为一个新地方的人。”

阿巴恩停下来。

“他当时想活下去。”萨巴娜说。

“是的，”阿巴恩说，“他当时想在施塔特郊外的工人区生活而又不工作。没有任何工作，不干任何事情，就想在施塔特郊外的工人区活下去。他当时决心今后就过这样的生活。”

静默。

“故意的？为什么？”大卫问道。

“因为那是他始终不渝的愿望，”阿巴恩说，“那是他最纯粹的愿望。”

静默。

“这太可怕了，”大卫喃喃说，“什么也不干。”

“并非如此，”阿巴恩说——他盯着大卫，“他说话。”

大卫努力着，在茫然中求索。

“他当时对我们说：抛弃一切吧！”

大卫在说话，他不知道自己在说话。他在发抖。

“他当时说：好好看看，抛弃一切吧，你们是在腐朽上建设。”

在半明半暗中，有人在笑。是那犹太人。

大卫的脸上洋溢着欢乐。大卫快活地叫起来。

“他听见了，他在笑。”大卫叫道。

他们一个接一个，都跟着犹太人笑了起来。

“他当时说：别干那些滑稽可笑的事了，抛弃水泥吧。”

“抛弃水泥吧。”犹太人说。

“他当时说：去打猎吧。”

“去打猎吧。”犹太人说。

“是他对我提到过森林，”大卫叫道，“提到野兔，他说：试试穿越过去，就在，就在带刺铁丝网的后面。”

“后面。”犹太人说。

“他当时还谈到森林里的阳光，”大卫说——他回忆着，说话更慢了，“也谈到夏天。”

“夏天。”犹太人说。

静默。

犹太人嘶哑的嗓音：

“大卫的夏天。”

有人朝水塘开枪。

他们不再说话。大卫谛听着，发着抖。犹太人身边的萨巴娜也在谛听。传来了她的声音：

“他想干什么，格林戈？”

射击停止。

阿巴恩对大卫说话，一直处在迷糊状态。

“犹太人忘记的，首先是他曾经干过的工作。然后是他的钱。然后是他学到的东西。最后是他的一个妻子，他的孩子们。他曾说：与在其他地方相比，在他们面前，我更没有勇气撒谎。是对你说的吧，大卫？”

“是的。”

“他出走也是为了让他的孩子们随后也出走。”

“后来他就一再出走。”萨巴娜说。

“对，”阿巴恩说，“一再。”

“他滞留在烧毁了的犹太人居住区，”萨巴娜说道，“在有毒气的犹太人居住区，无论有神没神。”

“是的，”阿巴恩说，“他在探索。”

“他会死在施塔特，”萨巴娜说，“在水泥劳役场，在去往犹太人居住区首府的路上。”

静默。阿巴恩不再继续说话。大卫在等待。

静默延续下去。阿巴恩也闭上了眼睛。他好像也精疲力竭了。大卫发现他就一个人。他变了样。

阿巴恩随后又说话了。他说：

“对他的一生，我一无所知。”

静默。大卫光滑而白皙的脸纹丝不动。

“对我自己的一生，我也一无所知，”阿巴恩说——他补充，“我死时也将对此一无所知。”

大卫说道：

“没关系。”

“没关系，”阿巴恩说，“的确：没关系。”

“我也一样，”大卫说，“对我自己，我也一无所知。”

“没错，你不知道。”

“不知道。”

现在，阿巴恩用他平静的语调、略微放慢的语速对犹太人说话。

“关于你在这里的经历，我们知道了更多的东西，”阿巴恩说，“我们知道了一些日期，一些姓名。”

“是的。”大卫说。

“你是在一天晚上到达这里的。那天夜里和第二天上午，你一直在村子里走路。一些人遇到了你。他们在回忆，你当时在微笑——”他停了停，“那是第二天的上午，那天，格林戈认出了你。”

他在等。

“是那么回事。”大卫说。

“格林戈说：禁止同叛徒说话，禁止看见他，禁止看他，他曾经属于格林戈党，他叛党了——”他看看犹太人，“你当时知不知道格林戈认出你了？”

他替犹太人回答，他对大卫说：

“他当时知道。无论走到哪里，他都知道人家会认出他。”

狗又在死人平原叫起来，远远的。

“你买了住宅、床、桌子、椅子，你自己好几天待在家里不出门。你烧了一些东西，一些文件，”他停了停，“干完这些事之后，你才开始出门。但是，已经太晚了，格林戈已经预先告知了施塔特的工人们你的存在。”

阿巴恩停了停。接着说：

“从过去的生活里，”阿巴恩说，“你只留下了那几条狗——”阿巴恩朝大卫转过身来，“为什么？”

“他同夜晚玩耍。”大卫说。

“当时那几条狗并不知道。”阿巴恩说。

“不知道。”

“它们并不知道谁是犹太人。你也不知道吧，大卫？”

“不知道。”大卫说。

静默。

“几天过去了，”阿巴恩说，“几个礼拜过去了。几个月。秋天到了。”

又是静默。大卫直起身子在安乐椅上等待，他的眼睛在颤抖。

“之后，很久以后，格林戈对你说：你同那叛徒说话啦？你听那犹太人对你说的话啦？你不知道他做过什么吗？你说你不知道。格林戈非常惊讶，他说：怎么？所有的人都知道：他曾怀疑党在苏联犹太人居住区集中营的政策。你之前不知道？”

阿巴恩的嗓音在某些地方有些嘶哑。他在寻找空气。好不容易才找到。

“你并没有理解格林戈说的话——”他补充说，“对你来说，犹太人就是现在的犹太人：不论什么样的犹太人。”

“是的。”

阿巴恩在寻找空气。几乎没有空气了。

“你后来还跟他说话。你不顾格林戈的禁令，还跟犹太人说话，因为犹太人有狗。”

“没那回事。”大卫叫道。

“因为这也是被禁止的。”阿巴恩说。

大卫点头称是。

阿巴恩想说话。他做不到。随后他做到了，当他重又能讲话时，他讲得很快，他给大卫提供说话的空间。

“你当时并不想要犹太人的狗。你是想跟有狗的人说话。”

大卫点头称是。

“那是在后来，在后来，格林戈说了要让那犹太人消失，你这才想到，也许，某一次，大卫有可能拥有自己的狗。”

大卫点头称是。

阿巴恩不再看大卫了。他谈论大卫。

“格林戈刚下完禁令，大卫就同犹太人一道去了咖啡馆，跟过去一样。

“就是在那个晚上，在咖啡馆里，犹太人谈了自由。他说：你满是伤痕的手，这就是你的手，大卫。”

大卫点头称是。阿巴恩寻找空气。他说话很快。

“犹太人说：关于痛苦，关于快乐、疯狂、爱情，关于自由，你的手不是别人的手，只是大卫的手——”他停了停，“正因为犹太人说了这些话，他马上就招来杀身之祸。”

大卫从心里发出一声呼喊。

那是一声孤立无援的呼喊，呼喊戛然而止，极快。

阿巴恩赶紧说，他说得更快了。

“你没有理解犹太人说的话。”

大卫不再点头。

“你学舌却不知道学的什么舌。你把一切告诉了格林戈。格林戈回答你说：你缺少政治教育。我们要杀那犹太人，这样，你就理解了。

“是让娜打的报告。”

大卫竭尽全力蜷缩起来。他用双臂紧抱双腿，紧到快要折断的程度。他像淹死的人一样转过脸去。

“我什么也没有告诉过你，”阿巴恩说——他补充道，“你早就知道了一切。”

大卫没有回答，他没有听见。

阿巴恩沉默下来。

大卫叫了一声，像是在说：

“我从没拥有过狗。”

他听见了自己的叫声。

他朝自己的叫声直起身子，保持还在叫喊的姿势。他将身子抬得更高，寻找着空气，寻找着叫声，找到的却是眼泪。

大卫并不知道自己在哭。

他的眼泪却流出来了。

透过眼泪可以听到萨巴娜和犹太人混在一起的名字。

萨巴娜站起身。她直挺挺地站在通向死人平原的玻璃窗后面，她什么也不再看。

犹太人又抬起了头。传来萨巴娜的话音：

“我会跟犹太人一起被杀。”

犹太人朝黑黢黢的大花园望去。

对水塘的射击又开始了。

射击停止。

大卫的眼泪越来越稀少。随即起了变化。

大卫正经受可怕梦魇的折磨。他摇头晃脑，拒绝着什么。他用手赶走他看见的东西。他的眼睛在说话，在回答。

大卫的眼泪随即止住。他的面孔、他的眼睛也随即停止活动。梦魇离他远去。

显然已经没有了幻象。大卫放松双腿，朝亮光转过脸来，就这样，躺在安乐椅上，一动不动，处在绝对的困乏状态。

静默。谁都没有说话。犹太人看着大卫。萨巴娜和阿巴恩似乎不再看他了。

射击重又开始。

子弹的噼啪声震耳欲聋。大卫好像心不在焉地听着枪声。跟两个犹太人和萨巴娜一样，他也一动不动。

迪亚娜嗥叫得死去活来。

子弹的噼啪声此起彼伏。有人朝大花园射击。在阿巴恩的住宅里，看上去谁也没有听见有人在朝大花园射击。

“他来了。”

阿巴恩和萨巴娜朝说话的人转过身来：是大卫。

射击声更近了。迪亚娜仍嗥叫得死去活来。一声痛苦的呻吟划破施塔特的夜空。

大家听见：

“假如他杀人，你就从另外那道门逃出去。”

是犹太人的声音。

“把狗放了，从水塘那边走。”

仍然是犹太人。

大卫转过头来，他听见了。

他慢慢聚集自己的力量，他试着从安乐椅上抬起身子。他又跌了下去。一直躺坐在那里。

射击离阿巴恩的住宅更近了。

大卫再试。他用他那水泥一样坚硬的双手撑着身体，让它抬起来。

他站起来了。

他又站在居中那个房间的中央。他不动弹。他看着犹太人。他垂着张开的肿胀的双手。他倾听着格林戈朝水塘冰面的射击。他是唯一能辨听出射击状况的人。

“就他一个人带了武器，”大卫说，“还是那支枪。”

又传来射击声，还有几条狗的长吠。

“去吧，”犹太人说道，“想尽办法活下去，”他停了停，“想尽办法，争取活下去。”

“好的。”大卫回答犹太人。

大卫闭上眼睛，分辨着格林戈的射击声和狗儿们的长吠，估算着距离，他弄清了那些人的行动路线。

“他是朝平原的方向开枪——”他睁开眼，看着犹太人，“对我说吧。”

“假如你得以活下去，”犹太人说道，“把故事讲出去。”

“好的。”

“讲吧。讲给所有人听。不要怀疑。好好看看你的周围：全毁了。”

“好的。”

静默。迪亚娜停止嗥叫。那人也不射击了。大卫谛听着。

“他一直在朝前走，我们还有五分钟。”

大卫倾听着施塔特夜空下那一阵阵骚乱声，目光却没有离开过犹太人。

“他射击，因为他害怕。”大卫说。

“是的。”

“他一定是一个人，”大卫说——他又补充道，“并没有什么会议。他编造说有会议，好让人相信他很忙碌。好让我单独和你在一起，只有武器和犹太人。”

“是的。”

那几条狗，它们又嗥叫起来。

“让工作拉倒吧，”犹太人说——他补充说，“这很困难，但可以试试。”

“好的。”

“也让害怕拉倒，还有饥饿。”

“是。”

静默。格林戈往前走，但没有射击。

“别一个人待着，”犹太人说——他又补充说，“我对你说的话，也让它拉倒吧。”

大卫没有回答。

“我没有站在你的立场说话，而是把你大卫当成我自己。没有别样的做法。你呢，你就做你想做的——”他补充说，“你如果愿意，还回到格林戈身边吧。”

静默。

忽然，有人在非常接近住宅的地方射击。

“我对你提到过森林。”犹太人说。

“没错，”大卫说——他又补充说，“森林很远。”

“穿过犹太人居住区。”

有人朝犹太人的住宅开枪。

犹太人和萨巴娜似乎没有听见，也不明白。

“他马上要到窗前了，”大卫说，“你们快贴着墙壁。”

犹太人不动。萨巴娜也不动。

“我什么也看不见了，”大卫叫道，“我看不见犹太人。”

“我能看见你。”犹太人说。

有人在大路上走动，离住宅几公尺远。大卫说：

“他来了。”

这是穿过犬吠传来的第一声呼唤。

“大卫！”

“猴子大哥来了。”阿巴恩说道。

萨巴娜转过头去看大路。

同样，阿巴恩和大卫也朝大路那边转过身去。

犹太人停止注视大卫，他朝黑黢黢的大花园转过身去。

他们照原样分散在居中的房间，一动不动。萨巴娜靠着犹太人，站在光秃秃的窗玻璃后面。他们四人的表情都极为专注。

恐惧感并没有扩大。

“大卫！”

声音更近了。大花园里仍振响着狗儿们警笛般的长吠。射击已经停了下来。

“三分钟。”大卫说。

“天已破晓了。”萨巴娜说道。

果然，在大路那一边，在带刺铁丝网的方向，一缕曙光出现在天际，但还很暗。

他们互相说着话。

“他没有从窗户开枪。”

“他没有开枪。”

狗叫声停止了。

“他来了。他在看我们。他没有射击。”

“时机错过了，”阿巴恩说，“时机过去了。”

大路上响起脚步声。

“他又走了。”

还有脚步声。

“他又回来了。”

“他在找什么？找犹太人的住宅？”

脚步声近了，但这次，千真万确。脚步声在门前停下。

“他没有开枪。”大卫说。

大卫谛听着。他说道：

“他害怕。”

“怕你，”阿巴恩说，“怕大卫。”

有人在喊。

“大卫！”

大卫朝房门迈了一步。他停下来。他说，说得很慢，却斩钉截铁：

“我没有杀犹太人。”

门那边，静默。没有人回应大卫说的话。大卫又说：

“你透过窗户看见了，犹太人还活着。”

门那边，静默。没有人回应大卫说的话。有人叫喊。有人叫喊另外的事。

“躲藏没有用！已经看见你们了！”

大卫不明白。

静默。

大卫朝房门前进一步。

重又静默下来。

随即传来犹太人的话音，柔和，平静。

“我们要经过水塘，我们要穿过北方。”

大卫猛然转身对着犹太人：犹太人已经闭上眼睛，他再也不看任何东西。

“开门！躲藏没有用！开门！”

大卫又朝前走。他说：

“门是开着的。”

静默。没有人推开门。没有人回答大卫。

“我们要避开死人平原，”犹太人继续说，“避开死人平原的狗——”柔和的声音好像突然濒于衰竭，“我们要试试。”

大卫又转身对着他：犹太人面色未改。萨巴娜也从房门收回了视线。她看着犹太人。

门外又有人在叫喊。喊声震耳欲聋。

“否认没用，已经看见你们了！开门！”

静默。

门外鸦雀无声。大卫突然感到恐惧。他将手放在武器上，他拿起武器，他叫道：

“门是开着的。进来吧。”

静默。又是犹太人的声音：

“我们要试试不建设它，我们要试试。”

大卫放开武器。他的武器掉在地上。他转身对着犹太人。一种野性的欢乐之光在他眼里狂烈闪过。

萨巴娜听出门外还有另一个人。

“让娜跟他在一起。”她说。

忽然，门外响起大卫从未听过的格林戈别样的声音。

“犹太人必须退还大卫！”

大卫非常仔细地听他说话。

“大卫一定得回来！”

大卫再也不听那声音了。

“臭犹太人，你赶快退还大卫！”

“我们要试试，”犹太人说——他的声音嘶哑了。

大卫再也不听那声音。大卫看着犹太人。

“是的。”大卫说道。

“大卫必须回来！”

“我们找得到森林。”犹太人说。

“找得到。”大卫叫道。

“臭犹太人，你赶快退还大卫！”

犹太人抬起眼睛，他现在朝大路、朝黎明的曙光、朝看不见的边界望过去，他已听不见格林戈的声音。一抹勉强的微笑——微笑之柔和，犹如他那濒于衰竭的柔和嗓音——使他的脸抽搐起来。萨巴娜注视着他。

“卑鄙的叛徒，你赶快退还大卫！”

“我们要活下去，”犹太人说道——在这边的静默里，在那边的喊叫中，他的话音有如喃喃细语，“我们要试试。”

“对。”大卫叫道。

大卫的身体乱抖起来。在静默中，他的脸上显出怪怪的模样：大卫在笑。

“大卫属于我们！应该退还大卫！”

他起初笑得很胆怯，还沾满了泪花，现在笑声却开始从身体里迸发出来，从水泥般坚硬的大卫的身体里迸发出来。狗儿们也在叫。从大卫体内迸发的笑声抽抽搭搭。在格林戈叫声的伴奏下，狗儿们狂嚎起来。

“大卫！”

大卫的笑成形了，可辨认了。他再也不抑制自己的笑声。大卫从头到脚都在笑。

在半明半暗中，又传出了另外的笑声：阿巴恩在笑。大卫和阿巴恩的笑声穿透了犹太人住宅所有的房门。

“大卫，回来！”

大卫和阿巴恩的笑声混着穿透了四面的墙壁，在施塔特的夜空回荡，一直传到死人平原。

“大卫！”

笑声使叫声停歇下来。

“大卫！”

声音阴郁，这不：愤怒是假装的，的确是格林戈的声音。

“我要代表我们伟大的党说话。我要恪尽职守。”

又是一阵大笑，疯狂的笑，抑制不住的笑，孩子气的笑，这笑声同狗儿们的嗥叫声混成一片，用它的光辉冲击着讲演、秩序、主张。那是欢乐的笑。

“在我们夺得前……坏分子坏工人……他曾在施塔特的仓库进行偷窃……不称职的工人没有阶级觉悟没有有效的职业培训甚至没有个人道德没有前途……从施塔特技术学校逃出……从当地所有的

工地出走……一时的冲动……罪恶的兴趣主义……犹太人叛徒的到来平生第一次……保住了工作……无微不至的关怀使大卫进步……两年是的两年……克服了造成大卫不幸的无政府主义和反叛思想。两年的努力是的……效果值得费那个神。”

静默。

狗的嗥叫停了下来。这次，是人的嚎叫：

“臭犹太人！肮脏的狗！我要告诉你，革命者不应该对任何人绝望！再过半年，大卫就会毫不犹豫地打倒你，你和你的狗！”

嚎叫停止。

静默。

“把门打开。”大卫说道。

静默。大卫又笑了。

“我这就去把门打开。”大卫边笑边说。

他去开门。

“我开门了！”大卫叫道。

静默。他们在等。

“他走了。”大卫说。

他们还在等。铁一样坚硬的道路上回响着快速的脚步声。他们转身：一个人影走过，在黎明的微光中显出清晰的轮廓。

阿巴恩和大卫朝桌子走过去，在半明半暗中他们跌到椅子上，就这样倒在那里，脸上挂着愉快的笑。

犹太人朝房门走去。

萨巴娜跟着他。

“让娜。”犹太人说。

他们在房门口，在大卫刚才待的地方。没有人回答。

“您来啦？”

“是的，”让娜说——她停了片刻补充说，“他走了。”

她沉默下来。

“是您吗？”犹太人再问。

“是我。”

“是你。”萨巴娜说。

让娜的话音低沉，缓慢，已经透露出死亡的寒意。

“别开门，”她说，“我不进去。”

犹太人在聆听让娜的声音。他没有回答。

“他说得过头了，”让娜说，“他说话时很愤怒，因为你们当时在笑。”

“您在撒谎。”犹太人温和地说。

让娜不作答。

“我当时想听见您的声音，”犹太人说道——他补充说，“您是大卫的妻子。”

“是的，萨巴娜和我。”

静默。

“忘掉他说过的一切吧。”让娜说。

“他没有听，他没有听见。”萨巴娜说。

“我当时多么希望听见您的声音呀。”犹太人说道。

让娜等了片刻，然后说：

“我不想认识您。”

“他知道这点。”萨巴娜说。

他们等待让娜说话。

“格林戈去人民之家了，”让娜说道，“一直在开会。我得去跟他会合。”

静默。

“他必须汇报大卫完成任务的情况，”让娜说，“我一定得去那里——”她等了等，“我这就去那里。”

“没有会议。”犹太人说道。

静默。

“你在那里吗？”萨巴娜问道，“我听见你在那里。”

“没错。”

静默。

“您还在等什么？”犹太人问道——他补充说，“您可以说话，什么也不用怕。”

“让萨巴娜替我说。”让娜说道。

萨巴娜片刻以后说道：

“大卫不会回来了。”

传来一阵抽泣声。萨巴娜和犹太人往门边再靠近些。让娜问：

“永远？”

“永远，”萨巴娜说——她补充道，“估计他还没有完全明白。过些时候我会告诉他。”

他们再没有听到让娜的话音。他们贴在门上。

“我会跟他在一起。”萨巴娜说。

传来一声短促的呜咽。

“不管发生什么情况，”萨巴娜说，“现在，我都会跟犹太人在一起。”

静默。

“为什么？”让娜问。

“他们爱一切。”萨巴娜说。

静默。让娜说：

“他们希望世界末日到来。”

“是的。”萨巴娜说。

静默。

“你原来还想说什么来着？”萨巴娜问。

“你们要小心。”让娜说。

“对。”犹太人说。

“还有什么？”萨巴娜问。

“那几条狗。”

“昨天夜里，大卫已经把狗窝移到车棚后边了。”萨巴娜说。

“那样更好。”让娜说。

她沉默下来。

“还有什么？”

“把活着的一切都掩蔽起来，”让娜说——她停了停，“入夜之前不要离开施塔特，今天晚上，在你们出发之前我不离开他——”她又停了停，“千万。”

“千万？”

“你们千万待在一起，”让娜说，“别再分开。”

“好。”犹太人说。

她沉默下来。犹太人叫道：

“除了跟着他，您就不能有别的选择？”

她在提问良久之后才作出回答。

“不，我自己也是格林戈，女格林戈。”

她等待片刻，又说：

“然而，我不能生育，”她说，“我不会有孩子。”

她再等了等，却没有再说话。他们也没有再提问。

她待在那里，依旧沉默着，跟他们一样。

接着，在寂静中，他们听见她的身子在动。她离开了房门。

铁一般坚硬的大路上轻捷的脚步声，那是她的脚步声。

萨巴娜朝死人平原转过身去。

犹太人慢慢直起身子。他不想去看那在窗前走过的人影。他再也不动了。他好像突然对他周围的一切都不感兴趣。他又出走了，他再一次出走，他跟那女人一起走在荒凉的大路上，在施塔特的晨曦中，又一次活下去。

痛　苦

王东亮　译

献给

尼古拉·雷尼耶

弗雷德里克·昂泰尔姆

痛　苦

在诺弗勒堡别墅的蓝色壁橱里，我又找到了这两本日记。

我根本不记得写过这些东西了。

我知道这是我的作品，是我把它写出来的。我认出了我的笔迹，认出了我所叙述的细节。我眼前又出现了事情发生的地点、奥赛火车站，又看到那些往返奔波，但我回想不出我写这本日记时的情景了。那是什么时候、哪一年、什么时辰、在哪所房子里？我一概不记得了。

显然，很难想象这些文字是在我等待罗贝尔·L的时候写的。

我怎么会写出这些东西来呢？我至今也不知道该如何为之定性，而重读之后又让我惊骇异常。我又怎会将这篇手稿长期地遗弃在冬季常常被水淹没的乡间别墅中呢？

《女巫》杂志向我要一篇青年时期的作品，这才使我第一次想到它。

《痛苦》是我生活中最重要的经历之一。说它是“写作”未免不太合适。当时我看到的，是整页整页极其规范静谧的细小字体，也是我不敢再触碰的极度紊乱的思想和情感。在它面前，文学令我羞愧。

四月。

壁炉前面有电话机，它就在我身边。右侧是客厅的门和走廊，走廊的尽头是大门。他大概会直接回来，会按门铃：“谁呀?”“是我。”他也许会一回来就在接待站打电话：“我回来了，我正在吕特西亚旅馆办手续。”事先不会有预兆。他会打电话的，他会回来的，这种事是可能的。他还是会死里逃生的。他不属于特殊情况，他没有什么特殊理由不回来，也没有什么理由一定回来。他可能会回来。他会按门铃：“谁呀?”“是我。”类似的事情屡见不鲜。他们终于渡过了莱茵河。阿夫朗什①的防御工事终于被攻克了。他们终于撤退了。我终于活到了战争结束。我应该心里有数：他要是回来的话，也没有什么奇怪的，这很正常。应该注意别把这件事看得异乎寻常。我应该理性面对：我在等着应该回来的罗贝尔·L。

电话响了：“喂，有消息吗?”我需要对自己说电话也可作此用途。不要挂断，应该接听。不要喊叫别打扰我。“毫无消息。”“一点儿都没有? 没有任何迹象?”“没有。”“你知道贝尔森②已经被解放了? 是的，昨天下午……”“我知道。”沉默。我还要再问一次吗? 是的，我问她：“你是怎么看的? 我开始感到不安了。”沉默。“别泄气，坚持下去，不仅仅你一个人，我认识一位四个孩子的母亲……”“我知道，很抱歉，我该出去了，再见。”我放下电话，原地不动，不该活动太多，那是浪费精力，还是积蓄力量应对磨难吧。

她说了："你知道贝尔森解放了吗？"其实，我并不知道。又一个集中营被解放了。她说了："昨天下午。"人员名单明天一早就到，这点她没有说，但我知道。应该下楼，买报，阅读名单。不行，我感到太阳穴跳动得越来越厉害。不行，我不能去读名单。首先，读名单的方法我试用了三个星期，这方法不合适。另外，名单越多，公布的名单越多，上面出现的名字也就越来越少。名单会一直公布下去的。如果是我读名单，他的名字就永远不会在上面。该动一动了。站起身来，走两步挪到窗前。医学院在那儿，一如既往。过路的行人也一如既往，当我得知他永远也回不来的时候，他们还会在那里行走，一如既往。死亡通知书。最近已经开始通知了。有人按门铃："谁？""区政府社会福利员。"太阳穴不停地跳动，我应该让它停下来。他已经死去的念头缠绕着我，敲击着我的太阳穴。不会错的。让太阳穴停止跳动，让心脏也停止跳动，让心平静下来，它是不会自行平静的，应该帮助它平静下来。理智在逃遁，在逃离大脑，必须制止理智的越轨行为。我穿上外套，下楼。女门房在那里："您好，L太太。"她今天神情毫无异常。街道也一如既往。外面是四月天气。

我在街上走着，犹如梦游。双手规矩地插在兜里，双腿向前迈步。绕过报亭。绕过接待站。盟军在各条战线上挺进，几天前这还是很了不起的事，现在却没有任何意义了。我不再看战报了。一点儿用也没有，反正他们将一直挺进下去。神秘纳粹的真相将大白于世。四月，这将发生在四月。盟军在德国境内挺进，柏林在燃烧。

---

① Avranches，法国下诺曼底大区芒什省城镇。

② Belsen，德国汉诺威州采勒附近的纳粹德国集中营。

苏联红军在南线势不可挡，德累斯顿[①]被攻下。每一条战线都在向前推进。德国缩小到原来的版图。莱茵河防线崩溃了，这是意料之中的。之后是这场战争的重要时刻：雷马根[②]。事情是在这天之后发生的：在一个壕沟里，他头俯在地上，双腿扭曲，两臂平伸，正在死去。他死了。布痕瓦尔德[③]集中营的尸骨中也有他的尸骨。整个欧洲天气炎热。在大道上，盟军从他身旁走过，一路向前。他死在那里三个星期了。就是这样，这就是发生的事情，我对此深信不疑。我走得更快了。他的嘴大张着。那是夜晚。他死前曾想到我。痛苦如此剧烈，令人窒息，透不过气来。它需要发泄的空间。街上行人太多，我真想走在广阔的原野上，独自一人。在临死之前，他大概呼唤了我的名字。在德国所有的大道两旁都有像他那样横卧的尸体。成千上万，还有他。他既是这成千上万人中的一员，对我来说，又与这成千上万人有所不同，与他们完全不同，他是独一无二的。人们在杳无音讯的情况下所能经历的一切，我都正在经历着。德国人最初让这些人疏散，但到最后时刻还是杀了他们。战争是一个普遍事实，战争的必然结果——死亡也是普遍事实。他是念着我的名字死去的，他怎会念着别的名字呢？那些以普遍事实为生的人与我毫无共同之处。没有任何人和我有共同之处。巴黎的街道上此刻有人在笑，主要是年轻人。我如今只有敌人。天晚了，我该回去等电话。他那边现在也是晚上。壕沟里越来越暗，他的嘴现在隐入黑暗之中了。红色的太阳在巴黎上空缓缓落下。六年的战争结束了。这是本世纪的大事件。纳粹德国被摧毁了。他也被摧毁了，是

---

① Dresden，德国萨克森自由州首府。

② Remagen，德国莱茵兰-普法尔茨州城市。1945 年 3 月盟军攻占雷马根桥，突破德国西战场最后的防线莱茵河天堑。

③ Buchenwald，纳粹德国所设最早和最大的集中营之一，初设于魏玛西北山林，后设于图林根。

在壕沟里。一切都结束了。我无法停下脚步。我像石头一样，又瘦又干。壕沟的一侧是艺术桥上的栏杆、塞纳河。确切地说，它们是在壕沟的右侧。一片黑暗将它们与壕沟相隔。这个世界上什么都不再属于我，除了壕沟里的这具死尸。夜晚是红色的。这是世界的末日。我无依无靠而死。简单自然地死亡。我将结束生命。这对我无所谓，什么时候死我都无所谓。了此一生，我再见不到他，再不用等他了。我会事先通知D："最好是一死了之，你能指望我怎样。"我会巧妙地使D认为我虽生犹死，以后，当死亡真正降临时，对他就是一种解脱。我心里就这样盘算着。该回去了。D在等我。"没有消息？""没有。"他不再问我身体如何，不再说你好。他只说："没有消息？"我说："没有。"我走过去坐在电话机旁边，坐在长沙发上。我沉默着。D坐立不安。他不注视我的时候，显得忧心忡忡。一个星期来他就在撒谎。我对他说："给我说点什么吧。"他不再说我精神失常，不再说我不该让大家心神不安。现在他很勉强地说："他没有任何理由不像别人那样回来。"他笑笑，他也很瘦，笑的时候面部绷得很紧。要不是D在我身旁，我想我会支持不住的。他每天都来，有时一天来两次。他就待在那里。他打开了客厅的灯，他待在这里已经有一个小时了。现在大概是晚上九点多钟，我们还没有吃饭。

D坐得离我远远的。我望着黑色窗子外面的某一点。D看看我。我也看看他。他冲我笑笑，但这不是真的。上个星期他还靠近我，拉着我的手说："罗贝尔会回来的，我向你发誓。"现在我知道他在考虑也许不抱希望为好。有时我说："对不起。"一个小时以后，我说："怎么会一点儿消息也没有。"他说："集中营里还有成千上万的犯人，盟军还没有到那里，你怎么能指望有消息呢？"过了很久，我让D向我发誓罗贝尔一定会回来。于是，D发誓说罗贝尔一定会从集中营回来。

我去厨房，去煮土豆。我待在那里，前额靠着桌沿，闭上眼睛。D在房间里没有一点儿动静，只有煤气的响声。大概是深夜了。我似乎突然明白了事情的真相，消息是这样的：两个星期前，他死了。十五个夜晚，十五个白昼，尸体抛在壕沟里，脚掌朝天，身上是雨水、阳光和胜利的队伍扬起的灰尘。他的手是张开的，他的每一只手都比我的生命更宝贵。我熟悉这双手。只有我如此熟悉它们。我叫了起来。客厅里响起了缓缓的脚步声。D走过来。我肩上感到有一双温柔而镇静的手，它们把我的头从桌上扶起来。我靠在D身上，说道："真可怕。""我知道，"D说。"不，你不可能知道。""我知道，"D说，"振作起来，我们能挺住。"我可挺不住了。拥抱给人以宽慰，有时会让人感到好受些。片刻之内，空气不再令人窒息。我们坐下来吃饭。马上我就想吐。这是他吃不到的面包，他因吃不到而饿死。我希望D离开。我需要空间来承受磨难。D走了。我脚下的房间摇摇晃晃。我关了灯，走进卧室。我走得很慢，为的是争取时间，别让脑子里的东西翻腾。如果不加注意，我就会失眠。如果我彻夜不眠，第二天情况会更糟。每晚我都睡在他身边，在阴暗的壕沟里，挨着死去的他。

四月。

我去奥赛接待站，费了很大周折才把我一九四四年九月创办的报纸《自由人》寻人部设立在那里。人家反驳说我这个寻人部不是官办的。调查总局已经在此落足，它不愿意向任何人让位。最初，我借用假证件、假许可证悄悄地安顿下来。我们因而收集到许多有关战俘营的转移运送情况，并发表在《自由人》上。还有不少个人的讯息：“转告某某家，他们的儿子还活着，我昨天才和他分手。”我的四个同志和我被赶出来。理由是：“大家都想待在这里，这不可能。这里只接受德国战俘营秘书处的人。”我反驳说我们的读者是七万五千名战俘和集中营犯人的家属。“很遗憾，不过按照规定，这里不能设立任何非官方机构。”我说我们的报纸与众不同，它是唯一发行战俘名单专刊的。“这个理由不充分。”和我说话的是弗雷讷部长属下负责遣返战俘的高级军官。他看上去忧心忡忡，神情里透着冷淡和焦虑。他彬彬有礼地说：“很遗憾。”我说：“我要坚持到底。”我朝办公室的方向走去。“您去哪儿？”“我要想办法待在这里。”我试图挤进满满一走廊的战俘群里去。高级军官指着战俘们对我说：“您请便，不过要多加小心，他们还没有消过毒。不管怎样，如果您今晚还在这里，我将非常遗憾地请您出去。”我们找到了一张小白木桌，把它放在出入口。我们向战俘提问。有不少战俘到我们这边来。我们收集到成百条消息。我埋头工作，什么也不想，只想着把名字拼写清楚。时不时，就有一个军官走过来，他与众不同，很年轻，黄卡其衬衣十分板整，显得魁梧。他来打听我们是什么人。“寻人部，这是什么意思？你们有通行证吗？”我出示一个假通行证，对付过去了。接着，又过来了一个负责遣返工作的女人：“你们找他们做什么？”我解释说向他们打听消息。她问：“你们问消息干什么？”这是一个金黄头发的年轻女人，穿着海军蓝套装和颜色相配的皮鞋，优质长袜，指甲涂成了红色。我说要把消息登在一个为集中营犯人和战俘办的叫《自由人》的报纸上。她说：“《自由人》？那么你们不是部里的喽？（原话如此）。”不是。“谁给你们权利这样做？”她的神情开始冷淡了。我说：“争来的。”她走了。我们继续询问。由于战俘们流通得特别缓慢，我们的事情还比较顺利。他们下火车，去第一个接待处，即身份检查站，这中间需要两个半小时。从集中营出来的犯人用的时间还要长，因为他们没有证件，并且大部分都疲劳过度、体力不支。一个四十五岁左右、上衣扎着皮带的军官过来了，他用生硬的语调问："怎么回事？"我们又解释了一遍。他说："本接待站已有一个类似的机构。"我壮起胆子说："可你们怎样把消息通知他们的家属呢？要知道三个月以后他们才能恢复写信能力。"他打量我，哈哈大笑起来："您没有明白，重要的不是消息。重要的是有关纳粹暴行的情况，我们正在整理这方面的材料。"他走开，随即又回来说："谁告诉你们他们说的是真话？你们干的事情太危险了。你们不会不知道他们中间有保安队员①吧？"我没有回答说保安队员是否全被抓获与我无关。我没有回答。他走开了。半个小时以后，一位将军径直来到我们桌前，他身后跟着那第一位军官，还有身着套装、也戴军衔的年轻女人。他说话就像个警察："您的证件。"我拿出来给他看。"这还不够。你们可以站着工作，但我不愿意在这里再看到这张桌子。"我说它并不占很大地方。他说："部长明文规定接待大厅里禁止放桌子(原话如此)。"他叫来两个童子军搬走了桌子。此后我们就站着工作。时不时地，广播里就变换节目，一会儿是爵士乐，一会儿是爱国歌曲。战俘的队伍越来越长。我不时到大厅尽头那个窗口询问："一直没有从集中营回来的人吗？""没有。"整个车站到处都是制服。都是负责遣返的穿制服的女人。人们不禁要问：经过六年被占领的生活，这些人、这些漂亮的衣服是从哪里钻出来的，还有这些皮鞋，这一双双手，这种不论是出于愤怒、高傲还是和蔼都显得傲慢、粗暴、蔑视的腔调，这一切都是从哪里钻出来的？D说："好好看看他们，别把他们忘掉。"我问这些人是从哪里来的，为什么突然和我们在一起了，首先这都是些什么人。D告诉我："是右派，右派就是这帮人。你看见的就是上台

---

① 德国占领时期与德国合作的法国武装力量。

的戴高乐派的人。右派甚至通过战争在戴高乐主义中又站住了脚。你会看到对不直属于戴派的抵抗运动他们将一概反对。他们将占领法国。他们自以为是法兰西的保护人和中枢神经。他们将长期毒化法国，应该习惯和他们打交道。”这些女人讲到战俘时称他们为“可怜的小伙子”。她们就像在客厅里一样互相打招呼：“喂，亲爱的……”除了极少数例外，她们都带有法国贵族口音。她们在那里是为了告诉战俘们火车几点钟开。她们有种特殊的笑容，在这笑容中，她们愿意让别人看出她们很劳累，并在竭力掩饰这种劳累。这里的空气令人窒息。她们的确很操劳。军官们不时地来看她们，他们互赠英国香烟：“哟，还是这么精力充沛？”“是呀，上尉先生。”大笑。大厅里回响着嘈杂的脚步声、耳语声、哭泣声、牢骚声。来人络绎不绝。卡车列队而过。是从勒布尔热[1]火车站来的。战俘们每五十人一批被卸在接待站。每批战俘一出现，便马上奏起音乐：“这是前进的道路，前进，前进，没有尽头……”大批战俘到达时，就奏《马赛曲》。歌曲与歌曲之间是一阵寂静，然而很短促。“可怜的小伙子们”看着接待大厅，人人都在微笑。负责遣返的军官领着他们：“朋友们，来，排队。”他们排队，仍然面带笑容。头一批到达身份检查窗口的战俘说：“时间可真长。”不过他们还是和蔼地笑着。有人询问他们情况时，他们的笑容就消失了，竭力回忆起来。最近这些天我一直在巴黎东站，看到一位女士指着自己的军衔责备一个外籍军团士兵说：“怎么，朋友，你不给我敬礼吗？你看我是上尉呢（原话如此）。”士兵看看她，她年轻、漂亮，士兵笑了起来。这位女士跑开了：“真没教养！”我去找接待站负责人解决寻人部的问题。他允许我们留在这里，但让我们到队尾，到行李寄存处旁边去。只要集中营犯人还没到，

① Le Bourget，法国塞纳-圣但尼省城镇。

我就能坚持。从吕特西亚旅馆接待站回来了一些集中营犯人，而通过奥赛火车站回来的目前只是零零落落。我害怕罗贝尔·L会突然出现。一听说有从集中营回来的，我就马上走出接待站，这是事先和同志们说好的。只有等那些人都走光了我才回来。回来的时候，老远同志们就向我做手势："没有消息。没有人认识罗贝尔·L。"晚上，我去报社递交名单。每天晚上，我都对D说："明天我不去奥赛了。"

四月二十日。

装载魏玛集中营政治犯的火车今天到，这是第一批。早晨他们从接待站给我打电话，说我可以去，政治犯下午才到。说是去一个上午，可我一待就是一天。我不知道怎样才能使自己不垮掉。

奥赛。在接待站的外面，战俘的妻子们紧紧地聚在一起。白色的栅栏把她们和战俘隔开。她们喊道："有某某的消息吗？"有时，士兵们停下来，有的士兵回答她们的问话。早晨七点钟，女人们就已经等在那里了。有的人是凌晨三点才回去，早上七点又来的。但是也有人从深夜三点到七点一直待在那里。人们不准她们进接待站，许多人不等任何人，也来到奥赛火车站，只是想目睹这个场面，看战俘怎样到达，看女人怎样迎接他们，还看其他一切，看这一切怎样进行，看这个可能永远不会再现的场面。一眼就能看出这是些旁观者，因为他们不喊不叫。他们与那一群群女人保持一段距离，为的是能同时看到战俘的到达和妻子对他们的迎接。战俘有秩序地到达了。夜里，他们是坐着美国大卡车到达的，在强烈的灯光下涌下车来。女人们在喊叫、鼓掌。战俘停下来，感到目眩、窘迫。白天，只要看到卡车从索尔菲利诺桥上开过来，女人们就开始喊叫。夜里，当卡车在距接待站不远处开始减速时，女人们便叫开了。她们喊着德国城市的名字："诺瓦斯瓦尔达[1]？""卡塞尔[2]？"或者喊着战俘营的编号："A7 营？""A3 营？"战俘们似乎很吃惊，他们是从勒布尔热、从德国直接来到这里的。有时他们也回答问题，但他们往往不太清楚人们要他们做什么，他们微笑着，转过头瞧着法国女人，这是他们重新见到的第一批法国女人。

我干得很差，我记下来的所有名字里没有一个是他的名字。每干上五分钟，我便想一走了之，扔下铅笔，不再探问消息，今生今世再也不到这里来了。下午两点钟，我去打听魏玛的车何时到，我离开了办手续的地方，去找一个可以问话的人。在大厅的一角，我看到十几个女人席地而坐，一个女上校正在讲着什么。我走过去。女上校高高的个子，身穿海军蓝套装，挂着洛林十字徽章，烫过的白色卷发染成青色。女人们看着她，她们看上去精疲力竭，但张大着嘴听女上校讲话。她们身边杂乱地放着包袱、捆绑的箱子，还有个小孩睡在包袱上。她们很脏，面色惶恐，其中有两个人挺着大肚子。另一个女军官在一边看着。我走过去问她发生了什么。她看着我，低下头，羞愧地说："S. T. O.[3]志愿者。"女上校叫她们站起来跟她走。她们站起来，跟她走了。她们之所以面色惊慌，那是因为守候在接待站大门口的战俘妻子们刚才向她们起哄。几天前，我目睹了S. T. O. 志愿者到达的情景。他们也和其他战俘一样，微笑着到达这里，但逐渐地他们明白了，于是他们也有了同样惶恐不

---

① 我在地图上没有找到这个地方，我是按着听到的音原封不动地写上去的。——原注

② Kassel，德国黑森州城市。

③ 义务劳动。1941—1944 年德国占领时期，维希政府组织年龄在 20—23 岁之间的法国青年去德国进行为期两年的义务劳动，参加这种强制劳役的人被称为"志愿者"。

安的面孔。女上校手指着那些女人，对刚才同我说话的身穿军服的年轻女人说："怎么处置她们？"另一个回答："我不知道。"女上校大概曾对这些女人说她们是垃圾。有人在哭泣。有身孕的女人目光呆滞。女上校让她们再坐下，她们就又坐下了。她们当中大部分是女工，她们的手被德国的机器油弄得黑黑的。其中两个人大概是妓女，她们涂着胭脂，头发是染过的，但她们大概也开过机器，她们的手也一样乌黑。一位负责遣返的男军官走过来："这是些什么人？""S. T. O. 志愿者。"女上校的声音是刺耳的，她向这些女志愿者转过身来，威胁她们说："坐下，安静些……听见了吗？别以为你们能这样走掉……"她用手势威胁着。负责遣返的军官走近那些女志愿者，打量着她们，并当着她们的面问女上校："您有命令吗？"上校说："没有，您呢？""我听说是拘留半年。"上校仰起有一头漂亮卷发的脑袋，表示赞同："罪有应得……"男军官向那群正在倾听他们谈话、目光惊慌的女志愿者头部上方喷出几口烟——骆驼牌香烟，他说："同意！"然后，这位年轻、潇洒、魁梧、手里夹着骆驼牌香烟的男军官就走了。那些女志愿者看着、窥伺着等待她们的命运的某种迹象。没有任何迹象。我拦住要走开的女上校："您知道魏玛的车什么时间到吗？"她专注地打量着我，说："三点钟。"她把我看了又看，她在测量我，稍稍厌烦地说："用不着都挤在接待站里等人，这里是将军和长官待的地方，回家去吧。"我没料到她这样待我。我好像骂了她什么，我说："那别人呢？"她反驳说："我最讨厌这种心态！到别处去诉苦吧，亲爱的。"她非常恼火，走过去和一小群也穿军装的女人谈了这件事。她们听她讲，气愤起来，看着我。我走向其中的一个人问道："她呢，她在这里没有人要等待吧？"对方看着我，非常恼火。她试图使我安静下来。她说："她有很多事儿要做，可怜的人，她神经紧张。"我回到出口处我们那个寻人部。不大一会儿，我又来到大厅。D拿着假通行证在等我。

三点钟左右，响起一阵嘈杂："来了！"我离开办手续的地方，站到一个小走廊的入口处，面对着大厅。我在等待。我知道罗贝尔·L是不会来的。D在我身旁。他负责跟那些从集中营出来的人打听谁认识罗贝尔·L。他脸色苍白。他顾不上我。大厅里一阵喧哗。穿军装的女人在女志愿者周围忙碌着，让她们在一个墙角坐下。大厅空了。战俘的到来中断了片刻。负责遣返的军官们走来走去。麦克风也沉默了。我听到有人说："部长来了。"我在一群军官中间认出弗雷讷。我仍旧待在小走廊的入口处，望着大门。我知道罗贝尔·L没有任何可能从这里出现。不过也许D会得到一点儿消息。不好，我发抖了，感觉很冷。我靠在隔板上。突然一阵喧哗："他们来了！"外面，女人们没有喊叫。她们没有鼓掌。突然从入口处的走廊里走出两个童子军，他们抬着一个人。那个人紧抱着他们的脖子。两个童子军四臂交叉抬着他的腿。那人身穿便服，头剃得光光的，仿佛受过许多苦。他身上有种奇怪的颜色。他大概在哭泣。不能说他很瘦，不是瘦不瘦的问题，他简直没有多少人样了，叫人怀疑他是否还活着。尽管如此，他还是活着，他的面孔痉挛成可怕的怪样。他活着。他的眼睛什么也没看，没看部长，没看大厅，也没看国旗，什么都没看。他有那副怪相大概是因为他在笑。这是第一个从魏玛回来的进入接待站的人。我不自觉地走到了大厅中央，背靠着麦克风。又有两个童子军扶着一位老人进来了。然后其他十多个犯人走过来，他们的气色比前两个要好些，别人搀扶着他们走。人们让他们坐在从公园搬来的长凳上。部长朝他们走去。第二个到达的那位老人哭了。不知道他是否真的那样老，也许他只有二十岁，无法知道他的年纪。部长走过去，摘下帽子，走向那位老人，朝他伸过手去。老人抓住他的手，他并不知道这是部长的手。一个身穿蓝军服的女人向他喊道："这是部长，他来看您了！"老人继续哭着，没有抬头。突然，我看见D坐在老人身旁。我很冷，牙齿不停地打战。有人走近我说："别待在这里，没有必要，您会病倒的。"我认识他，他是接待站的人。我没有走。D和老人谈了起来。我很快恢复过来。这个老人可能只有万分之一的几率认识罗贝尔·L。巴黎开始有人传言说军人们有布痕瓦尔德的幸存者名单。除了哭泣的老人与一些风湿病患者，其他人看上去身体状况并不太糟。部长和一些高级军官坐在他们旁边。D和老人谈了很久。我只注视着D的面部。我觉得时间太长了。于是我慢慢向长凳走去，走到D的视线以内。D看见我了，他看着我，摇摇头："不，他不认识。"我走开了。我太疲劳，真想在地上躺一会儿。现在，穿军服的女人给从集中营回来的人拿来了饭盒。他们开始吃饭，一边吃一边回答别人提出的问题。令人惊异的是别人和他们说的那些话并不使他们感兴趣。明天，我会从报纸上知道在这些人中间，在这些老人中间，有夏尔将军及他的儿子于贝尔·夏尔——圣西尔军校的学生（他当天晚上，也就是在他回来的当夜死去），有奥迪贝尔将军，烟草管理局局长费里埃尔，国立图书馆馆长于里安·坎，厄尔托将军，马赛尔·保尔，昂热医学院絮阿尔教授，里谢尔教授，克罗德·布代尔，情报部长泰让的兄弟，还有莫里斯·内格尔……

下午五点钟左右，我离开了接待站，沿着塞纳河岸回家。天气真好，这是个阳光明媚的日子。我急于回家，急于闭门守着电话，重新回到阴暗的壕沟里去。我一离开河畔，走进巴克街，城市就又变得遥远，奥赛火车站就消失了。也许他终究会回来。我不知道。我太累了。我太脏了。有时我在接待站过夜。回家时我得下决心洗个澡，我大概有一个星期没洗澡了。春天里我还这么怕冷，想到洗澡便不寒而栗，我仿佛染上某种再也摆脱不掉的寒热病。这天晚上我想到了自己。我从未见过像我这样懦弱的女人。我回顾了一下，那些像我一样在等待的女人，不，她们谁也不像我这么懦弱。我认识一些十分勇敢的女人，出类拔萃的女人。我的懦弱别人都无法加以形容，只有D是例外。寻人部的同志们把我看成病人。D对我说："无论如何，没有权利这样自暴自弃。"他经常对我说："你病了，你疯了，看看你自己，简直不成样子了。"我听不懂人们对我说什么（甚至此刻，当我重新抄写青年时期的这些事时，我也不理解这些话是什么意思）。我没有一刻感到有鼓足勇气的必要。鼓足勇气可能就是我的懦弱。苏琪为了她的小孩而勇气十足。而我，我和罗贝尔·L的小孩在生下来的时候就死去了——他也是死于战争。战争期间医生夜里很少出诊，他们缺少汽油。于是我孤身一人。在我这种情况下，为什么要节省精力。没有人非要让我去斗争。我进行的斗争谁也不了解。我在和黑暗壕沟的境象斗争。有时候，这幅境象十分强烈时，我就喊叫或出门走走。D说："将来你回想起来，会感到羞愧的。"街上的人和平日一样，商店前面排着队，樱桃已经上市了，为此那些女人在排队等待。我买了一份报纸。俄国人已经到了施特劳斯贝格①，甚至可能更远，接近了柏林。排队买樱桃的女人在等待着柏林的陷落。我也等待着。"他们将明白，他们将看到自己的下场。"人们这样说。全世界都在等待。全世界的政府都意见一致。报上说，如果德国的心脏停止了跳动，战争就彻底结束了。朱可夫②布置了密集的炮群，从柏林外围六十公里远的地方向柏林市中心轰击。柏林在燃烧。它将被烧得寸草不剩。德国人的血将在废墟中间流淌。有时人们似乎闻到了血腥味，看到了鲜血。战俘中的一个教士把一个德国孤儿带到了接待

① Strausberg，德国勃兰登堡城市。
② Gueorgui Joukov（1896—1974），苏联元帅。

站。他牵着那个孩子，他很自豪，向人们炫耀，解释他是怎样找到孩子的，说这个可怜的孩子没有错。女人们不满地看着教士。他竟然给予自己提前原谅和宽恕的权利。他不曾体验任何痛苦、任何期待。他竟然在此时此地允许自己行使原谅和宽恕的权利，却根本不了解人们的仇恨，那可怜而善意的、给人以宽慰的仇恨，如同对上帝的信仰一样的仇恨。他在讲些什么呢？从来没有哪个教士如此举止不当，女人们将目光转开去，唾弃那张挂着宽容明亮微笑的面孔，她们无视这个孩子的存在。一切都在分裂。一方是女人们的战线，它密集、坚不可摧。另一方是这个孤独的男人，他是正确的，但他的语言无法被那些女人理解。

四月。

蒙蒂[1]大概已经越过易北河，不过还不敢肯定，蒙蒂的路线没有巴顿[2]的路线清楚。巴顿在猛攻。巴顿已经到达了纽伦堡。蒙蒂大概拿下了汉堡。大卫·卢塞的妻子打电话来："他们到汉堡了。好几天里他们都避而不谈汉堡—新加默集中营。"这几天她焦急不安，这是有道理的。大卫在那儿，在贝尔森。德国人在枪毙犯人。盟军前进得很迅速，德军来不及带走集中营里的人，就把他们枪杀了。当时人们还不知道，有的时候，德军来不及枪杀时，便丢下犯人逃了。哈雷的敌军被全部歼灭。开姆尼茨[3]被攻克了，队伍朝德累斯顿方向大步前进。帕奇[4]清除了纽伦堡的德军。乔治·皮杜尔[5]就旧金山会

---

① 即蒙哥马利。Bernard Montgomery(1887—1976)，英国陆军元帅。

② George S. Patton(1885—1945)，美国陆军上将。

③ Chemnitz，德国东部萨克森州城市，1953—1990 年称卡尔·马克思城。

④ Alexander Patch(1889—1945)，美国陆军中将。

⑤ Georges Bidault(1899—1983)，法国政治家，二战期间抵抗运动领袖，1946 年任临时政府总统。

议问题与杜鲁门总统会晤。我在街上走着。我们累了，累了。《解放晚报》上说："人们将永远不再谈起法伊英根[①]。地图上标志森林的浅绿色将延伸到恩茨河[②]。钟表匠死在斯大林格勒，理发师曾在巴黎服役，傻瓜曾占领雅典。现在的大街上空无一人，街上的路面就像死鱼一样肚皮朝天。"十四万战俘回国了。直到现在，还没有集中营的犯人的数字。内政部门的一切努力都无济于事，进展不大。战俘们在杜伊勒里宫的花园里一等就是好几个小时。有人预言今年的电影之夜将爆满。在法国有六十万犹太人被捕，据说只能回来百分之一。也就是回来六千人。人们当时还这么想。他可能和犹太人一起回来吧？他本该一个月以前给我们消息的。为什么不是和犹太人一起回来呢？我觉得我等够了。我们累了。将有另一批从布痕瓦尔德集中营回来的人。一家面包店开张了，也许应该去买些面包，不要把票券浪费了。浪费票券是有罪的。有些人什么也不等待，也有一些人不再等待什么。前天晚上回来的时候我去波拿巴街通知一家人。我按门铃，门开了，我说："我是从奥赛接待站来的，您的儿子快回来了，他身体很好。"那位太太已经知道这个消息了。五天前他们的儿子来了信。D在门外等我。我说："他们知道他们儿子的消息，他写过信，这么说他们可以通信。"D没有作声。这是两天前的事。我一天天减少期待。晚上，门房在门口等着我，让我去看看学校的门房博尔德太太。我告诉她我明天上午去，她不必担心，因为今天回来的是A7战俘营，A3战俘营还没到。门房跑着去告诉她了。我缓缓地上楼，我累得气喘吁吁。我不去看博尔德太太了，明天上午再试试看吧。我很冷。我又去坐在靠近电话机的长沙发上。这是战争的尾声。我不知道我困不困。一段时间以

① Vaihingen，德国巴登-符腾堡州城市。

② Enz，德国境内河流。

来我再感觉不到困倦了。醒来之后我才知道自己睡过了。我起了床，前额贴在窗玻璃上。楼下圣本笃饭店里挤满了人，像蜂窝一样。付得起钱的人可以享受一个不公开的菜单。这样的等待是反常的。我将永远一无所知。我只知道有好几个月他都处在饥饿之中，他在临死之前也没有再见到一块面包，哪怕只是一次。死前的最后满足，他也没有得到。四月七日以前，我就有所选择了。他大概是贝尔森两千名被枪杀者中的一个。在格拉特巴赫[①]中部的一个万人坑里找到了一千五百具尸体。在条条大道上都有惊恐不安的大队犯人，他们被带着，不知去哪里，卡波[②]们不知道，领队们也不知道。今天，布痕瓦尔德的两万名幸存者向集中营的五万一千名死者致哀，他们是在盟军到达前夕被枪杀的。只差几个钟头，就被枪杀了，这是为什么？据说是为了灭口。在某些集中营里，盟军到达时尸体还是温的。德国人在战败的最后一刻做了些什么呢？捣坏餐具、用石头打碎玻璃、把狗杀掉。我不再恨德国人了，这种感情再不能叫做恨了。我在某个时期曾恨过他们，这是清楚的，毫不含糊的，我恨不得把他们全部杀光，把所有的德国人都从地球上消灭掉，使类似的事情不再发生。现在，在我对他的爱和对德国人的恨之间，我不知如何区分了。这是一幅画的两个侧面：一面是他，胸膛对着德国人，十二个月以来的希望在他眼里泯灭了；另一面是正在瞄准的德国人的眼睛。这就是画的两面。在两者之间我应该作选择，或者是滚倒在战壕里的他，或者是重新扛起冲锋枪离去的德国人。我不知道是该把罗贝尔抱在怀里而让德国人跑掉，还是不管罗贝尔·L而去抓住杀他的那个德国人，抠出那双刽子手的眼睛。三个星期以来我一直在想应该阻止他们在逃跑的时候杀人。没有人

---

① Glattbach，德国巴伐利亚州城市。

② 纳粹集中营里被选来管理犯人的犯人。

提出过任何建议。本来可以派遣伞兵突击队在盟军到达之前的二十四小时占领集中营。从一九四四年八月起，雅克·奥伏莱就试图制订这个计划，但没有实现，因为费雷讷不愿这一创议归功于抵抗运动。作为战俘和集中营犯人们的部长，他无能为力，因此就听任德国人杀戮。从现在一直到最后一个集中营被解放，都将有人被枪杀。没有办法阻止他们这样做。在我那幅双面画中，有时在德国人背后有费雷讷的眼睛。我前额靠着冰冷的窗玻璃，这样舒服些。我支撑不住我的脑袋了。双腿和双臂很沉重，不过没有脑袋沉重。这不再是个脑袋，而是个脓包。窗玻璃是凉爽的。一小时以后D就来了。我闭上眼睛。他要是回来，我们就去海滨，这是让他最高兴的事了。我想不管怎样我要死了。他回来我也会死的。如果他按门铃："谁呀？""是我，罗贝尔·L。"我所能做的一切就是把门打开，然后死去。他要是回来，我们一定去海滨，那将是夏天，盛夏。从我开门到我们在海边重聚的这段时间里，我死了。在某种劫后余生的状态中，我看到大海是绿色的，还有一个浅橘黄色的海滩，沙丘。在大脑深处，腥咸的海风使我停止了思想。我不知道我看到大海的时候他在哪里，但我知道他活着。他在地球上的某一处，也在呼吸着。这样我就可以躺在海滩上休息。他回来的时候，我们一定去海滨，去一处炎热的海滨，这是让他最高兴、也是对他最有好处的事情。他会回来的，他会到海滨去，他会站在沙滩上，望着大海。我呢，只要看着他，看着他我就心满意足了。为自己我一无所求。我头倚着窗玻璃。我大概在哭泣。六十万人中，有一个在哭泣。在大海前面的那个人，是他。德国的夜是寒冷的。在那儿，在海滩上，他只穿着衬衫出来，他在和D交谈。他们专心于交谈。我将死去。他一回来，我就死去，不可能是别的样子，这是我的秘密。D不知道这一点。我选择了像现在这样等待他，直到为此而死。这是我个人的事。我又回到长沙发上，躺了下来。D按门铃。我去开门："没消息？""没有。"D在客厅里挨着长沙发坐下。我说："我看没有多少希望了。"D看上去很疲倦，没有回答。我接着说下去："明天是四月二十二日，百分之二十的集中营都解放了。我在接待站见到索雷尔，他对我说五十个人中回来一个。"D没有勇气回答我，但我继续说着。门铃响了。是罗贝尔·L的妹夫："怎么样？""没有消息。"他摇摇头，沉思了一下，然后说："联系方面有问题，他们不能写信。"他们说："德国已经没有定期的邮政业务了。"我说："可以肯定的是已经有了布痕瓦尔德的犯人的消息了。"我提醒说，罗贝尔那一批人，八月十七日的那一批人是到布痕瓦尔德去的。"谁告诉你他年初没有被转移到别处去呢？"我让他们走，让他们回家去。我听了一会儿，他们在谈话，后来声音就越来越听不清了。谈话间有长久的沉默，然后声音又传了过来。我觉得有人抱住了我的肩，是D。我是睡着了。D喊道："你怎么了？怎么这样睡呀？"我又睡着了。等我醒来时罗贝尔的妹夫已经走了。D去找温度计。我在发烧。

在高烧中，我又看见了她。她和别人一道在柳林街[①]排了三天队。她大概有二十岁。她的肚子高高地挺着。她去那里是为了一个被枪杀者，为了她丈夫。她接到通知，来取他的遗物。她来了。她仍然害怕。为了取遗物她排了二十二个小时的队。尽管天气很热，她还是浑身发抖。她讲着，滔滔不绝地讲着。她取他的遗物是为了再看看它们。是的，两个星期后她就要分娩了。孩子见不到他的父亲了。排队的时候她一遍又一遍地读着他最后那封信："告诉我们的孩子，我是勇敢的。"她边讲边哭，她再也控制不住自己了。我

① Rue des Saussaies，巴黎第八区的一条街道，1940年成为德国盖世太保所在地。

想起了她是因为她不再等待了。我不知道如果在街上遇见她，我能不能认出她来，我忘记了她的面孔是什么样子，我只记得她那高高隆起的腹部，只记得她拿在手中仿佛要给别人看的那封信。二十岁。别人递给她一个折叠凳。她试图坐下去，但又站起来，她只有站起来才能支撑自己。

一九四五年四月二十二日，星期日。

D在我这里过夜。这一夜仍然没有电话。我应该去看看博尔德太太。我煮了很浓的咖啡，吃了一片退烧药。头昏、恶心都会过去的。好一些了。今天星期日，邮递员不来。我给D端去一杯咖啡。他看着我，脸上露出温和的笑容："谢谢你，我的小玛格丽特。"我喊着说不。我的名字让我害怕。吃过饭以后，我满身大汗，烧也退了。今天我既不去接待站也不去印刷厂。应该买一份报纸。又是一张贝尔森的照片，一个长长的坟坑里躺着尸体，从未见过如此骨瘦如柴的躯体："战线离柏林市中心只有四公里了。""俄国的战报一反往日的审慎。"普利文①先生摆出统治法国的架势，他宣布调整工资，提高农产品价格。丘吉尔先生说："再等不了多久了。"也许盟军和俄国人今天就会师。德伯吕-布吕代尔反对在没有战俘和集中营的人参加的情况下进行选举。《国民阵线》第二版的报道说有一千名集中营犯人在四月十三日早晨被活活烧死在马格德堡②方向的一个谷仓里。弗雷德里克·诺埃尔在《艺术与战争》里说："有些人认为艺术革命是由战争引起的，实际上战争是在其他方面产生影响。"森普松抓到两万名俘虏。蒙蒂会见艾森豪威尔。柏林在燃烧。"斯大林大概在他的指挥台上看到了这壮观而又可怕的场

① René Pleven(1901—1993)，法国政治家。

② Magdeburg，德国萨克森-安哈尔特州首府。

面。”据统计，在最后这二十四小时里，柏林响起了二十七次警报。还有活着的人。我来到博尔德太太家。她的儿子就在门口。女儿在长沙发上哭泣。房间又脏又乱，很阴暗。小屋里回荡着博尔德太太的哭声。这屋子就像法兰西。“这下我们可好了，”儿子说，“她不肯起床。”博尔德太太躺着，看着我，哭得脸都变了形。她说：“完了。”我又说道：“您没有理由这样不珍重自己，A3 营还没有回来呢。”她用拳头捶打着床，喊叫着：“这话您对我说了一个星期了。”“我可不是骗您，您看看报纸吧。”“报纸上说得不清楚。”她很固执，她不愿意再看我。她说：“您告诉我他回不来了。街上都在这么说。”他们知道我经常去弗雷讷部、去寻人部。如果我应对得当，博尔德太太未来三天还会起床。可是我太疲劳了。确实，两天前 A3 营就该解放了，博尔德太太等着我告诉她消息。那边，在大路上，一个男人从纵队里走出来。一阵冲锋枪声。我很想任她死去。但她的小儿子看着我。于是我就读报上的专栏：“回来的人们……”我们编造着。我去买面包，又回到楼上。D在弹钢琴，他总是弹钢琴，他一生中在任何境遇下都如此。我坐在长沙发上。我不敢叫他别弹了。这使我头疼，又感觉到恶心了。这确实很奇怪，直到现在一丁点儿消息也没有。他们在忙别的事。几百万人都在等待末日的到来。德国被打得稀巴烂。柏林在大火中。一千座城市被夷为平地。成百万的平民百姓在逃难，希特勒的选民们在逃难。每分钟都有五十架轰炸机从机场起飞。这里的人忙着地方选举，也忙着战俘的遣返工作。有人谈过要征用私人汽车和住宅，但是未敢付诸行动，唯恐得罪那些财产所有者。戴高乐对此兴趣不大。戴高乐讲话时，总是先谈北非阵线，然后将政治犯问题一带而过。四月三日，戴高乐说了这几句罪不可恕的话：“流泪的日子已经过去，光荣的日子重新来临。”我们永远不会宽恕他。他还说：“命运挑选了地球上的某些地方来宣布其判决，巴黎历来就具有象征意义……一八七一年一月巴黎的投降成就了普鲁士德国的胜利……一九一四年那令人难忘的日子……一九四〇年也不例外。”他没有谈到巴黎公社。他说一八七〇年法国的战败成就了普鲁士德国。对戴高乐来说，巴黎公社养成了人民相信自己的存在、相信自己力量的恶习。戴高乐确确实实是右派的颂扬者——他面对着右派、并且只面对着右派讲话——他想使人民丧失活力。他愿意人民软弱、信教，他愿意他们像资产者一样成为戴派，他愿意他们成为资产阶级。戴高乐不提集中营，很明显，他绝口不谈，很明显，他公然反对把人民的痛苦纳入胜利中去，因为他怕削弱他戴高乐本人的作用，怕减少他戴高乐本人的影响。是他要求此刻就进行市镇选举的。他是个职业军官。我周围的人在三个月以后就看清了他，永远唾弃了他。女人们也恨他。后来，他曾说：“人民自主的专政孕育着削弱个人责任的危险。”他什么时候提起过领导者的责任所带来的难以胜数的危险呢？尊敬的巴尼斯神甫在巴黎圣母院谈到革命一词时说：“人民起义、总罢工、巷战等等，可以是很好的电影素材。可是这些东西，除了场面轰动怎能算是革命？怎能算是真正的、深刻的、持久的变革？请看一七八九、一八三〇、一八四八年吧。在暴力和政治动乱之后，人民厌倦了，他们要养家糊口、要工作。”必须使人民丧失勇气。尊敬的巴尼斯神甫还说：“在维护秩序方面，教会毫不含糊，它拥护秩序。”戴高乐决定为罗斯福设立哀悼日。没有人为那些死于集中营的人设立哀悼日。应该照顾美国。法兰西将为罗斯福哀悼。对自己的人民无需哀悼。

除了等待以外，生命不再存在。出现在我们头脑里的种种场面比发生在德国大道上的还要多。每一分钟都有冲锋枪在大脑里扫射。我们还活着，发生在大脑里的扫射并不置人于死地。他走在路上被射死，他腹中空空地死去。他的饥饿像秃鹫一样在我脑中盘旋。我无法给他任何东西吃。总可以把面包伸向虚空，但我甚至无法知道他是否还需要面包。我买了蜂蜜、糖和面条。我想，如果他死了，我就把这一切烧掉。没有什么东西可以减轻他的饥饿给人带来的煎熬。人们死于癌症，死于车祸，但并不死于饥饿，不，不是死于饥饿，而是在饥饿之前完结。饥饿的所作所为由射向心脏的一颗子弹圆满完成。我真愿意把我的生命给他，但我现在却连一块面包也不能给他。这还叫做思想吗？一切都悬在那里。博尔德太太和我，我们生活在现在时中。我们可以设想再活一天，却不能设想再活三天。购买三天的奶油和面包，对我们来说，无疑是对上帝旨意的侮辱。我们已经与上帝连在一起，纯粹在听天由命中苟活。D对我说："什么傻话、蠢话你都会说出来……"博尔德太太也是这样。此刻有人在说："应该对事件进行思考。"D是这样对我说的："应该努力去读点什么，不管发生什么都可以读点什么。"我努力试过，我什么都试过，不过句子连贯不起来，当然，我猜想这连贯性是存在的，但有时觉得它并不存在，它从来就不存在，眼前的一切才是真实的。另一种连贯性把我们攫住了，那是他们的身体和我们的生命的关联。也许他在两个星期前就死了，静静地躺在阴暗的壕沟里。蝇虫爬遍他的身体，栖息在他身上。一颗子弹击中后颈、心房、眼睛？他那苍白的嘴唇贴着德国的土地，而我还一直在这里等他，因为事情并不完全确定，也许他还可以再活一秒钟。因为他也许会在顷刻间死去，但是此刻还没有死。因此，生命每时每刻都会离我们而去，所有的希望都会破灭；生命每时每刻都会归来，所有的希望也会重现。也许他正在犯人队伍中，也许他正弯着腰一步一步往前走，也许他那样劳累，不会再迈出第二步？也许这没有迈出的第二步距今已经十五天了？半年？一个小时？一秒钟？写出来的书一行字也读不下去，对于博尔德太太和我来说，所有的书都来迟了。我们处在一场战斗的前列，这是一场没有名称、没有武器、没有流血、没有荣耀的战斗。我们处在等待的前列。在我们身后，文明化为灰烬，多少个世纪积累下来的思想也全部化为灰烬。博尔德太太不接受任何假设。在博尔德太太的头脑里如同在我的头脑里一样，出现的是没有对象的骚动、无名的痛楚以及同样的压迫感。还出现一些距离，它们仿佛指向某些出口，可随后就被堵塞，被消弭，直至被灭绝。痛苦、流血和呐喊无处不在，因此无法形成思想。思想不属于混沌，而它往往被混沌取代。在混沌面前，思想无能为力。

四月，星期日。

我一直待在电话机旁边的长沙发上。今天，是的，今天柏林就要被攻克了。人们天天都这样宣告，不过今天确实是要结束了。报纸告诉我们用什么方式通知大家：以最后一次鸣警报的方式。那将是这次战争的最后一次警报。我再不去接待站了，再也不去了。还是有人陆续回来，从吕特西亚旅馆，从东站，从北站。完结了。我不仅不再去接待站，甚至动也不动了。我相信一切都完结了，昨天就相信了，可昨天晚上十点钟我还是出了门，我坐地铁，我去敲D的门。他给我打开门。他把我抱在怀里："从刚才到现在没有什么消息吧？""没有。我撑不住了。"我又离开了。我甚至都不愿意走进他的房间，只是想看看D，看他脸上是否有特殊的迹象，是否有关于死亡的谎言。敲响十点钟的时候，当时我刚到家门，恐惧突然袭来。那是对一切的恐惧。于是我又来到门外。我抬起头来，突然看到房间变了样，灯光也变了样，突然黄了起来。突然的确信，枪弹狂射般的确信：他死了。死了。死了。四月二十一日，他四月二十一日死的。我站起身，来到卧室中央。这是一秒钟内发生的事。太阳穴不再跳动。再不是太阳穴的问题了。我的脸在蜕化，在改变。我整个人也在蜕化，散了架，改变了模样。卧室里没有人。我感觉不到自己的心跳。恐怖像洪水一样慢慢升起来，我被淹没了。我是那样害怕，我不再等待了。完结了，是完结了吗？你在哪里？怎么才能知道呢？我不知道他在哪里。我也不知道我自己在哪里。我不知道我们在哪里。这个地方叫什么名字？这是个什么地方？这都是怎么回事？怎么回事？谁是罗贝尔·L？再没有痛苦。我正在明白在这个人和我之间再没有任何共同之处。等待另外一个人也会如此。我不再存在，为什么要等待罗贝尔·L？如果愿意等待的话，还不如等待另外一个人。在这个男人和她之间再没有任何共同点。这位罗贝尔·L是谁？他确实存在过吗？是什么东西产生了这个罗贝尔·L，是什么？为什么是他而不是另外一个人被等待？她到底在等待什么？她在等待其他什么等待吗？两个星期以来她在等待中情绪激动，这玩的是什么把戏？这个房间里发生了什么事？她是谁？她是谁，D知道。D在哪儿？她知道，她可以去看他，请他解释。我该去看他，因为发生了一件新的事情。我去看了他。表面看来，什么也没有发生。

四月二十四日，星期二。

电话响了。我在黑暗中醒来。我点亮灯，看看闹钟：五点半。还是夜里。我听见："喂？……什么？"接电话的是D，他睡在我身旁。我听见："什么，您说什么？是的，是这里，对，罗贝尔·L。"沉默。我就在拿着听筒的D身旁。我试图夺过听筒来。好长时间。D不放手。"什么消息？"沉默。对方在巴黎的另一端讲话。我试图夺过听筒，很难，不可能。"什么？同伴？"D放下电话对我说："罗贝尔·L的几个同伴到了戈蒙[1]。"她声嘶力竭："这不

① Gaumont，位于巴黎十七区的电影厂，当时成为回国战俘的接待站。

是真的。”D又拿起听筒：“罗贝尔·L呢？”她试图夺过来。D什么也没说，他听着，电话在他手里。“你们不知道别的了？”D向她转过身来：“他们两天前和他分手的，他当时还活着。”她不再试图夺过电话机了，她瘫在地上，摔倒了。他两天前还活着，这几个字使什么东西爆裂了。她随它去。这东西爆裂了，从嘴里、鼻子里、眼睛里流出来。应该让它流出来。D放下电话，呼唤着她的名字：“亲爱的，亲爱的玛格丽特。”他没有走近，他没有扶她起来，他知道不能碰她。她在忙着。让她安静。那个东西从各处涌流出来。活着。活着。他说：“我亲爱的，亲爱的玛格丽特。”两天前，像你和我一样，他活着。她说：“别管我，别管我。”那个东西流了出来，以呻吟和哭喊的方式，以它愿意的各种方式流了出来。它出来了。她随它而去。D说：“我们该过去了，他们在戈蒙，他们在等我们，我们还是先喝杯咖啡再去吧。”D这样说是为了让她喝杯咖啡。D笑了。他不停地说：“啊！真有他的……怎么能想到他们会……罗贝尔真鬼……他大概在最后一刻躲了起来……我们还以为凭他那样子不会那么机灵呢。”D在浴室里。他说了“凭他那样子”。她靠在厨房的壁橱上。确实，他的样子与众不同。他总是漫不经心，仿佛什么也看不见，总是在追求至善之境。她在煮咖啡。D又说：“再过两天就会看见他回来了。”咖啡已煮好。喝着热咖啡，又想起来：他还活着。我很快换上衣服，吃了一片退烧药。还总是发烧，浑身是汗。街上空荡荡的。D走得很快。我们来到了改成接待站的戈蒙公司。事先说好，我们要见埃莱娜·D。她来了，笑容满面。我浑身发冷。他们在哪儿？在旅馆里。她带着我们走。

旅馆。灯火通明。人来人往，有穿着条纹衣服的集中营犯人，也有穿着白外套的女护理员。整夜不断有犯人来。这就是那个房间，女护理员走了。我对D说：“敲门吧。”心在剧烈地跳动，我大概无力进去。D敲了门，我和他一起进了屋。床角有两个人，一男一女。他们什么也没说，他们是家属。床上有两个集中营回来的人，一个睡着了，大约二十岁，另一个对我微笑。我问："您就是贝罗第吗？""是我。""我是罗贝尔·L的妻子。""两天前我们和他分手的"。"他怎么样？"贝罗第看看D说："有人比他更疲惫不堪。"年轻人醒了："罗贝尔·L，啊，是的，我们本来应该和他一起逃跑的。"我靠近床边坐下。我问："他们枪毙人吗？"两个年轻人互相看了看，没有立即回答，随后说："就是说……他们不再枪毙人了。"D接过话来："当真？"贝罗第回答："到我们离开的时候，他们已经有两天不再枪毙人了。"两个战俘自己说开了。年轻人问："你怎么知道？""集中营里的俄国犯人头儿告诉我的。"我问："他告诉您什么？""他说他们接到命令不再枪毙人。"年轻人说："有时候他们枪毙犯人，有时候不。"贝罗第看看我，又看看D。他笑了笑说："我们累了，请原谅。"D的眼睛盯着贝罗第，问："他怎么没和你们在一起？""火车启动时我们一起找过他，没找到。""我们确实仔细找了。""你们怎么会没有找到？""天很黑，"贝罗第说，"况且人还很多。""你们仔细找过了？""您是说……"他们对视着。"噢，是的，"年轻人说，"是找过……甚至还喊过他的名字，尽管这很危险。""他是个好伙伴，"贝罗第说，"我们找过他，他还给我们做过有关法国的讲座呢。""他讲得很好，嘀，那神气……他把听众给迷住了……"我问："既然你们没有找到他，那么说他已经不在了？他被枪杀了？"D来到床边，他动作粗暴，他很生气，但控制着自己，他的脸色几乎跟贝罗第一样苍白："你们最后一次是什么时候见到他的？"两个人互相看了看。我听到那个女人的声音："他们累了。"我们仿佛在审问罪犯，一秒钟也不让他们喘息。"不管怎么说，我看见他了，我敢肯定。"年轻人说。他目光茫然地看着什么，重复说他敢肯定，可是他什么都不能肯定。D还是不停地问："努力想一想，最后一次见到他是在什么时候。""我是在队伍里看见他的，你记不得了吗？在右边，天还没黑……到达火车站前一小时。"年轻人说："那时候真是筋疲力尽……不过我，我是在他逃跑以后又见到他的，这我敢肯定，因为我们还说好从那里、从车站逃走。""什么？他逃跑？""是的，他企图逃跑，又被抓回去了……""什么？逃跑的人不被枪杀吗？你们说的不是真话。"贝罗第不知再说什么了，什么也说不出，他的记忆破碎了，他泄气了。"不是跟你们说了他会回来的。"这时，D粗暴地插话，他让我住口，然后他又开始问："他是什么时候逃跑的？"他们彼此看看："是头一天吧？""我想是的。"D在询问，在恳求："努力想一想，很抱歉……不过努力想一想。"贝罗第微笑了一下："我很理解你们，不过我们太累了……"他们沉默了一会儿。绝对的沉默。然后年轻人说："我肯定在他逃跑以后我见过他，是在队伍里看到他的，现在我敢肯定。"贝罗第问："什么时候？怎么看到的？""他和吉拉尔一起，在右边，我敢肯定。"我又问："你们怎么知道他们是否枪毙人呢？"贝罗第说："这您不用害怕，我们会知道的，我们每回都知道，纳粹党卫队在队伍后面枪毙人，然后同伴们把消息一直传到队伍前面。"D说："我们想知道你们为什么没有找到他。""天太黑，"贝罗第接着说。"也许他第二次逃跑了，"年轻人说。"总之，你们在他第一次逃跑以后见到过他。""确实，"贝罗第说，"确确实实。""他们把他怎么样了？""嗯，他被狠狠揍了一顿……菲利普会比我讲得更清楚，他们是伙伴。"我问："他们怎么没有枪毙他呢？""美国人那么近，他们来不及了。""再说，每次情况都不一样，"年轻人说。我问："在他逃跑以后，你们一起商量好逃到火车站的吗？"沉默，他们彼此看着。D说："你们明白吗，如果你们是在他逃跑以后和他商量的话，那就增加一份把握了。"不，他们不知道了，关于这一点他们什么都不记得了。他们记得队伍的某些骚动，记得几个伙伴跳到壕沟里藏身的某些动作，他们还记得遍地都是美国人。而其他的事情，他们都不记得了。

另一个磨难期开始了。德国在燃烧。他在德国本土，这不十分肯定，不十分肯定。但可以这样说：如果他未被枪杀，如果他还待在犯人队伍里，那么他就置身于在德国燃烧的熊熊烈火之中了。

四月二十四日。

上午十一点半。电话响了。我一个人在家，是我接的电话。对方是弗朗索瓦·密特朗[①]，化名莫尔朗。“菲利普回来了，他一星期前看见了罗贝尔。他当时还好。”我解释说：“我见过贝罗第了，罗贝尔好像逃跑了，又被抓了回去。菲利普有什么消息？”弗朗索瓦说：“是的，他试图逃跑过，又被一些孩子抓了回去。”我问：“他最后一次看见他是什么时候？”沉默。弗朗索瓦说：“他们是一起逃跑的，菲利普跑得远，德国人没看见他，罗贝尔就在路边上，他被打了一顿。菲利普等着他，没有听见枪声。”沉默。“确实吗？”“确实。”“就这些吗？后来他再没看见他？”沉默。“没有，因为菲利普离开了，逃跑了。”“那是什么时候？”“十三号。”我知道这都是弗朗索瓦·莫尔朗算出来的，毫无差错。“你怎么看？”“没问题，”弗朗索瓦说，“他会回来的。”我问：“犯人队伍里有被枪杀的吗？”沉默。“说不准。来印刷厂吧。”“不，我累了。菲利普怎么看？”沉默。“没问题，四十八小时以后，他就该回来了。”我

---

① François Mitterrand(1916—1996)，法国政治家，1981—1995 年任法国总统。德国占领时期，他在维希政府的战俘总署任职，并同时领导着抵抗组织“全国战俘与集中营囚犯运动”，本书作者杜拉斯及其前夫罗贝尔·昂泰尔姆(即此文中罗贝尔·L)皆为该组织成员。

问："菲利普怎么样？""很疲劳，他说罗贝尔还坚持得住，状况比他好。""他知道那批犯人去哪里了吗？""不，一无所知。"我问："你没骗我吧？""没有。你到印刷厂来吧。""不，我不去。告诉我，要是四十八小时以后他还不回来呢？""你要我怎么回答你呢？""为什么你对我说这个数字，四十八小时？""因为菲利普说他们是在十四号到二十五号之间被解放的。不会有别的可能。"

贝罗第十二日逃跑，二十四日回来，菲利普十三日逃跑，二十四日回来。算起来需要十天至十二天。罗贝尔大概明天或后天到，也许是明天。

四月二十六日，星期四。

D请来了医生，我的高烧总也不退。卡茨太太、我的女友让妮·卡茨的母亲到我家来住。她在等待她的女儿。她的女儿和罗贝尔的姐姐玛丽-路易丝一起被关进拉文斯布吕克集中营[1]。里比打过电话，问罗贝尔的情况。他也在犯人队伍里，是在贝罗第之前逃跑的，比他回来得早。

四月二十七日，星期五。

音讯杳无。夜里和白天都是如此。D给我带来了《战斗报》。最新消息，俄国人拿下了德国的一个地铁站。但是，朱可夫的大炮还在密集围攻轰炸着德国的废墟。什切青[2]和布尔诺[3]已被拿下。美国人到了多瑙河。整个德国都掌握在美国人手中。占领一个国家并不容易。他们会把它怎么样呢？我也变得和博尔德太太一样了，

---

① Ravensbrück，德国菲尔斯腾堡附近的纳粹女集中营。

② Stettin，波兰西北部港口城市。

③ Brno，捷克南摩拉维亚州首府。

我不再起床。由卡茨太太上街买东西、做饭。她心情不好。她为我买来美国牛奶。我想，要是我真的病了，她就不会那么想念她的女儿了。她的女儿是个残疾人，得了一次骨结核病以后一条腿就瘫痪了。她是犹太人。我在接待站里听说过他们杀害残疾人。人们开始知道些关于犹太人的消息了。卡茨太太等了六个月，从一九四五年六月一直等到十一月。她的女儿是一九四五年三月死的，直到一九四五年十一月才通知她，费了九个月才确认了她的姓名。我没有和她谈罗贝尔·L。她到处张贴她女儿的寻人启事，在所有的接待站，在所有的过境线，还告诉所有的亲属，但是没有人知道。她买了五十罐美国牛奶，二十公斤糖，十公斤果酱，还有钙片、磷酸盐、白酒、花露水、大米、土豆等。卡茨太太一字一句地说："她的衣服都洗过、补过、熨过了，我又给她的黑外套加了衬里，添上了兜。所有的衣服原先都放在一个有樟脑丸的大箱子里，我拿出来晒晒，一切都准备齐全了。我让人给她的鞋子上了掌，又给她的袜子缝了几针。我想我什么都没有忘记吧。"卡茨太太在向上帝挑战。

四月二十七日。

没有任何消息。黑洞。一丝光亮也没有。我重新连接时间的链条，但是，从菲利普没有听到枪声起到没有人在火车站见到罗贝尔·L，这中间出现了一个空白、一个深渊。我起了床。卡茨太太到她儿子家去了。我穿上衣服，坐在电话机旁。D来了。他一定要我和他一起去饭馆吃饭。饭馆里满座。人们在谈论战争的结束。我不饿。每个人都在讲述德国的暴行。我永远不再感到饿。别人吃的东西令我作呕。我想死。用一把剃须刀割断与身外世界的联系，甚至和D的联系。可怕的猜想：如果今晚再没有他的消息，他就是死了。D看着我，他当然可以看着我，他死了。我说出来也没有用，

D不会相信我。《真理报》上写着："德国末日的丧钟敲响了。火与铁的包围圈在柏林周围收缩。"结束了。和平到来的时候他将不在人世了。意大利游击队在法恩扎[1]俘获了墨索里尼。整个意大利北部都在游击队手中。墨索里尼被俘，其他一无所知。多列士[2]谈到了将来，他说应该努力工作。我为罗贝尔·L保存着所有的报纸。他要是回来，我和他一起吃饭。在这以前，我不吃饭。我想起了那个十六岁的小德国兵的母亲，她的儿子一九四四年八月十七日孤零零地躺在艺术桥畔的石堆上奄奄一息，而她还在等待她的儿子。现在戴高乐掌了权，他成了四年来挽救我们荣誉的人。他声名显赫，可他对人民的赞颂却吝啬得很，他身上有一种可怕、残忍的东西。他说："只要我在，国家就会运转。"除了和平，戴高乐什么也不等待。只有我们还在等待，这是一种永恒的等待，古往今来天下所有的女人的永恒的等待：等待男人们从战场归来。我们在世界的这一边，在这里，万人坑里的死者尸骨如山。这是在欧洲发生的事情。正是在这里，成百万的犹太人被烧死。正是在这里，我们为他们哭泣。美洲惊奇地看着欧洲巨大的焚尸炉在冒烟。我不能不想起那位头发花白的老妇人，她将悲伤地等待儿子的消息，而她十六岁的孩子已在艺术桥畔死去，那样孤单地死去。我的孩子，也许有人会看到他，就像我看到这个孩子一样，看到他在壕沟里，手臂在做着最后的呼救动作，而双眼已经什么都看不见了。看到他的那个人永远不会明白这个男人对我意味着什么，而我也将永远不知道那个人是谁。我们属于欧洲，事情是在这里、在欧洲发生的，我们被禁锢在一起，面对着欧洲以外的世界。在我们周围是同样的大洋、同

---

① Faenza，意大利艾米利亚-罗马涅区城市。

② Maurice Thorez(1900—1964)，法国政治家，共产党创始人。

样的入侵、同样的战争。我们属于被焚尸炉烧死、在马伊达内克[①]被煤气毒死的种族，我们也属于纳粹的种族。布痕瓦尔德的焚尸炉、饥饿、贝尔森的公共墓穴对我们一视同仁。这些墓坑也掩埋着我们自己，这些如此相同的尸骨都是欧洲家族的尸骨。这些事情并不是发生在巽他群岛[②]的一个小岛上，也不是在太平洋的某一个地方，而是发生在我们的土地、欧洲的土地上。一九三三年至一九三八年间在多拉[③]死掉的四十万德国共产党人的尸骨也在欧洲这个公墓中，其中还有几百万犹太人和上帝的观念以及每个犹太人、每个犹太人心中的上帝的观念。美国人说："此刻所有的美国人，不管他是芝加哥的理发师还是肯塔基的农民，都知道在德国集中营里发生的事情。"美国人想向我们炫耀他们绝妙的战争机器，并想借此消除农民和理发师们的疑虑，因为这些人原先对让他们的儿子到欧洲前线去打仗持怀疑态度。当美国人得知墨索里尼被挂在屠宰场的铁钩上处死以后，他们将无法理解，他们将目瞪口呆。

四月二十八日。

等待和平的人不等待什么，什么也不等待。越来越难以解释为什么还没有消息。和平已经出现了，仿佛是即将来临的黑夜，也仿佛是遗忘的开始。证据已经在眼前了：巴黎的夜晚灯火通明。圣日尔曼德普雷广场亮如白昼。双偶咖啡馆座无虚席。天还是很冷，露天座上没有人。不过，小饭店也挤满了人。我出了门，和平向我逼近。在和平的逼迫下，我快速返回家中。我隐约看到一种可能实现的未来就要来临，一块陌生的土地将在这片混沌中出现，在那里

---

① Majdanek，德国纳粹集中营和灭绝营，位于波兰卢布林的东南部。

② Sunda Islands，亚洲大陆东南，自马来半岛，朝新几内亚方向至马鲁古群岛的岛群。

③ Mittelbau-Dora，德国诺德豪森市附近的集中营。

不会有人再等待。而这里没有我的一席之地，我并不属于这里，而是属于那边，在那块别人无法接近、无法理解、此刻沦于烧杀之中的土地上，和他在一起。我抓着一棵救命草，抓着这最后的可能性，这根本不会被报纸理睬的可能性。灯火通明的城市对我来说失去了一切意义，它只象征着死亡，象征着没有他们的明天。这座城市只有对我们这些仍然在等待的人来说才具有现实性。对我们来说，这是他们再也见不到的城市。和平迟迟不来，大家都很不安。他们不签和约还等什么？到处都能听到这句话。威胁与日俱增。今天听说希特勒奄奄一息。是希姆莱[1]在德国电台最后的广播中说的，同时他向盟军请求投降。柏林在燃烧，只有那“三十个敢死营”在保卫它。在柏林，据说希特勒向自己的头部打进了一颗子弹。希特勒大概死了，但消息不确实。

四月二十八日。

全世界都在等待。希姆莱在他的文告中说：“希特勒奄奄一息，不会活到宣布无条件投降。”这个消息对他将是致命一击。美国和英国回答说他们只能和苏联一起接受德国的投降。希姆莱是向旧金山会议提出投降建议的。作为最新消息，《战斗报》宣布：投降书同时也曾向俄国人提出。斯大林主义者们不愿意把墨索里尼交给盟军。报上说，墨索里尼应该交由人民处置。法里纳奇[2]受到民间法庭的审判，当着万头攒动的群众，在一个大城市的广场上被处死了。在旧金山会议上，欧洲处于艰难的时刻，欧洲是少数。斯退丁纽斯[3]主持会议。《战斗报》说：“面对几大国的表演，小国抬起

---

① Heinrich Himmler(1900—1945)，德国纳粹政客，警察首脑，陆军司令。

② Roberto Farinacci(1892—1945)，意大利法西斯党重要成员。

③ Edward Reilly Stettinius(1900—1949)，美国国务卿，旧金山会议的美国首席代表。

了头。”人们已经谈到和平以后的事情了。

太多了，死去的人真是太多了。七百万犹太人被消灭，装在运牲畜的货车里运走，又在专门设置的煤气室里被毒死，然后在专门设置的焚尸炉里被烧掉。还没有谈在巴黎的犹太人呢。他们的新生儿被交给专门负责勒死犹太儿童的妇女，她们是用颈脉挤压法杀人的专家。这毫无痛苦，她们微笑着说。在德国发现的这种有组织的、合理化的死亡新貌使人愤怒，但首先使人困惑。人们震惊了。怎么还能当德国人？人们在别处、在以往的年代里寻找先例。没有先例。没有任何时代会如此头脑发昏，不可救药。世界上最伟大的文明民族之一，所有时代的音乐之都，以国家工业那种完美无缺、有条不紊的方式在不久前杀死了一千一百万人。全世界都望着这座大山，这座上帝的造物给它的同类制造的死人堆。人们提到某位德国文学家，他为此深感不安，变得阴郁并沉入对这些事情的思考之中。如果纳粹的罪行没有扩大到世界范围，如果这一罪行没有在集体范围被理解，那么，那个在贝尔森集中营里带着集体思想和阶级意识孤独死去的人就遭到背叛了，正是这种集体思想和阶级意识使他在某个夜晚、在欧洲的某个地方，在没有上级、没有军装又没有证人的情况下撬开了铁轨。如果我们强调纳粹恐怖的德国性，而不是强调其集体性，那么贝尔森集中营那个人的所作所为就被纳入地区侨民的范围了。对这一罪行的唯一回答就是把它看成所有人的罪行。分担它。如同分担平等、博爱的思想。为了曾经承受并容忍这一观念，分担这一罪行吧。

我并不知道那是哪一天，不知道是不是还是四月里的一天，不，是五月的一天。上午十一点钟，电话铃响了。是从德国打来的，是弗朗索瓦·莫尔朗。他没说你好。他几乎是粗暴的，但仍像平时那样清楚明了：“好好听我说，罗贝尔还活着。镇静。是的。

他在达豪。坚强地听我说。罗贝尔身体很弱，到了你无法想象的地步，我不得不告诉你，这只是个时间的问题。他还可以活三天，再长不了。D和博尚必须今天就动身，今天上午就动身来达豪。这样对他们说：让他们马上到我的办公室去。他们是知道的。他们会得到法国军官的服装、护照、委任状、汽油票、参谋部的证件和通行证。让他们立刻就去。只能这么做了。通过正式手续他们就到得太晚了。”

弗朗索瓦·莫尔朗和罗丹参加了里盖神甫组织的一个调查团，他们去了达豪，在那里找到了罗贝尔·L。他们闯进了集中营里存放已死和濒死的人的禁区。正是在那里，在那些人当中有一个人清楚地叫出了弗朗索瓦的名字，“弗朗索瓦”，然后眼睛就闭上了。罗丹和莫尔朗花了一小时才认出罗贝尔·L。是罗丹最后根据他的牙齿才把他认出来。他们把他像死人那样用毯子裹着运出集中营的禁区。他们把他放在集中营里住着幸存者的营房旁边。集中营里没有美国兵，所以他们能够这样做。美国兵都住在哨所里，害怕染上伤寒。

博尚和D当天就从巴黎出发了，刚过中午就走了。那是五月十二日，和平日。博尚穿着莫尔朗的上校制服。D穿着法国中尉服，带着名叫D·马瑟的抵抗运动成员证件。他们整夜驱车，第二天早上到达达豪。他们找了罗贝尔·L好几个小时，后来路过一个躯体时，听见有人叫D的名字。我想他们没有认出他来，不过莫尔朗已经说过他无法辨认。他们带走了他，在这以后他们才认出他来。他们的衣服里面还有另一套法国军官制服。必须让他站起来，他自己站不起来，不过他们终于给他穿上了衣服。走过党卫队的营房时，得想法使他不必敬礼，必须让他通过哨所，避免打预防针，预防针会置他于死地的。美国兵——大部分是黑人——都戴着防毒面具，预防伤寒。令人惊恐不安。因为命令严格，倘若美国兵怀疑罗贝尔·L的身体状况，他们就会立即把他放进停尸房。罗贝尔·L一出来，就不得不走到“轻11型”汽车上去。他们扶他躺在后座上，罗贝尔·L立即昏了过去。他们以为这下完了，但没有。旅行艰难漫长。因为他患痢疾，他们每隔半个小时就得停一次车。一离开达豪，罗贝尔·L就开始说话了。他说他知道自己不会活着回到巴黎了。然后他就开始讲了起来，为了在死前把话都说出来。罗贝尔·L不控诉任何个人、任何种族、任何民族，他控诉人类。罗贝尔·L刚从恐怖中走出来，奄奄一息，精神错乱，但他还能做到不控诉任何人，除了在人民历史上充当过客的政府。他希望在他死后，D和博尚能把他说过的话告诉我。当晚他们就到了法国边境，是在维桑堡[①]附近。D给我打电话：“我们到了法国，刚过边境线。明天近中午时到家。你要作最坏的准备，你会认不出他的。”他们在一个军官食堂吃的饭。罗贝尔不停地说着、讲着。当他们走进食堂时，所有的军官都站起来向罗贝尔·L致敬。罗贝尔·L没有看见。这些事情他从来是看不见的。他讲到德国的殉难者，讲到所有人共同的苦难。他不停地讲着、讲着。这天晚上，他说他想在死前吃一条鳟鱼。在被洗劫一空的维桑堡城，大家为罗贝尔·L找到了一条鳟鱼。他吃了几口，然后又开始说话。他谈到了仁爱。他听到过尊敬的里盖神甫的某句演说词，他开始说出了这句非常晦涩的话：“要是有人和我谈基督的仁爱，我就会说达豪。”他没有把话说完。这一晚他们是在奥布河畔巴尔过的夜。罗贝尔·L睡了几个小时。他们在临近中午时到达巴黎。就在驶进圣本笃街之前，D停下车又给我打了电话：“我打电话是为了告诉你，情况比我们想象过的还要可怕。他很高兴。”

---

① Wissembourg，法国下莱茵省城镇。

我听到楼梯上一阵克制的喊叫、一片忙乱和脚步声。然后是房门开关的声音、喊叫声。是这样。是他们从德国回来了。

我没能避开他，我下楼想逃到街上去。博尚和D挟着他的腋窝。他们在二楼的楼梯口停下来。他眼睛朝上看。

我记不清楚了。他大概看见了我，认出了我并向我微笑。我叫喊着不，我不愿意看。我又走开了，又上了楼梯。我嚎叫起来，这我还记得。战争在嚎叫声中宣泄出来了。六年没有喊叫了。我又到了邻居家，他们强迫我喝朗姆酒，把酒灌进我嘴里，灌进我的喊叫声中。

我不知道我是什么时候又回到他、罗贝尔·L面前的。我记得楼房里一片呜咽声，房客们在楼梯上待了很久，房门都开着。后来，别人告诉我女门房为了迎接他，曾经装饰了一下楼房大门，等他一过去，她就都扯掉了，闭门不出，躲在屋子里一个人哭起来。

在我的记忆里，在某一个时刻，嘈杂声停止了，我看见了他。触目惊心。在我面前。我认不出他了，他看着我。他笑了。他任我看。一种超自然的疲乏、终于能活到此刻的疲乏在他的微笑中显露出来。这个微笑使我突然认出他来，但是很遥远，仿佛在隧道深处。这是一种愧然的微笑。他对自己落到这个地步、成为这副残骸感到惭愧。然后微笑消失了。他又成了陌生人。但是我还认识他，这个陌生人就是他，罗贝尔·L，完完全全。

他想再看看房子。他被人扶着在各个房间里转了转。他的面颊褶皱着，但并没有从颌部脱落，从他的眼睛里看出他在笑。走过厨房的时候，他看见为他准备的水果蛋糕。他不再笑了："这是什么？"别人告诉他。"用什么做的？""樱桃，正是上市的季节。"

“我可以吃吗？”“我们不知道，大夫会告诉你的。”他又回到了客厅，在长沙发上躺下。“那么说我不能吃？”“还不能。”“为什么？”“因为在巴黎已经有了好几起事故，有人太早就让从集中营回来的人吃东西。”

他不再打听他不在的时候都发生了什么事情，他不再看我们了。他的面孔罩上了一种剧烈的、无声的痛苦，因为人们不让他吃东西，就像集中营一样。就像在集中营里一样，他无言地接受了。他没有看见别人在哭。他没有看见别人几乎不能看他，不能回答他的话。

大夫来了。但他在门口突然站住，手扶着门把，脸色苍白。他看了看我们，然后看了看长沙发上的形体。他不明白。随后他明白了：这个形体还没有死去，它在生与死之间飘浮着。他、大夫被请来是为了努力让这个形体活下去。大夫走进屋。他一直走到那个形体旁边，那形体对他笑了笑。在以后的三个星期里，这位大夫每天都来好几次，白天黑夜随叫随到。我们一害怕就去叫他，他来了。他救活了罗贝尔·L。他自己也充满了使罗贝尔·L起死回生的激情。他成功了。

我们趁他睡着的时候把水果蛋糕拿走了。第二天他仍然发烧，再也不谈任何食品了。

如果他从集中营一回来就吃东西，他的胃就会因为食物的重量而破裂，或者食物的重量会挤压心脏，而心脏在他瘦弱的空壳里已变得巨大，它跳动得那样快以致无法数脉搏，确切地说，它不再跳动，是在恐怖中瑟瑟发抖。不，他一吃东西就得死。可是如果一直什么都不吃也会死。难就难在这里。

与死神的斗争很快就开始了。应该小心谨慎地对待它，细致、灵巧、讲究策略。它将他团团围住。尽管如此，仍然有一个办法和他联系，这个联系孔并不大，然而生命仍然在他身上，生命充其量像根小刺，但毕竟是根小刺。死神发起进攻了。第一天三十九度五。然后四十度。然后四十一度。死神气喘吁吁。四十一度。心脏像琴弦一样颤动。四十一度，总是四十一度，但它在颤动。大家想，心脏，心脏就要停止跳动了。还是四十一度。死神猛烈地敲门，但心脏充耳不闻。不可能，心跳要停止了。没有。

大夫说可以给他粥喝，用咖啡匙喂。我们一天喂他六七次粥。一咖啡匙粥就使他喘不上气来，他抓住我们的手，大口吸气，又倒在床上。但他咽下去了。同样他一天要大便六七次。我们托着他的膝盖和手臂把他扶起来。他的体重大概只有三十七八公斤：骨头、皮肤、肝脏、肠胃、脑浆、肺统统算在一起，这三十八公斤分布在一米七八的个头上。他被扶到马桶上，桶沿上放了一块小垫子，因为关节直接接触皮肤的地方，皮肤一碰就痛。（圣殿街区那位十七岁的犹太小姑娘，她胳膊上的皮肤被肘关节穿破了，大概是因为她年轻、皮肤细嫩，她的关节露在外面而不是藏在里面，它赤裸裸地、干干净净地露在外面，她既不感到关节痛，也不感到腹部痛，她的生殖器官每隔一段时间就一个一个地被人从腹中拔出来。）一坐上马桶，他就一下子咕噜咕噜泻开了，声音之响令人吃惊。心脏所能克制的，肛门留不住，它将存物倾泻出来。一切，或几乎一切，都将容纳物倾泻出来，甚至手指也留不住指甲，抛弃了指甲。心脏，它还在继续保留着容纳物。心脏。还有头，它惊慌不安，但高尚、孤独，它从躯干中伸出来，它在回忆、叙述、辨认、要求。它在说。在说。大脑由颈部与身体相连，就像通常那样，但这个颈部是那样萎缩，一只手就可以把它全部捏住，那样干瘪，人们不禁要问生命是怎样从那里通过的，既然一匙粥都要费很大劲才能通过并且常常阻塞。起初，颈部与肩膀成直角。上面，颈部一直插到骨架中去，与上颌相贴，像常春藤一样绕着韧带。皮肤成了薄薄的卷烟纸，透过它可以看到椎骨、颈动脉、神经、咽部以及流动的血液。他排泄一种暗绿色的冒着泡沫的黏性物，那是没有人见过的粪便。他便完之后，我们又扶他重新躺下，他筋疲力尽，眼睛似睁非睁，持续了很久。

这种大便的状态十七天没有任何变化。这是非人的状态。它比发烧、瘦弱、失去指甲的手指、党卫队痛打的伤痕更使他与我们不同。我们给他喝的是金黄色的粥，喂婴儿的粥，而从他身上出来的却是泥淖一样的暗绿物。盖上马桶以后，还听到气泡在表层破裂的声音。这黏液会使人想起大口浓痰。大便一出来，房间里就充满了一种气味，不是腐物、尸体的气味——他身上还有属于尸体的物质吗？——而是属于植物腐殖土、枯枝败叶、厚密的林下灌木丛的气味。确实，那是一种阴暗而浓浊的气味，似乎源自他所经历的而我们却无从知晓的漫漫黑夜。（我靠在百叶窗上，街上的行人在我眼下穿行，由于他们不知道在这间房间里发生了什么事，我真想告诉他们在他们头顶上楼上这间房里有一个从德国集中营回来的人，活着回来的。）

显然，他曾在垃圾堆里找过吃的，他吃过草、喝过机油，但这并不能说明问题。在陌生的事物面前，我们寻找着答案。我们想，在此刻，在我们眼前，他也许正在吃着自己的肝和脾。如何得知呢？如何得知在他的腹中还存在着什么未知物，存在着什么痛苦呢？

在十七天里这种大便状况没有变化。十七天，这些粪便与已知物没有丝毫相似的地方。他一天排便七次，我们嗅着粪便，看着它却无法辨认。十七天的时间，我们不让他亲眼看到他排泄出来的东西，不让他看到自己的腿、脚和身体，那令人难以置信的身体。

我们一直不习惯看他的身体，不能习惯。更难以置信的是他还活着。当人们来探望他，走进房间并看到毯子下面的形体的时候，他们不忍目睹，马上转过脸去。许多人夺门而出并且再也不来了。他从来没有觉察到我们所感受到的惊骇，一次也没有。他很高兴，他不再害怕。他还在发烧。十七天。

有一天，烧退了。

十七天以后，死神疲倦了。马桶里不再冒泡，粪便成了液体，虽然还是绿色的，但有了人的气味，人体的气味。有一天，烧退了，给他注射了十二升血清，某天上午，烧退了。他躺在九个坐垫上，脑袋下一个，小臂两个，大臂两个，手两个，脚两个，因为所有这些地方都承受不住自身的重量，必须把它们的重量放在绒毛垫里，使它固定不动。

有一次，一天上午，他的烧退了。热度又袭来，但又退下去。再次袭来，稍稍低一些，又退了下去。然后，一天上午，他说："我饿了。"

饥饿随着体温升高而消失，在退烧以后又回来。一天，大夫说："试一试，试试给他点吃的，先给他吃点肉汁，他要是能消化就继续给他吃，同时给他点别的东西，但开始时要少给，三天一个阶段，每个阶段逐渐增加。"

上午，我到圣日尔曼德普雷大街的一家家饭店去找绞肉机。在大街上的一家大饭店里找到了一个绞肉机。他们不能出借。我说这是为了一个从集中营回来的病重的政治犯，这是个生死攸关的问题。那个女人想了想说："我不能借给你，但我可以租给你，一千法郎一天(原话如此)。"我把我的名字、地址告诉她，还付了一笔保证金。圣本笃饭店以原价卖给我牛肉。

他吃肉汁消化得很好，三天以后他就开始吃些固体食物了。

他的饥饿勾起了饥饿。它变得越来越强烈，无法满足。

他的饥饿令人害怕。

我们不给他盛菜。我们只把饭菜直接放到他面前，让他一个人吃。他运转得很好。他在做为了维持生命而应该做的事情。他在吃。这件事占据了他所有的时间。他几小时几小时地等待食物。没看清是什么东西就狼吞虎咽。然后，当别人将食物拿走，他又开始等下一次。

他本人消失了，饥饿替代了他。也就是说，空洞替代了他。他往无底洞里送食，他把被掏空的干瘪的肠胃装满。这是他正在做的事。他遵循、服从、履行着一个神秘的功能。他怎能知道是饥饿使然？他怎能感觉到这正是他所需要的？他博学多识，他知道这些。

他在吃一块羊排。然后他吸骨髓，低着眼睛，只注意怎样才能啃干净。随后他又拿起第二块羊排。第三块。眼睛都不抬。

他坐在客厅阴暗处的椅子上，靠着半开的窗子，身子四周铺着坐垫，拐杖放在身边。裤筒里的双腿像拐杖一样摇晃。有阳光的时候，他的手是透明的。

昨天，他费力地拾起了掉在他裤子上、掉在地上的面包屑。今天他随它们去了。

他吃饭的时候，我们让他一个人待着。他不再需要帮助了。他已经恢复了力气，能够拿起匙和叉了。但切肉还是别人来做。我们让他一个人面对着食物。在隔壁房间里，我们避免说话，踮着脚走路。我们从远处看着他。他在运转。他对饭菜没有明显的偏好。越来越没有偏好。他像个无底洞一样吞东西。饭菜上得不够快时，他一边哽咽着一边说别人不理解他。

昨天下午他到冰箱里去偷面包了。他偷吃的。我们告诉他注意点儿，别吃得太多。于是他哭了。

我从客厅门口看着他。我不进去。十五天、二十天，我一直看着他吃饭，但我始终不习惯，他处于一种不变的快乐之中。有时这种快乐也使我落泪。他看不见我。他已经把我忘了。

精力恢复了。

我也一样，我又开始吃饭、睡觉。体重也恢复了。我们要活下去。同他一样，我十七天不能吃东西。同他一样，十七天我也未合眼，至少我自己认为没合眼。实际上，我每天睡两三个小时。我随便在哪儿就睡着了。我在恐怖中醒来，真可怕，每次我都以为他在我睡着的时候死去了。我夜里总是有点发烧，来看他的大夫也为我担心，他让人给我打针。针头扎不进我的大腿，我的肌肉仿佛得了强直性痉挛。女护士不愿意再给我打针。睡眠不足引起视觉错乱。我扶着家具走路，脚下的地在倾斜，我害怕滑倒。我吃了给他挤出肉汁的牛肉。那肉就像纸和棉花一样。我根本不再做饭，除了煮咖啡。我觉得自己很接近我所希望的死亡。我对此感到无所谓，甚至连无所谓这一点我都不去想，我的自我身份转移了。我只是那个醒来时感到害怕的人，那个恨不得替代他、成为他的人。我整个人都沉入这一欲念之中，即使罗贝尔 · L情况十分不妙时，我这种欲念也是难以描述得强烈，因为罗贝尔 · L还活着。我在失去小哥哥和小孩的时候，也失去了痛苦，也就是说痛苦变得漫无目的，它建立在过去的基础之上。此刻，希望是完整的，痛苦根植在希望之中。

时不时我就会为自己没有死去感到惊讶：一把冰冷的剑深深地插在肉身里，日夜如斯，但我还是活着。

精力恢复了。

人们打电话告诉了我们。这消息我们向他隐瞒了一个月。当他的身体恢复以后，在维里埃尔勒比松[1]的一所为集中营回来的人准备的康复中心里，我们才把他妹妹玛丽-路易丝的死讯告诉了他。那是在夜里。有他的小妹妹和我在场。我们说："应该告诉你我们一直瞒着你的一件事。"他说："你们瞒着我玛丽-路易丝的死讯。"一直到天亮，我们一起待在房间里，没有谈她，没有说话。我吐了。我想大家都吐了。他不停地念叨："二十四岁。"他坐在床上，手扶拐杖，没有哭。

元气大为恢复了。另外一天，我跟他说我们应该离婚，我想和D生个孩子，为了这个孩子将来的姓氏我们需要离婚。他问我以后我们是否还能再度一起生活。我说不会。自从我遇到D以后，两年来我没有改变主意。我告诉他即便没有D，我也不会重新和他生活在一起。他没有问我要离开的原因，我也没有告诉他。

一次我们来到阿讷西湖畔圣约里奥茨的一座集中营受难者的休养所。这是路边的一家旅馆饭店。是一九四五年八月。广岛，我们是在那里知道了广岛。他体重恢复了，他长胖了。他没有力气支撑他从前的体重。他借助那根拐杖走路，我记得那根粗重的深色木拐杖。有时，他似乎要用这根拐杖敲打墙壁、家具、门，他不打人，不，他想敲打路上他遇到的一切东西。D也在阿讷西湖畔。我们没有钱去住过去住过的旅店。

---

① Verrières-le-Buisson，法国巴黎南部埃松省城镇。

我记得在萨瓦[1]的时候他不在我们身边，他被陌生人包围着，他还是一个人，他绝口不谈他在想什么。他深藏不露。神情阴郁。一天早晨，在路边，报纸上巨大的标题：广岛。

他看上去像要敲打什么，愤怒使他丧失了理智，使他难以自控。广岛事件以后，我想他和D谈了，D是他最好的朋友，广岛可能是他从外部所看到、所读到的他生活之外的第一件事情。

另一次，那是在萨瓦以前，他在花神咖啡馆的露天座里。阳光明媚。他要去花神咖啡馆“看看”。他是这么说的。侍者们过来向他问好。正是在这个时候，我又看见他了，他喊叫着，用拐杖敲打着地面。我担心他打碎玻璃。侍者们眼泪汪汪、沮丧地望着他，一声不吭，然后我看见他坐下来，长时间保持沉默。

时间又过去了。

这是和平以后的第一个夏天，一九四六年。

在意大利的里窝那[2]和拉斯佩齐亚[3]之间的一个海滨。

他从集中营回来有一年零四个月了。他知道他妹妹的死讯以及我们分手的消息已经有一段时间了。

他在那儿，在沙滩上，看着人们走过来。我不知道他看的是谁。他定睛看，他尽力看，我在巴黎等待他时所想象的他在德国的死亡形象中，首先死去的就是他这种目光。有时候，他长时间一言不发，眼睛看着地面。他还不能习惯接受妹妹死去的事实：二十四岁，双目失明，双脚冻裂，肺病到了晚期，被飞机从拉文斯布吕

---

① Savoie，法国罗讷-阿尔卑斯大区省份。

② Livorno，意大利托斯卡纳大区港口城市。

③ La Spezia，意大利利古里亚大区港口城市。

克运到了哥本哈根，到的那一天死去，而那一天正是停战的日子。他从来不谈起她。他从来不提她的名字。

他写了一本书，书名叫《人类》，讲述他自己心目中的德国经历。这本书写完、交稿、出版以后，他再没有谈起过德国集中营。再没有说起这些词。从来没有。再也没有提起这本书的名字。

这是刮风的一天。

在这种伴着海风的阳光下，我不再想他的死了。

我躺在吉内塔身边，我爬上了海滩的斜坡，到了芦苇丛的深处。我们脱掉衣服。我们从海水浴的清新中走出来，阳光正烧灼着这种清新，但还没有战胜它。皮肤保护得很好。在我的两肋下部，一个凹处中，在我的皮肤上面，我看到心脏在跳动。我饿了。

其他人还在海滩上。他们在玩球。罗贝尔·L除外。他还没玩球。

苇丛上面可以看到卡拉拉采石场雪白的斜坡。上面是更高的闪烁着白光的群山。在另一个方向，稍近处可以看到马尔切洛山峰，它正好在拉玛格拉河口上面。看不见马尔切洛山的村庄，只看见山峰、无花果林以及峰顶那深色的松林坡。

我们听见他们在笑。埃里奥笑得最欢。吉内塔说："你听听，他像个孩子。"

罗贝尔·L没有笑。他躺在太阳伞下面。他还不能晒太阳。他看着他们玩球。

海风吹不进苇丛，却给我们带来沙滩上的喧闹。天热得可怕。

吉内塔从她的浴帽里拿出两个半截柠檬，递给我一个。我们张开嘴挤柠檬汁。柠檬汁一滴滴落到我们的喉咙里，我们正感到饿，它使我们体验到饥饿的深沉和力量。吉内塔说天这么热的时候柠檬是最好的水果。她说："你瞧卡拉拉平原上的柠檬，它多大呀，它的皮很厚，在阳光下也能保持新鲜，它的汁像橘子，但是味道很酸。"

我们一直听见他们在玩，但听不到他、罗贝尔·L的声音。在这种沉默中，战争依然存在，它通过沙子、海风涌出来。

吉内塔说："我很遗憾，在你等待罗贝尔·L的时候我不认识你。"她说她觉得他身体不错，她感到他容易疲乏，她特别注意到他走路、游泳时那么缓慢、那么痛苦。由于她以前不认识他，她不知道自己说的对不对。但她似乎担心他不会恢复到去集中营以前的体力了。

一听到罗贝尔·L这个名字我就哭了。我仍然在哭。我将终生哭泣。吉内塔说声对不起，然后就沉默了。

每天她都以为我会谈到他，但我还不能。然而这天我对她说我想有一天我会谈他的。并且关于这次回归我已经写了一点东西。我也试图谈谈这份爱情。正是在那个时候，在他垂危之际，我才更好地认识了这个人，罗贝尔·L，我才感觉到他就是他，他与世上所有东西、所有人都不同。我讲生活在尘世间的罗贝尔·L所特有的气质，讲了他所特有的、使他承受了集中营生活的风度、智慧、学识、政治观以及那些难以描述的岁月，我讲了他所特有的、源于悲天悯人胸怀的不凡气质。

热得不能忍受了。我们穿上了游泳衣，跑着穿过沙滩。直接跑进海里。吉内塔游远了。我待在岸边。

风静了。也许这是在另一天发生的，一个无风天。

也许是在另一年。另一个夏季。另一个无风天。

海是蓝色的，甚至眼前那片海也是蓝色的，没有波涛，只有十分轻柔的细浪，似沉睡中的呼吸。其他人都停止了游戏，在沙滩的浴巾上蹲下来。他站起身来，向大海走去。我来到海边。我望着他。他看到我在望着他。他那镜片后面的眼睛眨了眨，他向我微笑，轻轻摇摇头，一幅自嘲的样子。我明白他知道，他知道每一天的每个时辰我都在想："他没有死在集中营。"

某先生，化名皮埃尔·拉比耶

朱江月　译

这是一个真实到细节的故事。正是顾忌这位此处名为拉比耶的男人的妻儿，我之前未曾发表过这个故事，而在此我仍然小心翼翼地不道出这个男人的真实姓名。四十载岁月尘封了这段往事，如今大家已经老了，即使这些事实公之于众，也不会像以往我们还年轻时那样对他人造成伤害了。

不过，人们或许要问：为什么在这里发表一篇可以说纯属细枝末节的文字呢？那是可怕的个人经历，令人惊恐失魂，但是仅此而已，它一直只是个人经历，从来没有进入文学的领地。那又怎样呢？

在疑惑中，我写下这篇文字。在疑惑中，我把它拿给我的朋友埃尔韦·勒马松和扬·安德烈亚阅读。他们认为应该将它发表出来，因为我描写了拉比耶，描写了他通过履行惩罚职能所臆想出的存在方式，他幻想着仅仅凭借这种多数情况下替代伦理、哲学和道德的惩罚就可以为自己的存在正名，而这样的惩罚并非只在警察局里才发生。

一九四四年六月六日上午，弗雷讷[1]监狱接待大厅。我来给我的丈夫送一件包裹，他在六月一日即六天前被捕。这时，警报骤响。德国人关上了门，把我们独自留在接待厅里。这里大约有十几个人，彼此不说一句话。成群的飞机盘旋在巴黎上空，轰鸣声震耳欲聋。我听到有人对我低声但却很清晰地说："他们今天早上六点登陆了。"我转身一看，是个年轻人。我小声叫道："这不可能。别散布假消息。"年轻人说："这是真的。"我们不相信年轻人。所有的人都哭了。警报停止了。德国人疏散了接待厅里的人群。今日禁收包裹。我一回到巴黎，刚踏上雷恩街街头，就看到这样一番景象：我周围所有的脸都像疯子一样互相看着，面带微笑。我拦住了一位年轻人，我问他："这是真的吗？"他说："这是真的。"

食品包裹的收寄被 sine die[2]搁置。我往弗雷讷监狱白跑了好几趟。于是我决定通过柳林街争取一张包裹许可证。我的一个女友是情报部的秘书，她帮我以她的上级之名给基弗医生（福煦大街）打电话，以便得到获取许可证的证明信。人们传她过去了。基弗医生的秘书接待了她，告诉她到柳林街老楼，找五楼的 415E4 办公室。证明信只字未提。我在柳林街等了好几天。队伍在人行道上排了有一百多米长。我们不是等着直接进入德国警局里面，而是等着轮到我们进去的机会。三天。四天。只有在包裹许可证办公室的秘书那里我才有可能提到基弗医生证明信的事情。我必须先到 415 办公室去见某位埃尔曼先生。我等了整整一个上午，埃尔曼先生不在。隔壁办公室的女秘书给了我一张字条，允许我第二天早上再来。这一次埃尔曼先生又不在，我又等了整整一上午。诺曼底登陆至今已经过去一个星期了，溃败的情绪在德国警方的所在地蔓延。我的通行证中午就要到期了，可我却怎么也找不到前一天见到的那个女秘书。眼看我就要白白浪费二十多个小时辛苦等待换来的进展。我上前叫住一个路过走廊的高大男人，请求他一定想办法帮我把通行证延期到晚上。他让我向他出示证件。我递给他。他说："这可是迪潘街的案子啊。"

他说出了我丈夫的名字。他对我说逮捕我丈夫的人就是他。对我丈夫进行第一次审讯的人也是他。此人就是某先生，此处化名皮埃尔·拉比耶，是一名盖世太保。

"您是他的亲属吗？"

"我是他的妻子。"

"啊！……这是一件很麻烦的案子，您知道……"

我没有向皮埃尔·拉比耶提出任何问题。他显得彬彬有礼。亲自更新了我的通行证以后，他告诉我埃尔曼明天会来。

第二天，我为了包裹许可证的事情来找埃尔曼，这时我又见到了拉比耶。我在走廊里等着，他从一扇门后面走出来。他的怀里抱着一位脸色极其苍白的女人，她陷入半昏厥的状态，衣服全都湿透了。他冲我微微一笑，消失了。几分钟之后他又回来了，嘴角仍然挂着微笑。

---

① Fresnes，法国瓦勒德马恩省城镇。

② 拉丁文，无限期。

"这么说，您一直在等着？……"

我说这没什么。他又提起了迪潘街的案子。

"那里就像一座真正的兵营……而且桌子上还摆着一张地图……事情相当严重。"

他问了我一些问题。我是否知道我丈夫是抵抗运动的成员？我是否认识那些住在迪潘街上的人？我说我不大认识或者根本就不认识他们，我说我写作，除此之外别的什么都不关心。他对我说他知道这些，我的丈夫告诉过他。他说他甚至在逮捕我丈夫的时候在客厅的桌子上发现了我的两本小说，他笑了一下，他连这两本小说也都一齐拿走了。他不再向我提问了。他终于对我说出了实话，我不可能拿到包裹许可证，因为许可证被取消了。但还是有可能在德国预审官对犯人进行审讯的时候，通过预审官本人把包裹带进去。

他说的德国预审官就是埃尔曼，这个我等了整整三天的人。他在接近傍晚的时候来了。我对他谈到了拉比耶向我提议的办法。他说我不能见我的丈夫，但是他会负责把包裹转交给他和他的妹妹，我可以明天早上把包裹拿过来。走出埃尔曼的办公室，我再次遇到了拉比耶。他微笑着宽慰我：我的丈夫不会被枪决，"虽然发现了那份企图炸毁德国军事设施的地图，它和两本小说一起放在客厅的桌子上，"他笑着说。

我生活在完全的与世隔绝中。唯一与外界的联系就是D每天早晨和傍晚打来的电话。

三周过去了。盖世太保并没有来搜查我的家。随着形势的变化，我们认为他们不会再来了。我要求重新投入工作，得到了批准。我们这个组织的领袖弗朗索瓦·莫尔朗需要一位联络员，他让我接替前往图卢兹的费里。我答应了。

七月第一个星期一上午十一点半，我应该让迪蓬索(时任M.N.P.G.D.[①]驻瑞士代表)与戈达尔(战俘部部长亨利·弗雷讷的办公室主任)接上头。我们要在圣日尔曼大街正对着议会的街角碰头。我准时到达，找到迪蓬索。我走上前去与他攀谈，我们谈话的样子轻松自然，抵抗运动的成员公开场合通常这样掩饰自己。还不到五分钟，我就听见几米远的地方有人喊我：是皮埃尔·拉比耶。他一边叫我一边打着响指。他神情严峻。我想我们完蛋了。我对迪蓬索说："是盖世太保，我们完了。"我毫不犹豫地走向拉比耶。他没有向我问好。

"您认出我了？"

"是的。"

"您在哪儿见过我？"

"在柳林街。"

或许拉比耶的出现是一个纯粹的巧合，或许他就是来逮捕我们的。如果是后者，警察局的"轻11型"汽车此时就守在大楼的后面，我们想要逃脱已经太迟了。

我冲拉比耶笑了笑，对他说："很高兴见到您。我到柳林街路口找了您好几次。我丈夫依然杳无音讯……"拉比耶严峻的神情顷刻消失了，但这并没有使我放下心来。他显得快活诚恳，他告诉我小姑子的消息，他见到她了，并且把埃尔曼负责的包裹转交给了她。他没有看见我的丈夫，但是他知道他的包裹已经送到。他还说了些什么我一句也想不起来了。但是我记得这个场景：一方面，迪蓬索为了不失去我——"失去联络人"——待在原地没动。另一方面，戈达尔到了，我不知道发生了什么奇迹，他竟然没有上前和我讲话。我时时刻刻都在想象他把拉比耶当成了迪蓬索，然后走过

---

① 全国战俘与集中营囚犯运动。

来向我伸出手，可他没这么做。拉比耶和我，我们前后相隔五米被我的两个同志夹在中间。这种经典的喜剧场面却让任何人都笑不出来。我至今还在思忖拉比耶当时怎能没有注意到我的局促不安。我一定脸色铁青。我把嘴闭得紧紧的，以免牙齿打战。拉比耶好像并没有看见，滔滔不绝地说了十分钟。我没有听，什么都听不进去。看起来，他对什么都无所谓。时间一点点流逝，我感到一线希望穿越了我的恐惧：我在和一个疯子打交道。从日后拉比耶的行动看来，我的这种感觉并不是完全没有道理。他说话的时候，有些人经过并且在我们旁边停下来，比如比戈里女士和她的儿子，还有一些十年没见的街坊邻居。我一句话也说不出来。他们很快就走开了，大概是被我的表情变化吓坏了。拉比耶对我说："看来，您在这个街区认识不少人嘛"——后来，他经常会影射那一天我碰到那么多熟人——接着他又说起话来。我听到他说很快他就会有我丈夫的消息了。我立刻附和着他的意思，后来我也总是这样做。我坚持要约个时间再见到他。他就定了当天晚上五点半在马里尼大街的花园见面。我们分手了。我缓缓地走向迪蓬索，我对他说我不明白，盖世太保的同僚应该躲在大楼后面才对。我还有同样可怕的疑惑：无论如何我都想不明白，为什么拉比耶要和我打招呼，为什么他把我拖了这么久。没有人从大楼后面出来。我给迪蓬索指了指站在三米开外的男子，那就是他要接头的人，戈达尔。我离开了，我完全不晓得将会发生什么。我也不知道没有亲自去提醒戈达尔一声是否不那么妥当。我没有转身回头，径直去了伽里玛[①]的家，一下子瘫倒在扶手椅里。当天晚上我得知：我的同志们没有被捕。

拉比耶的出现的确是个巧合。他当时停下来是因为认出了那个

---

① Gaston Gallimard(1881—1975)，法国出版商，伽里玛出版社的创始人。

带着包裹到柳林街去的年轻法国女人。我后来了解到拉比耶非常崇拜法国知识分子、艺术家和作家。由于没能实现盘下一家艺术书店的愿望，他才加入了盖世太保（原话如此）。

当天晚上我见到了拉比耶。他没有给我带来任何消息，不论是我丈夫的还是小姑子的。不过他对我说，他肯定会有消息的。

从这天起拉比耶开始给我打电话，开始时是两天一次，后来变成了每天一次。很快，他便要求我和他见面。我照做了。弗朗索瓦·莫尔朗的命令很明确：我必须保持这种接触，因为这是我们与被捕同志保持联络的唯一希望。更何况，如果我不再赴约，拉比耶就会对我产生怀疑。

我每天都与拉比耶见面。他有时邀请我吃午饭，总是在那些黑市餐馆。大多数时间我们去咖啡馆见面。他给我讲逮捕抓人的那些事。但他尤为津津乐道的，并不是他现在的生活，而是他所向往的生活。他经常说起艺术书店。我每次都设法提醒他还有我丈夫这么一回事。他说他惦记着呢。我顾不得弗朗索瓦·莫尔朗的指示，很多次都试图和他断绝联系，不过我会提醒他，跟他说我要到乡下去，我累了。他不信。他不知道我是不是清白，他只知道我被他抓在手里。他是对的。我绝不会去乡下。我的心里总有一种难以抑制的恐惧，害怕再也见不到罗贝尔·L，我的丈夫。我坚持要知道他在哪儿。拉比耶对我发誓说这件事包在他身上。他还声称曾经帮我丈夫躲过了一桩审判，他现在已经被划归为逃避义务劳动犯了。他也被我抓在手里：如果我知道我的丈夫被送到德国，我就不需要再见他了，他也明白这点。不久之后我听说义务劳动的故事是假的。就算拉比耶说谎，也是为了让我安心。我确信他大大高估了自己的实际能力。我觉得他甚至相信他能让我的丈夫回来，这都是为了把我留在身边。最重要的是，他不会对我说因为他们不知道拿这些犯人怎么办，所以我的丈夫已经被枪毙了。

我再一次陷入了几乎彻底的与世隔绝中。命令要求任何人不要以任何借口来我家或与我相认。毫无疑问，我停止了一切活动。我消瘦了许多。我的体重轻得和集中营里的关押犯差不多。每天我都在等待拉比耶来抓我。每天我都“最后一次”告诉门房我和拉比耶约会的地点以及预计回家的时间。我只见一位同志——D，他化名马瑟，是罗丹司令的副手，自由行动小组的领导，《自由人》的主管。我们在离住地非常远的地方见面，一起走在大街上，或者在公共花园里散步。我对他讲述拉比耶告诉我的事情。

我们组织内部出现了分歧。

——一些人想要立即干掉拉比耶。

——另一些人希望我迅速离开巴黎。

在一封由D转交给弗朗索瓦·莫尔朗的信中，我承诺一旦我得知我丈夫和小姑子已经脱离拉比耶的控制，也就是说他们已经离开法国，我将不惜一切代价，保证让组织在警方插手之前干掉他。因为除了其他可能遇到的危险，还有一件事值得注意：拉比耶如果发现我属于某个抵抗组织，罗贝尔·L的处境会愈加恶化。

我与拉比耶的故事经历了两个泾渭分明的时期。

第一个时期从我与他在柳林街相遇开始一直到我写信给弗朗索瓦·莫尔朗。恐惧的时期。每一天，都是那样难以忍受，令人窒息。

第二个时期从给弗朗索瓦·莫尔朗的那封信到拉比耶被捕。同样恐惧的时期，当然。但是这种恐惧时常会伴有某种判决其死亡的愉悦。把他送到属于他的地方去，死亡。

拉比耶总是在最后一刻才跟我定下约会，总是定在意想不到的场所，意想不到的时间，比如五点四十分，四点十分。有时他约我在街上见，有时在咖啡馆。但是无论是在街上还是在咖啡馆，拉比耶总是比预定时间早到很多，并且总是在离会面地点较远的地方等着。假若约在咖啡馆，他兴许会跑去对面的街上等我，而不会在咖啡馆门口。假若约在街上，他又会站在离指定地点更远的地方。他出现的地方总能把赴约人看得一清二楚。我到的时候经常不见他的踪影，他会突然从我身后冒出来。有时我到了，看见他了，他却站在离约好的咖啡馆百米开外的地方，身旁停着他的自行车，靠着墙或路灯。他的手里提着一个公文包。

我每天晚上都记下与拉比耶会面的情形，以及我从他那里获得的一些真真假假的情报，诸如驶往德国集中营的囚车，前线的最新战况，巴黎的饥荒，粮食几乎什么都不剩了，我们与诺曼底切断了联系，而这五年间巴黎都是倚仗这块土地的补给。我记录下这些，是为了罗贝尔·L，等他回来的时候拿给他看。我还每天在一张参谋部的地图上圈圈点点，标记出盟军登陆诺曼底以及他们开赴德国的路线。我保存着每天的报纸。

按常理，拉比耶应该想尽一切办法让这个最了解他的盖世太保活动、对他最危险、最可信的目击者从巴黎消失：这个人是作家，是抵抗运动分子的妻子，就是我。他没有这么做。

拉比耶总是给我提供情报，甚至是在不经意间。通常，这些情报都是柳林街上的闲言碎语。但就是这样，我了解到德国人开始害怕了，非常害怕，一些人逃跑了，交通成了最棘手的问题。

弗朗索瓦·莫尔朗也开始感到担忧，D从第一天起就开始担忧，为勒鲁瓦先生担忧，我的化名是勒鲁瓦先生。

忘记说了：我与拉比耶的会面总是在开放式的场所，有多个出入口的地方，街角或者十字路口的咖啡馆。他最钟爱的街区是第六区，圣拉扎尔①,共和国广场和迪罗克②。

一开始我总害怕他把我送到家门口之后会要求上楼到我家坐一会儿。他从没有这样做。我知道，从第一次在马里尼大街花园和我约会起，他就开始打这个主意了。

我最后一次见到拉比耶的时候，他请求我“去他不在巴黎的朋友的单间公寓”喝一杯。我说：“下次吧。”我赶紧走掉了。但他明白没有下一次了。他已经决定当天晚上离开巴黎。可他不确定要如何处置我，如何折磨我，是带着我一块逃跑还是把我杀死。

我刚刚想起来他第一次被抓到是在勒诺多街，在他名下的单间公寓，我猜想。之后他被释放了。我还听说二十年后，就在同一条街上，乔治·菲贡③被法国警方发现“自杀了”。这条街我不了

① Saint-Lazard，巴黎圣拉扎尔火车站。

② Duroc，巴黎的一个地铁站。

③ Georges Figon(卒于1966)，法国自由记者，曾卷入“本·巴卡事件”。本·巴卡是在法国避难的摩洛哥左翼反对派领袖，1965年10月29日在圣日尔曼大街被绑架后遭杀害。乔治·菲贡曾指控杀手，后被发现死于自己的公寓，官方说法为自杀。

解。街名很阴郁，听起来仿佛是一处最后的、孤注一掷的藏匿之所。

我只见过一次他衣冠不整的样子，他栗色外衣的袖口已经脱线，衣服上没有扣子。脸上满是伤口。他的衬衫扯破了。是在迪罗克街区塞夫尔街尽头的一家咖啡馆里。他疲惫不堪但仍然带着笑容，和蔼的笑容，就像往常一样。

"没抓住他们。他们人太多了。"

他接着又说："很困难，他们奋力抵抗，在卢森堡公园的水塘周围，一共有六个人。那些年轻人跑得比我快。"

或许，他的心里掠过一阵刺痛，仿佛被恋人拒绝了，露出一个抱赧的微笑：很快他就会老到捉不住年轻人了。

我想就是在那一天他和我谈起了所有抵抗运动不可避免产生的告密者。是他告诉我说，我们被组织内部的一名成员出卖了。被捕的成员经不住押解到集中营的威胁，什么都说了。拉比耶说："这很简单，他告诉了我们在什么地点、哪个房间、哪个办公室、哪个抽屉。"拉比耶把告密者的名字告诉了我，我告诉了D，D告诉了抵抗组织。按照惯例，应该惩罚、自我保护，并且"不失时机"处置，于是达成决议：在解放日那天杀掉这位同志。甚至连地点都选好了，维里埃尔的一座公园。解放日到来的时候，我们一致同意放弃了这个计划。

拉比耶因为我没有长胖感到难过。他说："我无法接受。"他能忍受逮捕别人，能忍受置人于死地，但是他却忍受不了我没有遂其所愿长胖。他给我带来了许多食物。我把它们都给了门房，或者扔进了下水道。至于钱，不要，我对他说我永远不会接受。在这一点上，我十分迷信。

拉比耶的志向，除了经营书店以外，就是成为一名绘画和艺术品司法鉴定专家。他在后来向法院递交的申诉书中说自己曾经是“《论战报》的艺术评论家，洛克布伦城堡的保管人，P.L.M.公司[①]的专家”。他这样写道：“目前，由于我已经在文献学和分析法方面有了丰富积累，并长期醉心研究一切古代和现代艺术的问题，我认为自己有能力运用储备的知识完成交给我的一切最严肃、最棘手的任务。”

他也约我在雅各街、圣父街会面。还有勒库尔贝街。

每次我要与拉比耶见面，都做好了赴死的准备，这个状态将一直持续到底。我每次去见他都设想着他对我的活动了如指掌。每一次，每一天都如此。

他们被逮捕了，被绑架了，被带到了远离法国的地方。从此人们再也没有关于他们的一丁点消息，再也没有一丁点生命的迹象，再也没有。甚至没有人说没必要再等了，他们死了。甚至没有人让希望破灭，让痛苦在时间中消磨化解。他们以同样的方式对待流放集中营的政治犯。对他们，同样没有必要发出通知，他们不会说别再等了，永远也见不到他们了，永远。但是当我们这样想的时候，我们突然会产生疑问： 是谁这样做的？谁呢？到底是谁？

这次是在塞夫尔街，我们从迪罗克区过来，正好经过迪潘街，我的丈夫和他的妹妹就是在这里被逮捕的。现在是下午五点钟。已

---

① 巴黎-里昂-马赛铁路公司。

经是七月天。拉比耶停下来。他右手扶住自行车，左手搭在我的肩上，脸朝着迪潘街，对我说："看，今天，我们就是在四个星期前的今天相识的。"

我没有回答。我想："完了。"

"有一天，"拉比耶接着说，他不紧不慢地展眼微笑，"有一天我接到任务要去逮捕一个德国逃兵。我首先得和他熟识，然后再跟踪他。有两个星期时间，我每天都和他见面，在一起待上很长时间。我们成了朋友。这是一个了不起的男人。四星期之后，我把他带到了一扇大门跟前，我的两个同事正在那里等着逮捕他。四十八小时后，他就被枪毙了。"

拉比耶还补充道："我们相识到那天，也正好四个星期。"

拉比耶的手一直都搭在我的肩上。解放的夏天变得冰冷彻骨。

在恐惧中，血液撤离了大脑，视线变得模糊不清。我隐约看到塞夫尔街十字路口处的高楼在空中摇晃，人行横道在塌陷，漆黑一团。我再也听不清什么了，但又不是完全的耳聋。街道的嘈杂变得沉闷，像海水在齐声咆哮，但我还听得到拉比耶的声音。我还在一瞬间想到，这是我人生中最后一次看到一条街道了。但我却认不出这条街。我问拉比耶：

"为什么和我讲这个？"

"因为我想请您跟我来。"拉比耶说。

我发觉我一直都在期待着这一刻。有人曾经对我说，在极度的惊恐之后，紧接着的是解脱和平和。是这样的。在那儿，就在人行道上，我已经被逮捕了，从此我将不再受到拉比耶、这位恐惧制造者的控制，我逃脱了。拉比耶又开始说话了："我想请您跟我到一家您从没去过的餐厅。能邀请您我荣幸至极。"

他又走了起来。从第一句到第二句话，他隔了将近一分半钟，我们也刚好走到了布锡考特小广场。他又停了下来，这次他盯着我看，露出暧昧的笑容。从那张残酷、可怕的脸上发出猥亵的笑声。猥亵且粗俗，突然在那张脸上四溢开来，令人作呕。他大概经常以这副嘴脸对待与他来往的女人，无疑是一些妓女。他进行完这种可笑的表演之后，她们就要为他付出了。我在想，他在柳林街度过的一年中，大概以这种方式有过许多女人。

拉比耶害怕他的那帮德国同事。德国人害怕德国人。拉比耶并不知道，德国人的军队对被占领国家的人民造成了多么大的恐惧。德国人像匈奴、狼群、罪犯，特别是精神病罪犯那样散播着恐惧。对于那些没有经历过这段历史的人，我一直不知道究竟该如何向他们说明、向他们讲述这是怎样的一种恐惧。

在拉比耶案的审理过程中，我才得知他的身份是伪造的，他盗用了死在尼斯附近的一位表亲的名字。他是德国人。

拉比耶那天晚上在塞夫尔-巴比伦[①]离开了我，心情愉快，非常自得。

我那时还没有宣判他的死刑。

我步行回家。我清楚地记得那天走的是塞夫尔街和圣父街前一条和缓的弯道，之后是飞龙街。人们在马路上行走，没有一辆车驶过。

突然间我品尝到自由的苦涩。我刚刚经历了希望的全盘覆灭和接踵而至的虚幻：什么也记不起来了，没有了记忆。我觉得心中升起一丝悔恨，我失去了英勇就义的机会。但是我继续走着，我从马路走上人行道，然后又回到马路上。我走着，我的脚在走。

---

① Sèvres-Babylone，巴黎的一个地铁站。

我不再记得是哪家餐厅了，那是一家黑市餐厅，是附敌分子、保安队员和盖世太保经常光顾的地方。还不是圣乔治街上的那家餐厅。拉比耶以为，邀请我吃饭就可以使我保持一种相对健康的状态。也可以保护我免于沦入绝望，在他眼里，他就是我的保护人。有哪个男人能抵挡得了这样一个角色呢？他不能。这些午餐是最糟糕的记忆，餐厅的门紧闭，“朋友们”来敲门，桌子上摆着黄油，新鲜的奶油溢满餐盘，肉排滋着汁水，还有红酒。我不饿。他绝望了。

一天他约我在花神咖啡馆见面，一如往常，我到的时候他不在。既不在大街上也不在咖啡馆里。我在进门左手第二张桌子旁坐下来。我认识拉比耶还没有多久。他还不知道我确切住在哪里，但是他知道我住在圣日尔曼德普雷街区。所以那天他将约会地点选在了花神。那是存在主义者的聚集地，最时髦的咖啡馆。

但是，几天之内我就变得和他一样谨慎，我变成了他的警察，他将死在这个警察手里。恐惧在滋长，同时也明确了这个信念：他落到了我的手里。

我有时间报告组织。两个朋友在花神咖啡馆门口散步，他们的任务正是提醒别人不要接近我。所以我还算清静。我开始习惯于死亡的恐惧。这似乎令人难以置信。我其实更应该这样说：我开始习惯于死亡的意念。

他在花神咖啡馆做的事，今后再也不会做了。他把公文包放在桌上，打开它，从里面掏出一把手枪。他把公文包放回桌上，然后又把手枪搁在公文包上。他做这些动作的时候一言不发。接着他从皮带和裤兜之间掏出一副手铐链子，好像是金的。他对我说：“您看，这是手铐链子，金的。钥匙也是金的。”

他重新打开公文包，取出一副手铐放在手枪旁边。在花神，他做这样的事情。这一天对他是个重要的日子，在那里引人注目，带着完美警察的全副行头。我不知道他到底要做什么。他是想让大家都看到我和一个盖世太保坐在同一张桌子上，让我体验世间的奇耻大辱吗？或者他仅仅是想向我证实他原本如此，只是如此，这就是他仅有的职能：将不属于纳粹的人置于死地。他从公文包中拿出一沓照片，选了一张递到我的面前。

“看看这张照片。”他说。

我看了看照片。这是莫尔朗。很大的一张特写，几乎和真人一般大小。弗朗索瓦·莫尔朗微笑地看着我，我们四目相视。我说：

“我不太明白。这是谁？”

我完全没有想到。照片旁边是拉比耶的手。它们在颤抖。拉比耶满怀希望地颤抖着，因为他料定我会认出弗朗索瓦·莫尔朗。他说：

“莫尔朗，”他停顿了一下，“您对这个名字一点印象也没有吗？”

“莫尔朗……”

“弗朗索瓦·莫尔朗，他是您丈夫参加的抵抗组织的头目。”

我一直盯着这些照片。我问：

“这么看来我应该认识他？”

“也不一定。”

“您还有其他照片吗？”

他又拿出了另一张。

我注意到：浅灰色套装，短发，领结，小胡子。

“如果您能告诉我怎样找到这个男人，您的丈夫今晚就能获释，他明天早上就能回家了。”

极浅的灰色，小胡须特别突出，头发非常短。斜纹套装。标志性的领结。

拉比耶再也笑不出来了，他不住地颤抖。我并没有颤抖。一旦不仅仅关系到自己的性命的时候，我们反而会知道怎么去说了。我知道该说些什么，做些什么，我得救了。我说："即使我认识他，从我的口中向您透露这样的情报也是件极恶心的事。我不明白您怎么敢问我这个。"

跟他说这句话的时候，我的眼睛正在看另一张照片。

他的口气不再那么自信了："这个男人值二十五万法郎。不过，倒也不是钱的问题。这件事对我很重要。"

莫尔朗的生命正攥在我的手中。我替莫尔朗感到担心，而不再为自己担惊受怕了。莫尔朗成了我的孩子。我的孩子受到了威胁，我要用生命来保护他。这是我的责任。顷刻之间，有生命危险的变成莫尔朗了。拉比耶继续说：

"我向您保证，向您发誓：您的丈夫今天晚上就会离开弗雷讷监狱。"

"即使我认识他，我也不会告诉您。"

我终于打量起咖啡馆里的人们。好像没有人注意到桌上放着的手铐和手枪。

"这么说，您不认识他吗？"

"是这样。我恰好就不认识他。"

拉比耶把照片重新放回到公文包里。他还是有些颤抖，但不再笑了。他的眼神中似乎流露出一种悲伤，但只是一瞬的悲伤，很快便消失了。

我同样记下了一些能够让罗贝尔·L开心的事。他会笑的，大声地笑。我记下了手铐的金钥匙、金链子。我仿佛听到罗贝尔·L发出的大笑。

在我认识拉比耶之前，他就已经完成了二十四起拘捕行动，然而他本来希望拿到更多的逮捕令。他原本设想能够逮捕比现在多三倍的人，特别是那些重要人物。他把他的警察职能当做一种晋升的阶梯。在此之前，他逮捕的主要是犹太人、伞兵以及并不是特别重要的抵抗分子。如果能逮捕到弗朗索瓦·莫尔朗，这将成为他一生中史无前例的大事。我断定拉比耶看到了逮捕莫尔朗和艺术书店之间某种可能的联系。他狂妄地说道，这次神奇的逮捕行动一旦实现，会让行动组织者享有这一等级的奖赏。拉比耶从来没有考虑过德国会战败。因为如果拉比耶想着今天当一名警察，明天当一名巴黎艺术书店的老板，那么他的梦想也只能通过德国的胜利来实现。因为只有一个建立在法国领土上的德法纳粹社会才会认可他的服务，并且敞开怀抱接纳他。

一天，拉比耶对我说，如果德国人被迫撤离巴黎——这一点他是绝不相信的——他将会留在法国执行秘密任务。我记得那是在一家餐厅，在两道菜之间的某个时刻，他的口气十分随意。

我用仅剩的钱买了三公斤遭虫蛀的四季豆和一公斤黄油，物价还在飞涨，一万两千法郎一公斤黄油。我用这样的花销来维系生命。

D和我，我们每天见面，我们谈论拉比耶。我向他讲述拉比耶说的话。我感到很难向他描述拉比耶本性中的愚蠢。他整个人都被这种愚蠢包裹着，密不透风。拉比耶身上的一切都流露出这种愚蠢，包括种种情感、想象以及那糟糕透顶的乐观倾向。从一开始就如此。我大概从来没有遇到过像他这位死神搬运工一样孤独的人了。

在莫斯科中央委员会的照片里，那些委员们在我看来都陷入了和拉比耶一样的孤独。那是被蛀食的灵魂，霍乱中的孤独，不仅如此，每个孤独的灵魂尽管衣冠楚楚，却每时每刻都出于对身边人的恐惧以及对不知何时会降临到自己头上的死刑的恐惧而战栗。

然而在拉比耶的身上，有某种东西让他显得比别人更加形单影只。除了艺术书店，拉比耶或许还在等待一场梦魇的结束。但是他从未提起过这一点。由于他盗用了一位死者的姓名，并且从这位死于尼斯的年轻人身上偷走了他的身份，那么这位拉比耶早年的时候就该犯过某宗刑事罪，那桩案子理应受到司法的制裁，却至今悬而未决。他活在一个化名之下。一个法国名字。这就使这个男人更加离群索居。只有我一个人倾听拉比耶。但是拉比耶是不容易被听到的。我指的是他的声音，听不到拉比耶的声音。那个声音经过组装，经过计算，仿佛从一个假器官中发出。我们或许可以用“被调整过的声音”来形容它，但是实际情况却比这更严重。对于我来说，也正是因为这个声音不容易听到，我才特别用心地听。有时候他的话也会还带上一些口音。但那是什么口音？最多我们会说：“有点像德国口音？”也正是因为这种陌生性，这种从记忆中渗出并弥漫在声音中的陌生性，才使一切可能表露其身份的形迹从他身上被彻底抹去。但凡在自己的故乡度过了完整的童年并且在学校里拥有同伴的人，没有一个会像他那样说话。

拉比耶不认识任何人。他甚至不与他的同事们说话，我猜想他们也不愿意理睬他。拉比耶只与生命攥在他手里的人说话，他将那些人运送到焚尸炉或者集中营，他还同那些留守的太太们说话，她们正在为消息闭塞而苦恼。

他之所以给那名德国逃兵提供了三个星期的缓刑，为的是可以在这段时间里找个人说说话，谈谈他自己，拉比耶。对我他算是失策了。他本可以随心所欲地逮捕我。他从我这里大概找到了一个从不曾拥有过的听众，不知疲倦的听众。这对他造成了极大的干扰，如此被人倾听，让他变得有点轻率，一开始还无关紧要，后来就越来越严重，如此一来，他就顺理成章地被推向死刑的绝境。

夜里醒来，举目无人的空洞感在黑夜中极为强烈，恐惧袭来，真可怕。忽地想起还没有任何消息。只有再过些日子，当消息陆续来临时，等待才真正开始。

拉比耶娶了一个二十六岁的年轻女人。他四十一岁。他有一个四五岁的孩子。他和家人住在巴黎的近郊。每天他都骑车来巴黎。我觉得自己从来就不知道他怎样对妻子说平日里他做的那些事。她不知道他是盖世太保。这个男人很高大，有一头金发，他近视，戴着一副镶金边的眼镜。他的眼睛是蓝色的，总是笑意盈盈。这样的眼神背后隐藏着他充沛的体力。他十分注重自己的仪表。每天都换一件衬衫。每天都把皮鞋擦得锃亮。指甲也修剪得干干净净。他的整洁让人难以忘怀，那样的细腻，几乎像一种怪癖。他应该是把这件事看成了原则问题。他打扮得像一位绅士。从事这一行的人理应有一副绅士模样。他打人、搏斗、带着武器工作，手到之处无不流淌着血和泪。他仿佛带着洁白的手套动手术，用他那双酷似外科医生的手。

在德国溃退最初的日子里，拉比耶总是带着微笑说："隆美尔会反击的。我有情报。"

我们刚刚从交易所旁的一家咖啡烟草店出来，一道走在路上。天气宜人。我们谈论着战争。我必须不停地说话，不然就会显得忧伤。我不停地说，我告诉他，最近几个星期诺曼底前线的形势毫无进展。我说巴黎在忍饥挨饿。一公斤黄油要一万三千法郎。他说：“德国是不可战胜的。”

我们走着。他认真地打量着周围的事物，空旷的街道，人行道上的人群。公报的言辞很明确，他们的战线随时都会垮掉，全世界都在等待这一时刻，等待德军的第一次撤退。他充满爱意地注视着巴黎，他太了解它了。在这些大同小异的街道上，他曾经逮捕了许多人。每一条街都承载着他的记忆、他的咆哮、他的叫喊、他的啜泣。这些记忆并没有让拉比耶感到痛苦。他们是巴黎这座大花园的园丁，他们迷恋巴黎这些街道，如今，在这些街道上犹太人已经被扫除殆尽。拉比耶只记得他出色完成的任务，而全然没有任何关于残暴的印象。他每每谈起那些被逮捕的人，总会变得很温柔：所有的人都很理解，他这样做是出于一种令人伤感的义务，他们从没有让他为难，大家都是那么地配合。

“您很忧郁，我不能忍受您忧郁。”

“我不忧郁。”

“不，您忧郁，您一言不发。”

“我想见我的丈夫。”

“我认识一个在弗雷讷的人，她能打听到一些您丈夫的消息，她会告诉您他将乘坐哪辆列车。但是得给她点钱。”

我说我没有钱，但是我有首饰，一枚金戒指，上面镶嵌着一块非常美的黄玉。他说我们总可以试试。第二天我带着戒指来了，把它交给了拉比耶。第三天他对我说，他已经把戒指转交给那个女人了。之后他就不再说什么了。很多天过去了。我想问问他戒指的下落。他对我说他试着再去找那个人，但是没有结果，他觉得她可能不在弗雷讷工作了，可能已经回德国了。我没有问她是否带着那枚戒指走了。

我始终认为拉比耶没有把那枚戒指给过人，我觉得他应该把它私吞了，他杜撰出那个在弗雷讷工作的女人，为的就是留住我，让我相信我的丈夫还在那里，还联系得上，而他可以随时试着接近我的丈夫。拉比耶不可能把戒指还给我，否则就戳穿了他自己编造的谎言。

他总是随身携带一个非常漂亮的公文包，异乎寻常的漂亮。我一直怀疑这是他在某次逮捕行动或者在某间空房子搜查时夺取的一件“战利品”。他的公文包里从来就只有手铐和手枪。没有纸张，从来没有。除了那次在花神，那些莫尔朗的照片。

在他身上，上衣的内兜里还装着另外两把手枪，它们比公文包里的那支口径更小一些。据他的辩护律师F先生说，除了那两把以外，他有时还会再配上两把手枪，还是放在上衣的内兜里，这些内兜专干这个用。

他如此毫无节制地佩戴手枪，这在他的诉讼案中却起到了积极的作用。

“看看这个傻子，他竟然浑身上下装着六把手枪。”F先生这样说道，他是法庭指派给拉比耶的律师。

在被告席上，拉比耶是孤独的。他认真地聆听。这里所说的一切都和他有关。他没有否认那六把手枪。人们正谈论着他，他一生中最大的目标就此实现了。人们谈论拉比耶，向他提问，他来回答。他自己也不晓得为什么带着六把手枪，还带着金手铐、金链子和金钥匙。没有人向他作出解释。

他在被告席上是孤独的。但他并不担心，反而有一种称得上超然的勇气，似乎对于即将来临的死亡无动于衷。他友好地看着我们。D、他和我，只有我们三个比其他人话少。他将这样说起我和D："他们是正派的敌人。"

我去了弗雷讷监狱。我们有越来越多的人会在每天早上出发去那里打探消息。我们在弗雷讷监狱宏伟的大门前等候。我们向从这扇门里走出的每一个人询问情况，不论是德国士兵还是法国女佣。他们的回复总是一个样："我不知道。我们什么也不知道。"

沿着押送犹太人和集中营囚犯的列车经过的铁轨，人们有时能找到一些写着名字的小纸片，上面还有邮寄地址和列车编号。许许多多这样的小纸片最后都寄到了收信人的手上。有时候最初的纸条上面还会附有另一张纸条，上面写着法国、德国或者西里西亚的某个地点，表明最初的纸条发现地。我们也开始这样等待，等着从车厢里扔出来的纸条。不放过任何机会。

德国在诺曼底的抵抗土崩瓦解了。我们想知道德国人要如何处置囚犯：他们是希望加紧将政治犯关押到集中营，还是想在离开之前枪毙他们。几天来总是有公共汽车从监狱里驶出，满车满车的人都被持械的士兵严密地看管着。有时他们会喊出一些消息。一天早晨，我在一辆汽车车厢外的平台上看到了罗贝尔·L。我小跑着，问他要去哪儿。罗贝尔·L大声喊叫。我觉得似乎听到他在说"贡比涅"。我昏了过去。人们朝我走来，向我证实的确听到了"贡比涅"这个名字。"贡比涅"是负责集中营供给物资的调车场。他的妹妹应该已经离开了。我觉得既然还有一些火车在运行，那么现在他被杀死的可能性便没那么大了。我后来才知道——大概是从莫尔朗口中，记不太清了——我想错了，罗贝尔·L在八月十八号那天是被重案列车运往了德国。

也就是那天晚上，我对D说我决定把拉比耶交给抵抗组织，这样可以趁他逃跑之前迅速行动。

第一件要做的事是能让抵抗运动中的一些成员认出拉比耶。时间一下子紧迫起来。我怕死。所有人都怕死。这是一种可怖的恐惧感。我们不了解德国人。可我们确信德国人就是一帮杀人犯。我知道拉比耶可以杀死我，不费吹灰之力。我的这种想法一天天地被印证。虽然说拉比耶还是坚持每天给我打电话，可是他却经常一连好几天"不能来见我"。他应该是要转移文件，我猜测。然后有一天他又能来见我了。他问我是否可以与他共进午餐。我说可以。像往常一样他半个小时后又打来电话，定下会面的时间和地点。D按约定也打来电话。他对我说，为了安全起见，会派两个人来辨认拉比耶。

这是圣乔治街上的一家餐厅，离圣拉扎尔火车站不远，几乎只有盖世太保才会光顾这里。鉴于新的形势，拉比耶大概开始害怕和同僚们过于疏远。

拉比耶像往常一样在餐厅外面等我，在圣乔治和罗莱特圣母街交会的十字路口。

餐厅里有很多人。内部十分昏暗，分隔成两个大小相等的餐区，其中一个面向街道。两个餐区之间由一条长长的人造革沙发隔开。拉比耶和我在朝向街道的那个餐区最里面的一张桌子旁坐下。

我直到坐到他身边才抬起眼睛。同志们都还没到。餐厅差不多坐满了。几乎每个人的胳膊底下都夹着一个公文包。拉比耶向大家问好。勉强有几个人应和了他一声。我更加确信了，即使在这个地方，在他的同僚当中，拉比耶也是孤独的。

我重新低下头——眼皮像铅一样沉重地垂下，它庇护着我，没人能再看到我的眼神。我感到耻辱，害怕。简单地讲：我是这里唯一一个不为德国警方效力的人。我害怕被杀，又耻于活着。两种感觉我不再分辨得清了。把我折磨得一天比一天消瘦的，不仅有恐惧和饥饿，还有耻辱。为罗贝尔·L担惊受怕如今已仅仅局限于对战争的恐惧了。人们还不知道集中营的命运。现在是一九四四年八月。只有等到下一个春天再看了。虽然失去了曾经征服的领地，但是德国的本土尚未遭遇盟军的讨伐。纳粹的暴行还没有暴露它的真面目。正是由于那场震惊世人的溃败，我们开始为那些俘虏和流放集中营的囚犯忧心忡忡。我们仍然不太清楚一九三三年以来在德国发生了什么。我们正处于人性的太初时期，它此时仍像一位童贞的少女，纯洁无瑕，这种状态还将再持续几个月。人性世界中的任何奥秘都尚未被启示。我为一些初始的情感所折磨，任何事物都无法玷污这种感情的纯洁。我为自己坐在盖世太保皮埃尔·拉比耶的身边感到羞耻，同时也为必须向他、这个犹太人的捕猎者扯谎而感到羞耻。甚至一想到自己可能会死在他手里，我就耻辱难耐。

消息对德国人来说很不利。蒙哥马利在昨天夜里已经捣毁了阿夫朗什的阵线。隆美尔被最高统帅部从诺曼底前线紧急调回了。

旁边的一桌坐着一对夫妇，拉比耶似乎不太认识他们。他们开始谈论战争。我又垂下了眼皮，有时望着街道。我有意避免直视他们——我有种预感——那样做风险太大了。我忽然发现，这里的人眼神是如此有穿透力，它钻进别人的眼睛里、笑容里、坐姿里，同时还尽量表现出很自然的样子。邻桌的女人对我和拉比耶说：“知道吗？他们昨天夜里来过了。他们不停地撞门。我们没有问是谁，也没有开灯。”

我明白，抵抗运动的成员昨天夜里去了这些人的家。他们公寓的房门都装上了铁甲，抵抗运动成员进不去。拉比耶笑了，他转过来对我低声说："她呀，她害怕了。"

他点了红酒。那些人还没来。红酒改变了一切。恐惧融化了。我问他：

"那您家的门呢？"

"我家的门不是装甲的，我不害怕，您很清楚。"

我第一次和他谈起那天我在盖世太保警察局的走廊上遇见他时，那个昏倒在他怀里的女人。我说我知道那是一种"浴缸刑"。他带着孩童般的天真笑了。他说这不算什么，根本没什么，只是不太舒服罢了，人们对此太过夸张了。我看着他。他已经无足轻重了。什么都不是。他只不过是一名德国警察，而不再是别的什么。我突然觉得他像一出十分滑稽的悲剧中的丑角，这出悲剧愚蠢得如同一份蹩脚的修辞作业，他被与他同病相怜的死神袭击，而死神自己也好像吃了败仗一样神威不再。D对我说他们打算在最近几天除掉拉比耶。地点都选好了。应该赶在他离开巴黎之前行动。

我无法想象，D和他的人到达餐厅时将是怎样一番景象。我想他们是那样英俊、那样年轻，一进来就会被德国警察认出来。我觉得他们会手足无措的。我与拉比耶交往的这几个星期所经历的恐惧，对抵制不住恐惧的恐惧——救命稻草就在这里，在这种言说方式之中，这种恐惧他们并不了解。他们是些天真的人。在我和拉比耶周围都是些天真的人，他们从未以任何方式亲历过死亡。

我对拉比耶说："消息对你们不利。"

他给我倒上红酒，一杯又一杯。他从没有这样做过，我也从没有这样喝过：酒一斟满，我便一饮而尽。我说："对我来说，那可都是好消息。"

我笑了。酒精的作用。很明显，是酒精的作用。我喝个不停。拉比耶看着我，他真该带着这样的眼神死去。他已经与所有人隔绝了，头上顶着一轮光环，他已经变成了即将出现在被告席上的那副模样，再不可能有别的样子了：一个英雄。

“有一天，”拉比耶说，“我要去抓一些犹太人，我们走进了一所公寓，里面空无一人。餐厅的桌子上放着几支彩色铅笔和一幅儿童画。我没有等别人到来就离开了。”他甚至对我说万一他知道我要被逮捕，他会提前通知我的。我这样理解：万一有另一个人而非他本人接到了对我的逮捕令。他就是这样，对人类的痛苦置若罔闻，却破例去承受某些私人的痛苦，那个小犹太人和我，我们都欠他一条命。

我又看了他一眼，借着酒劲，我也越来越频繁地盯着他看。他说起了德国。我无法认同他的信念。在他看来，德国是不可认知的，尤其是对于其他人——我们这些战败的法国人。我对他说：

“一切都结束了，结束了。三天后蒙哥马利就会到达巴黎。”

“您不明白。这是不可能的。我们的力量是无穷的。只有德国人自己才明白。”

他将死于神的旨意。报纸会这样写。而我要说：再过三个晚上他就会死。我清楚地记得：我观察了一下他的新衬衫。他穿着栗色的套装。衬衫是丹东领的，略微泛出金黄的米色，和套装搭配得十分协调。我想，真可惜了这件新衬衫，偏偏穿在了一个死刑犯身上。我双眼直勾勾地盯着他，又在内心狠狠地念道：“我告诉你你今天下午别去买鞋了，没有这个必要了。”他没有听见。我觉得他丧失了领悟思想的能力，他丧失了一切，他只需去死。

我以为，他强迫我像这样喝下去，是因为他已经陷入了战败的绝望，可奇怪的是他自己并不知道这一点。他以为他这样灌我酒喝是为了把我拖到旅馆里。但是他拿不准，他目前还没想清楚在旅馆里要对我做什么，是要占有我，还是要杀了我。他说："啊，简直太可怕了，您又瘦了。我受不了这个。"

那天上午我非常明显地感觉到，正是这个逮捕犹太人并把他们运进焚尸炉的人，却受不了我出现在他眼前的形象，一个消瘦而又痛苦的女人的形象，而他本人就是造成这一切的罪魁祸首。他经常说，如果他早知道我会这样，他就不会逮捕我的丈夫了。每一天他都掌握着我的命运，每一天他都会说，如果他早知道，我的命运会和现在不同。无论他知不知道，事先还是事后，我的命运都攥在他手中。是警察的职能授予了他这个权力。但是在警局里，警察与受害者通常都是隔绝的。而他通过与我交往，切身验证着他的权力，他借助这一绝妙的机会，深入到自己行为的阴暗处，独自享受那份只属于他的隐秘之乐。

我突然察觉到笼罩在餐厅里的一种巨大的恐惧。就在我的恐惧感消散之时，我望见了这种恐惧。那里的四五十个人在之后的几天里都将活在死亡的威胁中。屠杀，已经开始。

我记起了酒，清凉的酒。红色的。我记得他并没有喝。

"您不了解德国，也不了解希特勒。希特勒是一位军事天才。我得到确凿情报，两天之内将会有大批增援部队从德国赶来。他们应该已经越过边境。英国人前进的步伐将被阻止。"

"我不这么认为。希特勒不是军事天才。"

我又补充道："我也有情报。您等着瞧吧。"

那位女士指指我，问道："她说什么呢？"

拉比耶朝她转过身去。他突然变得冷酷、疏远。

"她对战争与我们有不同的看法。"拉比耶说。

那个女人既不明白拉比耶说的话，也不明白为什么他的语气突然变得如此生硬。

我看到他们把自行车停在路边。是D。第二个人，他们挑选了一位年轻的姑娘。我低下了头。拉比耶看了看他们，然后移开了视线，他什么都没有觉察到。那姑娘约莫十八岁，是一个朋友。我仿佛看到他们正在穿越一片火海，神情并不激动。他们穿过餐厅，寻觅一张桌子。这里的空桌非常少。他们大概已经开始担心找不到座位了。我用余光看着他们。我继续喝酒。终于，他们找到了一张空桌，与我们隔了两桌，正对着我们。我注意到在稍远处还有一张桌子，可他们并没有选择坐在那边，而是挑了离我最近的地方安顿下来。他们或许已经入戏太深，满是轻率和孩童般的躁动。我用余光扫过他们的面颊，望见了他们眼中的喜悦。他们一定也从我的眼中读出了同样的喜悦。

拉比耶说："您瞧，昨天我在荣军院[1]那边逮捕了一个二十岁的年轻人。他的母亲也在那儿。真可怕。我们当着他母亲的面逮捕了那个年轻人。"

一名侍者走到他们的餐桌前，他们在看菜单。我吃着饭，却不再知道吃的是什么。拉比耶接着说："很可怕。那个女人吼叫着。她向我们解释说她的孩子是个好孩子，她作为母亲，很了解自己的孩子，我们应该相信她。但是您知道吗？那个孩子，他却什么都

---

① Les Invalides，位于法国巴黎第七区。

没说。”

一名小提琴手走进餐厅。一切都变得更简单了。我接着他的话问：

“那个孩子，他什么都没说？”

“什么都没说。这太令人惊讶了。他非常镇静。他在跟我们走之前还试图安慰他的母亲。啊！他更接近我们，而不是他母亲，真是太不可思议了。”

他们招呼小提琴手。我等着，我没有回答拉比耶。现在演奏的是一首我熟悉的曲子，这是一首人们在重逢时经常一起唱的歌。我疯狂地笑起来，完全控制不住。拉比耶不解地看着我。

“您在笑什么？”

“战争结束了。太好了，结束了，这是德国的末日。真是大快人心。”

他仍然和蔼地冲我微笑，然后对我说了下面这番令人难忘的话，如果是纳粹分子听到，还会觉得这话值得尊敬：

“我理解您，您希望是那样。您看我对此完全理解。但那是不可能的。”

“德国失败了，战争结束了。”

我笑着，笑得停不下来。他们也在笑，在那边。小提琴手纵情沉浸在音乐中。拉比耶说：“您看着真开心，那我也就很高兴了。”

我说：“您本可以放过那个年轻人，在战争结束的前一天，那样做对您有什么意义呢。您把他杀死就是为了向自己证明战争还没有结束，是这样吧？”

以下是我和D已经知道的：

“不是这样的。战争对于像我这样的人是永远不会结束的。我将继续为德国服务，直到死亡。如果您真想知道，我是不会离开法国的。”

“您不能再待在法国了。”

我还从来没有这样说过话。我几乎向他挑明了我的身份。而他却听不进去：

“德国不会失败的，您心底里很清楚。两天后您就会看到您意想不到的事情。”

“不。一切都结束了。两天、三天或者四天之后，巴黎将获得自由。”

尽管小提琴的琴声不绝于耳，邻座的女士还是听到了我们谈论的一切。恐惧感离我而去了。大概是酒精的缘故。这位女士叫嚷道：

“她到底想说什么？”

“我们逮捕了她的丈夫。”拉比耶说。

“啊！是这样……”

“是的，她是个法国人。”拉比耶说。

很多人打量着我对面的两个朋友，打量着这对突然出现在他们地盘上的情侣。他们似乎并没有想弄清楚这两个人是谁。他们微笑着，心中宽慰下来：死亡毕竟还没有那么近。

小提琴手在这对迷失的恋人面前重新演奏起来。我发觉只有我和我的朋友们不感到害怕。小提琴手演奏的都是最近流行的曲子。一些德国占领时期的曲子。对这些人来说，这些曲子如今透着伤感、怀旧。恍如隔世。我问拉比耶：

“那些装甲门管用吗？”

“很贵，但是很管用。”他又笑了笑。

那位盖世太保的夫人看着我，很着迷的样子，她希望知道一些关于战争结束的事情。我来自法国，一个对她来说很遥远的国度。我觉得她想问我战争是不是真的结束了。我问：

“您将来想做什么呢？”

“我在考虑开一家小书店。”拉比耶说，“我一直都很热爱收藏书籍，说不定您可以助我一臂之力。”

我试着直视他，却做不到。我说：“谁知道呢？”

我突然想起一件从别人那里听到的关乎恐惧的事情。据说在冲锋枪的扫射声中，人们可以从体内感知到皮肤的存在。第六感也在我身上出现了。我醉了。差一点儿我就说出来，对他说出来我们要干掉他。再来一杯，或许只要一杯就够。刹那间，一种轻松感油然而生，就像在夏天一头扎入大海里。一切都变得可能。为了不让他这个告密者蒙在鼓里，告诉他这个，告诉他我们要杀死他。在第六区的一条街上。或许仅仅因为害怕D的斥责，我才没有向拉比耶泄露风声。

我们离开了餐厅。

两个人都骑着自行车。他骑在前面，离我有几米远。我记得他蹬车时的样子。很平静。这是一个熟悉巴黎路途的人。他的脚踝周围挂着铁铐，让我觉得很可笑。他的公文包放在行李架上，由一条皮带勒紧。

我迅速举起右手，假装瞄准，砰!

他总是在蹬车，行进在永恒中。他不回头。我笑了。我瞄准他的后颈。我们骑得飞快。他的后背渐渐展开，非常宽阔，离我只有三米远。这么宽阔的后背，绝不可能失手，砰！我笑了，我赶紧抓住车把以免跌倒。我瞄得很准，后背中央对我来说更有把握，砰！

他停了下来。我也在他身后停下。然后，我来到他身边。他面色苍白。他在颤抖。终于。他非常小声地说："跟我来，我有一个朋友在附近有间公寓。我们可以一起去那里喝一杯。"

这是一个很开阔的十字路口，沙登堡的十字路口，我记得。这里人很多，我们被人行道上熙熙攘攘的人群淹没了。

"就一分钟，"拉比耶恳求道，"就来一分钟。"

我说："不。下次吧。"

他知道我永远不会接受。他这样问是为了表明问过了，仿佛告别前的例行公事。他很激动，但是没有真正的信心。恐惧已经攫获了他。或者说，是绝望。

他突然打退堂鼓了。他从一扇拱门下离开，迈着他那官员的步态走远了。

他再也没有给我打过电话。

几天后的一个晚上，十一点钟的时候，巴黎解放了。他应该听到了全巴黎所有教堂的钟声一起敲响时令人震撼的喧腾，他或许也看到了所有人都簇拥着冲上街头。这是一种难以名状的幸福。或许他又躲回了自己在勒诺多街的巢穴。他的妻子和儿子已经前往外省，只剩下他孤零零一个人。他的妻子因为他的诉讼案被法庭传讯——一个证人形容，她美丽但无足轻重——她说她对拉比耶的警务活动一无所知。

我们试图绕过司法程序把拉比耶亲手杀死，试图避开刑事法庭一系列常规的手续。我们甚至连地点都选好了，在圣日尔曼大街，确切的位置我已记不清了。但我们没能找到他，只好把他的情况报告给了警方。警方找到了他。他在德朗西[①]集中营，只身一人。

诉讼过程中我两次出庭作证。第二次我遗漏了那个被他放过的犹太男孩。所以我请求重新出庭说明此事。我说我上一次忘记提起他曾经救过一个犹太家庭，我讲述了犹太小孩的那幅画。我说在此期间我还听说他曾经救过两名犹太妇女，把她们带到了自由区。总检察官冲我嚷嚷起来："您必须明白您想要什么，您控告了他，现在却又来替他辩护。"我回答说我只想说出真相，万一这两件事可以使他免于死刑，我就要把它们说出来。总检察官要求我出去，他被我惹恼了。审判厅里的人都反对我。我离开了。

在拉比耶案的审理过程中，我得知他曾经用节省下来的积蓄购买了许多原版图书。有马拉美、纪德、拉马丁、夏多布里昂，或许还有季洛杜[②]：这些书他从没有读过，永远也不会读了，或许原来尝试读却最终没有成功。在我眼中，这则有关拉比耶的讯息同他的职业一样都独属于他，独属于我所认识的这个男人。不仅如此，还要加上他的绅士风度，他对纳粹德国的忠诚信仰，他偶尔的仁慈，他的粗心大意，他轻率的行为，或许还有他对我的依恋，而最终他将因我而死。

后来，拉比耶完全从我的脑海里消失了。我把他遗忘了。

他大概是在一九四四到一九四五年的那个冬天被枪决的。我不知道行刑的地点在哪里。有人对我说：可能是在弗雷讷监狱的院

---

① Drancy，法国巴黎塞纳-圣但尼省的郊区。1941—1944 年，此地设有德朗西集中营，曾是纳粹德国在法国屠杀犹太人的规模最大的集中营之一。

② Jean Giraudoux(1882—1944)，法国文学家，戏剧家，外交家。

子里，一如往常。

随着夏天的到来，德军溃败了。彻底的溃败。它的影响一直延伸到整个欧洲。夏天来了，与之相伴的是那些战争中的亡灵，那些幸存者，以及从德国集中营里折射出的难以想象的痛苦。

首府的阿尔贝
保安队员泰尔

朱江月　译

这些篇章本应承接日记《痛苦》，但是我更愿意把它们分开排列，与战争的喧嚣保持一段距离。

泰蕾兹就是我。折磨告密者的人是我。想和保安队员泰尔做爱的人，也是我。我将透过以下文字，把这个严刑逼供的她呈献给你们。请用心阅读吧：这些是神圣的篇章。

首府的阿尔贝

自从第一辆吉普车驶过，自从歌剧院广场上的德军司令部被占领，已经过去两天了。现在是星期天。

下午五点钟，在黎塞留小组的驻扎地，一名侍者从这栋大楼邻近的小酒馆跑来："我们酒馆里来了个帮德国警方做事的家伙。他住在努瓦西。我也住在努瓦西。我们那边的人都知道他的事儿。你们还能抓住他，不过动作要快。"

D派出了三名同志。消息传开了。

多年以来，我们不断听到有关告密者的传闻。起初，我们以为这种人无处不在。今天这个人可能是第一个我们确确实实见到的告密者。不管怎样，我们有时间去证实，去看看告密者究竟长什么样。我们的好奇心很强。比起法国解放以来这一个星期的种种传奇见闻，我们对于在德国占领时期茫然经历的事情怀有更大的好奇。

人们挤满了大厅、酒吧和门口。两天以来，他们不再战斗了，大家在小组里都无事可做。除了睡觉、吃饭，因为武器、汽车或姑娘彼此发生口角。有些人一大早开着车跑到越来越远的地方寻机战斗，直至深夜才回来。

他到了，被那三个同志押解着。

人们把他带进了"酒吧"。我们就是这样称呼这块类似衣帽间的地方，起义期间人们就在柜台后面分发食物。他在酒吧中间站了一个小时。D检查他的证件。其他人都看着他，靠近他，死死盯着他。不停骂他："混蛋。贱货。流氓。"

他五十岁，有点斜视，戴着一副眼镜。他的领子笔挺，系着一条领带。他长得又肥又矮，胡子拉碴。他的头发是灰色的。他总是在微笑，就好像这是一场玩笑。

他兜里有一张身份证，一张老女人的照片，那是他的妻子，还有他自己的照片，还有八百法郎现金，一本通讯录，里面大部分地址都不完整，零散地记着些姓名和电话。D注意到一条奇怪的信息频繁出现，随着进一步翻阅，这条信息的含义也逐渐明朗起来。他把小本子拿给泰蕾兹看。刚开始，每隔几处便出现一条完整的信息："首府的阿尔贝"。后来变成独立出现的词："阿尔贝"或"首府"。通讯录的最后，每一页都只有几个字母：CAP或者AL[①]。

"'首府的阿尔贝'是什么意思？"D问道。

告密者看看D。他好像在寻找着。他有一副老实人的模样，似乎由衷地为自己找不到而懊恼，但他却很想找到，而且在真心诚意地寻找。

"什么的阿尔贝？"告密者问道。

"首府的阿尔贝。"

"首府的阿尔贝？"

"对，首府的阿尔贝。"D说。

D把小本子搁到柜台上，空手走近告密者。D盯着他，显得很平静。泰蕾兹拿起通讯录，快速向后翻。八月十一号，最后一次出现AL。现在是二十七号。她放下本子，这回轮到她盯着告密者了。同志们都默不作声。D面对着告密者。

"你想不起来了吗？"D问道。

他又向告密者凑近了些。

---

① CAP是法语Capitale（首府）的前三个字母，AL是法语人名Albert（阿尔贝）的前两个字母。

告密者后退了。他的眼神变得局促不安。

“啊，对了！”告密者说，“我可真笨！是那个阿尔贝，首府的侍者。‘首府’是火车东站附近的一家咖啡馆……我住在努瓦西勒塞克①，所以可不是嘛，我有时下了火车会去首府咖啡馆喝上一杯……”

D又回到柜台旁。他派了一个人去找邻近小酒馆的那个侍者。派去的人回来了。侍者已经回家。整个酒馆的人都听说了。但是他没有讲任何细节。

“阿尔贝长什么样？”D问告密者。

“他是一个金发小个男孩。很和善。”告密者面带微笑，态度随和。

D转身走到站在酒吧门口的同志们跟前。

“去开那辆标致302，立即出发。”D吩咐道。

告密者看着D，他不再笑了。起初他显得有些发呆，随即恢复了镇定。

“不，先生，您搞错了……您真的弄错了，先生……”

他的背后响起一片骚动：“流氓。混蛋。你就笑吧。流氓。看你还能瞎扯什么。贱货。”

D继续搜查。一包空了一半的高卢牌香烟，一小截铅笔，一支崭新的自动铅笔。一把钥匙。

三个男人走了。传来302轿车启动的马达声。

“您真的搞错了，先生……”

D继续搜查。告密者在冒汗。他好像只愿意和D说话，大概是因为D看起来彬彬有礼，他从不骂人，总能准确地、用词考究地表达自己的意思。看得出来，他有意想站到D的一边，努力以自己的

① Noisy-le-Sec，法国巴黎东部的塞纳-圣但尼省城镇。

方式把他和其他同志区别开来。他隐隐约约地在D的身上寻找着一种默契，想尽可能笼络这个被他引为同类的兄弟。

“你们抓错人了。我没开玩笑，先生，相信我，我不想开玩笑。”

他兜里什么都没有了。搜出的所有物品都放在了柜台上。

“把他带到财务室隔壁的那间屋子去吧。”D说。

两名同志走到告密者身旁。告密者用眼神向D苦苦哀求：“先生，我向您保证，我求求您……”

D重新坐下，再一次拿起记事本翻看起来。

“来，你过来，”一名同志说道，“别在那儿装蒜了……”

告密者和那两个同志一起离开了。不知谁在酒吧深处吹起了口哨，是一支活泼欢快的小曲。大部分人都走出了酒吧，聚在门口等着那辆标致车。D独自一人和泰蕾兹留在酒吧里。

远处不时传来冲锋枪扫射的声音。大家习惯性地定位：声音来自国家图书馆那边，在意大利人大道的拐角处。同志们说起那些告密者，谈论着等待他们的命运。听到汽车的声响清晰地传过来的时候，他们便停止说话，走出酒吧。不，不是那辆标致302。又有谁吹起口哨来，还是同样的曲调，那支活泼欢快的小曲。

从意大利人大道那边传来一阵低沉的喧闹，马达声、喝彩声、歌声、男男女女的喊叫声交织在一起，此起彼伏，不绝于耳。两天两夜以来，处处是欢乐的海洋。

“重要的是，”泰蕾兹对D说，“要搞清楚这个家伙到底是不是告密者。我们会在首府的阿尔贝身上耽误不少时间，‘樟脑丸’[①]很快就到了，我们会被他们耍弄。他们什么也不会让他坦白的，还会把他给放了。或许他们会说，此人可能有利用价值。”

---

① 二战早期退出抵抗德军的法国军队士兵的代称。这些士兵再度出现加入法国解放运动时，抛弃了旧有的制服，都身穿散发出樟脑丸味道的新制服。

D说要有耐心。

泰蕾兹说不能再有耐心了，已经等了很久了。

D说绝不能急躁，现在必须比以往任何时候都要有耐心。

D说从首府咖啡馆的阿尔贝开始，我们就可以将线索一环扣一环地串成一个链条。他说这个告密者无足轻重，是个可怜的家伙，只不过按人头领取工钱。我们的目标是那些办公室里的头目，他们签署了对成百上千犹太人和抵抗分子的处决令，却享有每月五千法郎的薪金。在D看来，这些头目才是我们要抓的人。

泰蕾兹心不在焉地听着，她看了看表。

一周前的某个夜晚，小组的另一个领导罗歇回到食堂，宣布他们逮捕了七名德国俘虏，并讲述了他们是怎么处置这些俘虏的。他说他们让这些俘虏睡在新鲜的稻草上，还给他们发了点啤酒。泰蕾兹边骂罗歇边起身离开饭桌。她声称她倒是希望他们把这些德国人杀死。罗歇笑了。所有人都笑了。大家都赞同罗歇的观点：不应该虐待德国俘虏，他们被抓的时候都在战斗。泰蕾兹走出了食堂。所有人都在笑，从此人们有意与她保持一定距离。除了D。

这是她那晚以来第一次和D独处。D破例什么都没做。他在等那辆标致车。他紧盯着酒吧入口的那扇门，等待着首府咖啡馆的阿尔贝。泰蕾兹坐在他对面。

“你认为我那天晚上做错了吗？”泰蕾兹问。

“哪天晚上？”

“讨论德国俘虏那次。”

“你当然有错。其他人也有错，他们不应该怨你。”

D把他的那包烟递给泰蕾兹。

“拿着……”

他们点燃了香烟。

“你愿意审讯他吗？”D问。

"你说了算。我无所谓。"泰蕾兹回答。

"那好。"D说。

汽车回来了。三个同志下了车，只有他们三个。D走出酒吧。

"怎么样？"

"还说呢，十五天前就溜了，说是去度假了……"

"他妈的！"

D走进二层的食堂。泰蕾兹紧随其后。大伙儿吃完了晚饭。泰蕾兹没有吃，D也没有。

"得处理一下那个家伙了。"D说。

大伙儿都不动了，望着泰蕾兹和D。将由泰蕾兹审讯告密者，这是意料之中的。没什么可说的。

泰蕾兹站在D身后，脸色有些苍白。她神情凶狠，形单影只。法国解放以来，这种境况就更加明显了。自从她来到中心以后，人们从来没有看到她亲近过谁。起义行动如火如荼时，她曾不遗余力地为组织卖命，勤勉有余但温柔不足。她总是一副心不在焉的样子，孤零零的。她在等待一个可能已经被枪决了的男人。她的孤僻在今晚看来尤为明显。

有十位同志站了起来，走向D和泰蕾兹。他们每个人都有充足的理由要求处置告密者，甚至包括那天晚上笑得最凶的几个。D从他们中间选了两个人，他们蹲过蒙吕克监狱，还在那里挨过揍。没什么可说的。没有人反对，但是也没有人肯再坐下。他们等待着。

"我先吃点东西，"D说，"我马上就和你们会合。听明白了吧，泰蕾兹？最重要的是问出首府阿尔贝的地址，或者他最常见面的那些人的地址。我们得将整个团伙一网打尽。"

泰蕾兹和那两个蒙吕克来的人——阿尔贝和吕西安——走出了

食堂。其他人都机械地跟在后面，没有人下得了决心再坐下。整座楼只有一部分区域靠着打印室里的发动机供电。打印室太远了，而且可能已经被占用。需要到楼下的酒吧里去找一盏防风灯。泰蕾兹和蒙吕克来的两个人一起下了楼。其他人凑成一群也跟了下去，一直和他们三个拉开点儿距离。拿到防风灯以后，他们顺着侧梯径直朝一条空走廊上的会计室走去。到了。蒙吕克的一名同志用D交给他的钥匙开了门。泰蕾兹第一个走了进去。蒙吕克的两个人跟在她后面进去并关上了门。其他人留在走廊里。暂时还没有人想回去。

告密者坐在一把椅子上，旁边摆着一张桌子。听到门锁扭动时，他的头大概是埋在手臂里的。现在他又直起身子。他侧过脸想要看清进屋的人。防风灯发出的灯光刺得他眼花，他眨了眨眼睛。吕西安把灯放在了桌子中间，灯头对准他，对准这个人。

房间几乎是空的，只放了两把椅子和一张桌子。泰蕾兹拿起第二把椅子坐到了桌子的另一端，灯的后面。告密者全身笼罩在光亮中。另外两个同志守在他的身后，站在明暗交界的地方。

"脱衣服，要快点，别在你这张皮上跟我们耽误时间。"阿尔贝说。

阿尔贝还太年轻，他只会摆出一副有点冷酷的样子。

告密者站起身，好像一个刚刚睡醒的人。他脱掉了上衣。他有一张铅灰色的脸，深度近视，虽然戴着眼镜，却几乎什么都看不见。他的举止非常缓慢。泰蕾兹觉得她的同志说错了。正相反，他们现在有的是时间。

告密者把上衣放到椅子上。两个同志始终一边一个监视着他。他们一言不发，告密者也不说话，泰蕾兹也一样。紧闭的门后，人们在窃窃私语。告密者缓缓地把上衣放到椅子上，动作很仔细。他慢腾腾地服从着。他别无选择。

泰蕾兹在寻思是否有必要让他脱衣服。既然他已经在那儿了，事情也就没有那么紧急了。此刻，她感受不到任何情绪，没有仇恨也没有焦虑。什么都没有。她只是觉得很漫长。就在这个男人脱衣服的时候，时间已死。

她不知道自己为什么不走掉。离开这里的念头向她袭来，可是她并没有离开。现在，事情已经无法避免。要回溯很远才知道为什么，为什么由她，泰蕾兹，来审问这个告密者。D把这个男人交给了她，她接过来，拿在手中。这男人是个稀罕物，但她现在不想要这个稀奇物了。她想睡觉。她心里想："我睡了。"告密者此时脱下裤子，还是那样仔细地把它放到衣服上面。他的灰衬裤皱皱巴巴的。"应该在什么地方做点什么事情。"泰蕾兹想。现在，我在这里，在一间黑屋子里，与阿尔贝和吕西安这两个蒙吕克来的人关在一起，与这个揭发犹太人和抵抗分子的告密者关在一起。我感觉正在电影院里。她在那里。有一次，她来到了塞纳河畔，那是一个夏日午后，两点钟，有个男人吻了她，并对她说他爱她。她当时在那里，她现在还记得。一切都有个名分：那一天，她决定和一个男人生活在一起。现在，这个名分是什么？它将会是什么？不久以后她就要去列奥米尔街，到报社去做她的工作。人们以为这是些不同寻常的事。其实，没什么不同寻常的。像其他事一样，它会发生在你身上。然后，事情就发生了。它也可能发生在任何人身上。

泰蕾兹在看着，手臂支撑在桌上。告密者脱掉了他的皮鞋。同志们也在看着。年纪较大的是吕西安，他二十五岁，是勒瓦卢瓦地区的一名汽车修理工。在中心他不太招人喜欢。虽然他很能打，可一旦回顾起事情的经过，他又能恢复平静。他很饶舌。另一个同志是阿尔贝，他是一家印刷厂的零工，十八岁了，来自儿童救济院，打起来时他总是最勇猛的一个。他会偷走所有他找到的武器，有一次还把D的手枪也顺走了。他个子矮小。这个男孩儿吃得很差，开始工作的时候又太小，那时他才十四岁，是一九四〇年。D并不因为阿尔贝偷走了他的手枪而怨恨他，他说这很正常，应该把武器留给那些真正喜欢它们的人。泰蕾兹看着阿尔贝。说起来，这是一个很怪的男孩，阿尔贝。对德国人，他是最狠的一个。他从不把对德国人做过的事和盘托出。上个星期有一天，他在皇宫广场用一瓶汽油点燃了一辆德国坦克。汽油瓶在一个德国人的脑壳上爆炸，把他活活烧死了。告密者的袜子有破洞，露出了一只指甲发黑的大脚趾。从他的袜子可以看出，他已经好几天没有回家了，他走了很长的路。这些天里，他走在路上肯定吓破了胆，然后不得已他又回到了小酒馆，回到了自己熟悉的酒馆。然后我们的人就赶来了。他被"拿下"了。

两个小伙子让他一直脱到袜子，他们自己大概在蒙吕克监狱的时候也遭遇过同样的待遇。这有点蠢，泰蕾兹想，这两个伙伴都有点蠢。这是两个蠢货，但他们在蒙吕克监狱没有开口，什么也没说。D是通过其他同志知道的，所以今晚他指派了这两个人。泰蕾兹和这些同志已经共同生活了十天，不止，是十天十夜，她给他们分发酒、香烟和汽油瓶。有时候他们在困顿中谈天，聊聊战斗、开坦克的德国人、各自的家庭和同伴。他们回不来的时候，就有人在等他们，彻夜未眠。上周一就有人在等候阿尔贝，等了整整一夜。

告密者脱掉了他的袜子，他一直在脱这些粘在脚上的袜子，脱了很久。

"再快点儿。"阿尔贝终于开口了。

直到这时，泰蕾兹才注意到阿尔贝有些尖细干涩的嗓音。她思忖着为什么那天晚上她等了他那么久。有战斗的时候，所有人都以同样的方式彼此等待。大家避免有所偏袒。现在，一切要重新开始了。要重新开始，人们将各有偏爱。

现在他开始摘掉领带。没错，是领带。世界上只有一种摘领带的方法。把脖子伸到一边，拉扯领带的一端又不弄散打好的结。告密者像其他人一样摘掉了领带。

告密者有一条领带。三个月前他还系着这条领带。一个小时之前，领带还在，香烟还在。下午约五点钟的时候他还喝开胃酒。人与人之间是有差别的。泰蕾兹注视着这个告密者。罕见的是，今晚这些差别却如此明显，她感到一阵眩晕。这个人当时走进了柳林街，他上了楼梯，敲开某一扇门，然后说他得到了那个人的体貌特征：高个，棕发，二十六岁，地址，时间。人们交给他一个信封。他说谢谢先生，然后他去了首府咖啡馆喝一杯开胃酒。

泰蕾兹说："跟你说了，快点脱。"

告密者抬起头。迟疑了片刻，用一种显得幼稚的细小声音说道：

"我已经尽可能地快了，请相信我……但是为什么……"

他欲言又止。他走进柳林街的时候可是从不拖沓，从不。他的衣领里面很脏。他在那里从来没有犹豫过，从来没有。或许他在那里有宾至如归的感觉。他的白领衬衫很脏。一个告密者。两个男孩扒掉了他的内裤，他踉跄了一下，像一个厚重包裹一样在房间的角落跌倒，发出一声闷响。

自从他们在对待德国俘虏的问题上发生争执以后，罗歇几乎不再和她讲话。还有其他人。不只是罗歇一个人。

远处传来最后一批楼顶射手的枪声。结束了。战争离开了巴黎。在大门口、街道上、客满的旅店房间里，人们欢呼雀跃。到处都有像她一样的女孩子，和诺曼底登陆的士兵们走在一起。对天南地北的很多人来说，无所事事的悲伤终于结束了。但是对她，这还不算结束。无论是战后的欢乐还是淡淡的忧伤都不属于她。对她来说，她的任务就是待在这里，和告密者以及蒙吕克的两个人独处一室，和他们一起关在这个封闭的房间。

现在他赤身裸体。她平生第一次并非因为爱情面对着一个赤裸的男人。他靠着椅子站立，眼皮低垂。他在等待。他们会同意这个做法的，先是这两个人，这两个同伴，然后剩下的人也会同意，肯定会，他们已经等了很久，可还没有任何收获，他们会一直等下去。他们已经不知道行事自由为何物，因为他们一直在等待。

现在他的衣物都放到了椅子上。他在发抖，不住地打战。他害怕，害怕我们，害怕我们这些害怕过的人。对那些经历过恐惧的人，他感到恐惧。

现在他赤身裸体。

“还有眼镜！”阿尔贝说。

他把眼镜摘下来放到那堆衣服上。在桌沿一侧看得到他那衰老干瘪的睾丸。他在防风灯的灯光下显得肥胖红润。他的身上散发出一股气味，没洗干净的肉体的气味。两个小伙子在等待。

“一个战俘值三百法郎，对吗？”

告密者发出了第一声呻吟。

“那么，一个犹太人值多少钱？”

“我说过的，你们搞错了……”

“我们想要知道的是，”泰蕾兹说，“首先你得告诉我们首府咖啡馆的阿尔贝在哪儿，然后你和他干了什么，又和他见了谁。”

告密者假装在哭，没有眼泪。

“我和你们说过的，我对他的了解就这些。”

房间的门开了。其他所有人都默默地走了进来。女人站在前面，男人在后面。看起来这个场面让泰蕾兹有些尴尬。她被别人当场抓住，正在打量一个裸体的老男人。但是她不能命令他们出去，没有任何理由，更何况那些人反倒愿意取代她的位置。她站在防风灯的后面。人们看到她乌黑的短发，只露出一半的白皙的前额。她重新坐下。

“来吧，”泰蕾兹说，“应该让他先告诉我们怎样找到那个首府的阿尔贝。”

她的声音不那么确定，微微有些发颤。

不知从四只胳膊中的哪一只落下了第一拳。发出怪异的回响。第二下。告密者试图躲闪。他大声喊叫：“啊！啊！你们把我弄疼了。”后面有人笑着说：“看清楚了，这可不是无意的……”

在防风灯的灯光下人们可以很清楚地看着他。两个小伙子打得非常凶猛。他们捶打他的胸口。一拳又一拳，缓慢而有力。在他们捶打的时候后面的人一直保持沉默。两个男孩停下拳头，重新望着泰蕾兹。

“现在你明白了吧？……这只是一个开始。”吕西安说。

他搓揉着胸口，轻轻地呻吟着。

“接下来，你得告诉我们，你是怎么样进入盖世太保的。”

她的话简短而有力。现在，刑讯开始了，正在稳步进行，小伙子们下手很重。事情是严肃的、确确实实的：我们正在拷打一个男人。对此可以不认同，但是不可以嘲笑，不可以怀疑，也不可以为此感到难堪。

“怎么样？”

“嗯……像所有人一样。”告密者说。

在他身后一直神情紧张的那群人松弛下来：“啊……”

他唉声叹气：“唉……你们不知道……”他沉默了。他用双手的掌心搓揉着胸口。他说：“就像所有人一样。”

他说：“就像所有人一样。”他以为他们谁都不知道是怎么回事。他并没有说他没进过盖世太保。他的背后，房间深处的人群在交头接耳：“他进去了。他说他进去了。”进入盖世太保。柳林街。他的胸口上逐渐显现出大块大块紫红色的瘀痕。

“你说就像所有人一样？所有人都进去了，进盖世太保？”

背后传来：“混蛋，混蛋，混蛋。”不绝于耳。他害怕了。他重新站起来，试图看看声音是从哪儿传来的。那里有很多人，他无法聚焦到任何人身上。他兴许也以为自己在电影院里。他犹豫了一下，然后又恢复了镇静。

“进去时需要出示身份证，然后把它存放在楼下，等下楼离开的时候再把证件取走……”

背后的耳语声再次响起：“混蛋，流氓，贱货。”

“我到那里是去做黑市交易，我觉得我做得不赖，我一直是一名爱国人士，跟你们一样。我卖给他们一些破烂货。可现在……或许我做错了，我不知道……”

他的声音总是带着哭腔，像是幼稚的童声。鲜血开始流淌。他胸口的皮肤已经爆裂开。他好像没太在意。他很害怕。

就在他提到黑市交易的时候，房间深处响起了新一轮喧哗：“流氓，猪头，混蛋。”罗歇走了进来。他加入了后面的人群。泰蕾兹听出了他的声音。他也在骂：“流氓。”

“继续。”泰蕾兹说。

他们捶打的时候并非毫无章法。也许他们确实不懂得怎样审问，但是他们很清楚如何挥舞拳头。他们打得很聪明。当感觉到这个人能说出些什么时，他们便放慢节奏。而一旦发觉他恢复了点力气，便开始新一轮的拷打。

“你进入盖世太保时出示的那张身份证，它是什么颜色？”

两个小伙子笑了。后面的人群也笑了。甚至连那些不清楚证件颜色的人都觉得这是个很巧妙的问题。他们出手很重。他的一只眼睛被打破了，鲜血顺着脸往下滴。他哭了。带血的鼻涕从鼻子里流出。他不停地呻吟着：“啊，啊，唔，唔。”他不再回答了。他胸口的皮肤一直开裂到肋骨附近。他不停地用手搓揉着，抹得身上血迹斑斑。他那双深度近视的眼睛里透露出一股呆滞的目光，他盯着防风灯，却又视线模糊。一切都来得太快。事已至此：他是死是活，都不再取决于泰蕾兹。这根本不重要了。他变成了一个和其他人毫无共同之处的人。每一分钟，这种差别都在扩大，都在落实。

“我们在问你身份证的颜色。”

阿尔贝凑近他的鼻子。一个声音在说：“差不多够了吧……”

这是一个女人的声音，从阴影里传出。

两个小伙子停了下来。他们转身寻找那个女人。泰蕾兹也转过身。

“够了？”吕西安说。

“对这样一个告密者？”阿尔贝问。

“这并不是一个理由。”那个女人说，她的声音不大坚定。

新一轮的拷打又开始了。

“再说最后一次，”泰蕾兹说，“我们问你，你在柳林街出示的身份证是什么颜色的。”

后面传来一个声音：“又来了……我要走了。”又是一个女人。

“我也是……”

另一个女人。泰蕾兹转过身说：“如果有人感到不耐烦，没必要非得留在这里。”

大家听到女人们在含糊地抗议着，但是她们没走。

“够了！”

这回是个站在后面的男人。

女人们不再嘀咕了。屋子里的人一直都只能看到泰蕾兹雪白的前额，有时候，当她俯下身时，能看到她的眼睛。

现在情况有所变化。同志们的阵营分裂了。某些具有决定意义的事情正在发生。新问题出现了。支持某些人，就要反对另一些人。支持拷打的人跟得更紧了。反对者却变成了局外人。来不及认真区分：女人们和告密者站在一边，而告密者又向所有反对者靠拢。敌人和局外人的数目在增加，而拷打的欲望也更加膨胀。

“快说，什么颜色！”

两个小伙子又挥起拳头来。他们在旧的伤口上捶打。告密者尖叫着。当他们连续猛打时，他的呻吟哽塞了，变成了一种污秽的、好似胃液翻腾的汩汩声。听着这种噪声，他们只想打得更狠，以便用拳头把它熄灭。他试着躲开雨点般的拳头，但是他什么也看不清。他只好忍受所有的痛苦。

“嗯……和所有的身份证一样……”

“继续。”

他们打得越来越凶。没关系。他们永不知疲倦。他们打得越来越顺手，也越来越镇静。他们越打，他流的血越多，继续打下去的理由也就越明显，越真实，越正当。在乱拳的暴雨中升起了一些幻象。泰蕾兹成了个透明的人，她为这些幻象而迷醉。一个人顺着墙倒下了。另一个也倒下了。还有一个。无数个人倒下去了。五百法郎可以让他给自己买很多小玩意儿。他甚至不一定是反共分子、附敌分子，他甚至不一定排斥犹太人。不，他仅仅是在毫不知情、毫无痛苦的情况下“告了密”，他或许仅仅是为了替自己支付一些个人的小奢侈，为了补贴月底的开销，没有什么真正的必要。他只是撒谎成性。他应该知道，知道那些他不愿意说出来的事，而且只知道这些。如果他承认了，如果他不再替自己辩白了，那么他与其他人的差别就不会那么彻底了。但是他还在拼命地坚持。

“继续。”

他们继续打，就像一台运转良好的机器。但是人类身上的这种严刑拷打的潜能是从哪里来的呢，人们竟可以适应它，并且把它当成一项工作、一种义务。

“我恳求你们！我恳求你们！我不是一个坏蛋！”告密者叫喊道。

他怕死。怕得还不够。他一直不说实话。他想活下来。即使是跳蚤都要死咬住生命不放。泰蕾兹站了起来。她很焦虑，她害怕永远没有尽头。我们能把他怎样呢？我们还能想出什么新花样？这个顺着墙倒下的男人仍旧什么都没说，多么不同寻常的沉默，在他顺墙而下的那一刻，他的生命缩减成令人束手无策的沉默。这种沉默，这个告密者，在这里，贴墙倒下，应该让他说话。我的天，永远不会有尽头。有那么多人在看笑话，女人们刚刚离开，起义的时候那些躲起来的贪生怕死之徒现在说起了风凉话：“你们的起义、你们的除奸行动让我们觉得好笑。”继续打。如果我们在此刻不能成为正义的化身，那么在这个世界上就永远不会有正义。一出喜剧。几个法官。铺着护墙板的大厅。没有正义。他们在一节节囚车车厢里高唱着《国际歌》，穿过大街小巷，资产者们在他们的窗户后面注视着这一切，他们说：“都是些恐怖分子。”应该继续打。碾碎他。让谎言灰飞烟灭。这个卑鄙无耻的沉默。光线淹没了他。要从这个坏蛋的喉咙里掏出真相。真相，正义。做什么用呢？把他杀了吗？这有什么用？这不是为了他。这与他无关。只是为了了解真相。打他的头，直到他从体内喷射出真相，喷射出他的廉耻、他的恐惧，喷射出那个昨天还让他如此强大、不可一世、不可触碰的秘密。

每一拳都在寂静的房间里回响。他们正在拷打所有的坏蛋，所有离开的女人，和所有躲在百叶窗后面对此感到不耐烦的人。告密者叫喊着“唔，唔”，并发出连绵不绝的呻吟。在这个男人背后，阴影笼罩的地方，只要乱拳落下，人们便沉默不语。只有当他们听到这个男人的抗议时，才会发出阵阵辱骂，这些人都咬紧牙关，攥紧拳头。他们口中只有辱骂，没有完整的句子。当告密者的声音证明他还在坚持的时候，房间里就会响起同样的辱骂。因为告密者的能量中还残存着这个用来撒谎的声音。他还在撒谎，那他就还有力气。他还没有到连撒谎的力气都使不出的地步。泰蕾兹看着落下的拳头，她听到击打在胸腔上的锣音，她第一次感到人体中还有无法捅破的厚度。重重叠叠的真相是那样深厚，难以企及。她记起她曾在对一对夫妇无休止的审讯中隐约地发现了这一点，但那时的感受尚未如此强烈。现在这工作让人感到筋疲力尽。这简直是一项不可能完成的任务。这工作需要深耕细挖。一下又一下。应该坚持，再坚持。不久真相将破土而出，像一颗微小坚硬的种子破土而出。这工作在这块孤独的胸膛上耽搁了太久。他们现在打到了胃部。告密者嚎叫着，用两只手托住他的胃，蜷缩成一团。阿尔贝打得越来越起劲，一拳击中了他的命根。他用两只手捂住自己的下体高声尖叫着。他的面部鲜血淋漓。这已经不是一个像其他人一样的男人了。他是个告密者。他不再费心去想人们是出于什么样的理由来审问他。即使是那些给他付钱的人也不是他的朋友。但是现在我们已经不再能将他和任何活物相提并论了。即使是死，他也不像一个死人。他会让大厅堵塞。或许这是在浪费时间。该做个了断了。没有必要把他杀死，也没有必要让他活着。他不再有任何利用价值。他完全没用了。正是因为没有必要杀死他我们才可以继续拷打他。

“够了。”

泰蕾兹站起身来走向告密者，她的声音在乱拳沉闷的锣音之后显得有些纤弱。该做个了断了。躲在深处的男人们听凭她处置这个告密者。他们信任她，没有给她任何建议。“坏蛋，流氓。”辱骂之声仿佛兄弟间亲密的絮语使她浑身充满热量。房间深处一片寂静。两个同志专注地望着泰蕾兹。人们在等待。

“最后一次，”泰蕾兹说，“我们想知道你证件的颜色，这是最后一次。”

告密者望着她。她离他非常近。他并不高。她的个子和他差不多。她消瘦、年轻。她说：“最后一次。”他立刻不再呻吟。

“你们想让我说什么？”

她是个小个子女人。她什么都不想要。她很平静，她感到一股平静的愠怒命令她镇定地呐喊出那些像基本元素一样有强大必然性的字字句句。她就是正义，而正义在这片土地上已经消失了一百五十年了。

“我们想让你说出能让你进入盖世太保的那张身份证的颜色。”

他又开始抽泣起来。从他的体内升起一股奇怪的味道，令人作呕又有点发甜，是没洗干净的油腻皮肤混杂着血液的味道。

“我不知道，我不知道，我跟你们说我是无辜的……”

谩骂又开始了：“流氓，贱货，混蛋。”泰蕾兹又坐了下来。有片刻停顿，但谩骂声没有停止。泰蕾兹沉默着。房间深处第一次有人说到：“把他干掉就行了，做个了结吧。”

告密者抬起头。房间里一片沉默。告密者害怕了。他也不说话了。他张着嘴巴，看着众人，然后从喉咙里吐出一声细长的孩童般的呻吟。

“如果我起码知道你们想让我做什么……”告密者希望用一种纯粹哀求的口吻说话，可声音里却还是透着几分狡黠。

两个男孩满头大汗。他们用血迹斑斑的拳头擦去额头上的汗珠。他们看着泰蕾兹。

“还不够。”泰蕾兹说道。

两个男孩转向告密者，伸出拳头。泰蕾兹站起来，她叫道：

“不要再停下来。他会说的。”

拳如雪崩。结束了。房间深处再次变得寂静。泰蕾兹叫喊道：“你的证件也许是红色的？”

鲜血不住地流淌。他用尽全身力气嚎叫着。

“是红的吗？说出来，是红色的吗？”

他睁开了一只眼睛。他不再嚎叫。他很快就会知道这一次是真的结束了。

“红色的？”

两个男孩把他从墙角里拉出来，他不住地想躲到那里去。他们把他拉了出来，又把他像皮球一样扔回去。

“红色的？”

他没有回答。好像他正在努力思索答案。

“加油伙计们，再用点儿力，红的，快点，是红的吗？”

他们一拳打到鼻子上，血柱喷涌而出。告密者高叫着：“不……”

男孩们笑了。泰蕾兹也笑了。

“黄色的？和我们的一样，黄色的吗？”

现在他试图躲避到墙角里。每一次两个男孩都把他拖出来，他摔倒在地，发出一声沉闷的巨响。

“黄色的吗？”

泰蕾兹站直了。

“不……不是……黄色的……”

人们继续拷打。他呼吸困难。他又开始嚎叫。他的嚎叫声因为阵阵猛烈的拳击而变得时断时续。现在审问的节奏和拳头的节奏变得一致了，令人眩晕，但节奏一致。他不再说话了。看起来他不再想任何事了。他充血的双眼睁得大大的，目不转睛地盯着那盏防风灯。

“如果它不是黄色的，那是……什么颜色？”

他总是沉默不语。但是他听到了，他看着泰蕾兹。他停止嚎叫。他的两只手扶住腹部，他把身体折叠起来。他不再逃避了。

“快点，”泰蕾兹说，“什么颜色的？快说……”

他又开始叫喊。他的叫声更低、更沉闷了。就快要结束了，但人们不知道会以怎样的方式结束。或许他永远都不会说出来，但是无论如何，已经接近尾声。

“它是，它是，快点……”

就像对待一个小孩子。

他们把他像一只皮球那样抛来抛去，用拳头打他，用脚踢他。他们大汗淋漓。

“够了。”

泰蕾兹走到告密者面前，蜷缩着身体。告密者看到她。他后退了几步。又是一片寂静。他甚至不再感到痛苦。仅仅是极度的恐惧。

“如果你说出来，我们就饶了你，如果你不说，我们就把你干掉，马上。继续打。”

告密者或许已经不再清楚我们到底想从他那里得到什么。但是他就要说出来了。我们有这样的预感。需要提醒他这是关于什么的。他努力抬起头，就像一个溺水的人拼命挣扎着呼吸。他就要说出来了。这是肯定的。就要成功了。不。是这些拳头妨碍了他说话。但是如果这些拳头停下来，他就永远都不会说了。所有人在这即将分娩的时刻都屏息静气，不只是泰蕾兹一个人。现在，无论如何要结束了。他还是什么都不说。

泰蕾兹尖叫道。

“我来告诉你，让我来告诉你你证件的颜色。”

她要帮助他。是的，她有预感，需要她来帮助他，他自己一个人做不到。她重复道：“我来告诉你它的颜色。”

告密者开始嚎叫。他的呜咽声像汽笛般持续地飘浮。他们不再给他时间说话。呜咽声破碎了：“绿色的……”告密者嚎叫着说。

寂静。小伙子们停了下来。告密者注视着防风灯。他不再呻吟了，好像完全迷失了。他倒在地上，他还可以说话。他或许在想应该怎样说话。他的背后是一片寂静。泰蕾兹坐下了。结束了。

“是的，”泰蕾兹说，“它是绿色的。”

她仿佛在确认某一件已经知道了几个世纪的事情。结束了。

D来到泰蕾兹身边。他递给她一支烟。她吸了一口。告密者一直躲在角落里，僵硬呆滞。

“穿上衣服吧。”泰蕾兹说。

但是他什么都没做。两个小伙子也吸了一支烟。D把一支烟递给告密者。他没有看见。

“德国秘密警察局特工人员的证件是绿色的。”泰蕾兹说。

房间深处的同志们开始挪动。一些人离开了。

“还有首府的阿尔贝。”深处有人在说。

泰蕾兹看了看D。是啊，还有首府咖啡馆的阿尔贝。

“再说吧，明天再说。”D说。

他好像对此不再关心了。他抓住泰蕾兹的手，扶她站起来。他们走出房间。阿尔贝和吕西安负责给告密者穿衣服。

酒吧里充斥着来自另一个世界的明亮光芒。是电灯。所有的女人都在那里，一共有五个女人和两个与她们一同离开的男人。

“他供认了。”泰蕾兹对他们说。

没有人回应。泰蕾兹理解。他们无所谓他是否供认。泰蕾兹坐了下来，她看着他们。很奇怪。他们已经在那儿半个小时了。刚才在这间酒吧里，他们在做什么？在等什么？他们出来是为了躲避到灯光下。

“他供认了。”泰蕾兹重复道。

五个女人没有一个看她。一个女人站起身来，还是没有看她：“你想让我们有什么反应？”她心不在焉地说，“那么恶心。”

站在泰蕾兹身边的D走向那个女人：“你让她清静会儿可以吗？”

罗歇和D拥抱了泰蕾兹。女人们不说话了。她们离开了。那两个和她们一起的男人也吹着口哨离开了。

“你去睡觉吧。”D说。

“好。”

泰蕾兹拿起酒杯，喝了一口。

她感到D的目光落在她的身上。酒很苦。她放下了杯子。

“让他走吧，”泰蕾兹说，“他还可以走路。”

罗歇拿不准是否应该让他离开。

“让他从眼前消失。”泰蕾兹说。

“这样一个猎物，他们可不会愿意放了他。”罗歇说。

“我会向他们解释。”D说。

泰蕾兹哭了起来。

保安队员泰尔

早上，D说："该把泰尔带到博班那里去。"

泰蕾兹没有问为什么。D负责很多事情：逮捕、战俘、同志们的粮食供给、场所的分配、车辆和汽油的征调、审讯。黎塞留中心人满为患。会计室里有十一个保安队员，包括泰尔。大厅里有三十名附敌分子。楼下是一帮法国纳粹党人、一个德国人、一个柳林街的警察、一个负责家务的女佣和她的作家女主人、一个俄罗斯上校、几个记者、一个诗人、一个女诉讼代理等等。可能是为了清理一下人满为患的会计室，D才想把泰尔转移到绍塞昂丹街，那里是"埃尔南德斯—博班"小组的所在地。

于是泰蕾兹开车带着D和泰尔来到绍塞昂丹街上的博班小组驻地。现在是下午三点。刚到楼门口，他们就像往常一样听到西班牙人的吵嚷。院子里堆满了自行车和一些征调来的，或者从德国人那里缴获的汽车。今天，这里又新添了一辆灰色的小卡车。

埃尔南德斯—博班小组驻扎在一栋大楼的底层，这栋楼对着两个院子，第一个院子通过大楼的走廊与街道相连，另一个非常小，与周围的院子由一条铁栅栏隔开。这一大一小两个院子通过一条贯通底层的走廊相接。一进第一个院子，便能听到西班牙人在空寂宽敞的底层大声喧哗。

博班站在走廊的入口。他是一个高大的家伙，长着粗壮的腿，结实的胳膊，小巧的脑袋，巨人的肩膀。他有一张英俊的脸和一双孩童般的温柔的蓝眼睛。D走到博班身边朝他打招呼。博班神色诡异。他没有和D问好。他一会儿看看入口，一会儿又望向走廊的另一端。现在走廊尽头出了点儿事。

西班牙人喊得越来越起劲。博班看起来很不自在。

D、泰尔和泰蕾兹在走廊的入口停下，站到博班身边。发生了某件不同寻常的事。走廊尽头洒满阳光的小院里有一群男人，大概十五个，他们一边指手画脚，一边用西班牙语高声交谈。D、泰尔和泰蕾兹不再往里走了，他们等在原地观察着，博班也一样。这群男人忽地散开了，三三两两地凑着，这样就能看到他们刚才聚成一团围着什么东西。那个物体出现了。白色的。白色的，平放在地上。人们沿着走廊站在它的两侧。他们中有两个人抢上前，把那个白色物体从地上稍稍托起，抬走了。

D、泰蕾兹和泰尔撂下博班，朝着走廊尽头走了几步。尸体从他们面前经过。走廊里非常安静，西班牙人都默不作声。两只麂皮鞋露在床单外面，鞋子几乎是崭新的，一双蓝袜子上整齐地系着两根鞋带。这个物体软软的，随着搬运者一起一伏的脚步颠簸，好像面糊一样。因为两只手放在肚子上，所以腹部比脚部更加凸起。床单下拱起一颗头颅的轮廓和隆起的鼻尖。

D朝着那群聚集在走廊尽头的西班牙人走去。泰蕾兹和泰尔紧随其后。D抓住一个西班牙人的胳膊，问那死人是谁。

“一个混蛋。”

他跑去和院子里的那群西班牙人汇合了。

D、泰蕾兹和泰尔快速朝通向大院子的走廊入口走去，跟在所有西班牙人后面。搬运者把尸体放在楼梯的台阶上。刚才停在院子里的那辆灰色小卡车正在倒车。两扇车门敞开着，两个男人将尸体塞了进去。两只穿着麂皮鞋的脚伸在外面，还能看到海蓝色长裤的裤脚。两个男人砰的一声关上了车门。小卡车立即启动，驶过走廊，消失在大街上。

西班牙人立刻又哄吵起来。他们涌进走廊返回房间。D、泰尔和泰蕾兹跟着这群西班牙人。博班加入了他们。D又问了一次那人是谁。还是相同的回答："一个混蛋。"

西班牙人的房间非常大，墙上贴着防护板。这几乎是间空屋子。没有一把椅子。没有一幅画。只有一些武器堆放在房间的四个角落，由一个男人看守。屋里有一座精美的白色大理石壁炉，上方架了一面两米高的镜子。壁炉上一件物品都没有。西班牙人睡觉、吃饭都在这间屋子里。除了这些武器，他们的东西就都装在兜里了。房间就这样光秃秃的，挤满了两个多星期没换衣服的男人，他们轻盈灵活，战斗把他们磨炼得十分精干。

D在寻找博班。泰蕾兹和泰尔跟着他走进了西班牙人的隔壁，这间既是戈捷的办公室，同时也是法国人的房间。除了戈捷的办公桌椅，里面同样没有任何家具。博班正站在那里和戈捷争执。二十多个贴着墙根坐着的男人听着他们说话。这帮人时不时嚷嚷起来，喊声淹没了博班和戈捷的声音。他们大喊大叫是因为没有酒，并且只能吃金枪鱼三明治。发起起义的第一天，D和博班在某个德军指挥所发现了一千个金枪鱼罐头。从此黎塞留中心的八十个人和昂丹中心的六十个人就只吃金枪鱼了。十七天了，这些男人受够了金枪鱼。博班痛骂戈捷。戈捷说他带回来了一大轮格鲁耶尔干酪，是在勒瓦卢瓦一辆废弃的德国卡车里发现的。他说这轮干酪昨天还在卡车里。而卡车昨天还在院子里。可是现在，只剩卡车了。干酪不翼而飞。男人们又开始喧哗起来。他们认为戈捷在指责他们偷了干酪。博班满脸厌恶地走开了。D抓住他的胳膊一把拦住他，问那人是谁。

"一个盖世太保。来自首战中心。埃尔南德斯小组把他击毙的。"

"在哪儿？怎么干的？"

"他们朝他的后脑勺开了三枪。就在这儿，院子里。"

博班走开了。D和泰蕾兹走向院子。在离大门一米远的地方有一块微微凹陷的石头，石头上的血凝固了，在阳光下红得发亮。石头旁边长着一棵树。正对院子的窗户大多都紧闭着，窗前看不到一个人影。院子里空无一人。

"石头上为什么会有血迹？"泰蕾兹问道。

D没有回答。D和泰蕾兹站在门口凝望着那摊血迹。这是他们处决的第一个人。这是第一次。

博班经过。不等D开口他便说道：

"他那时哭了。"

他又走了。他大概是去找偷干酪的人了。这回戈捷来了。他也在寻找什么。他在找博班。

"你当时在场吗？"D问道。

"不在。博班在哪儿？"

没人知道。皮埃罗来了，管D要了一支烟。D给了他一支烟，自己也拿了一支，点燃。皮埃罗是个年轻人，大概十八岁。

"你在看这个吗？"皮埃罗问。

"你当时在场吗？"D问。

"还说呢！"皮埃罗说，"如果我当时在的话……那人哭哭啼啼地说自己真不是人，他说如果人们能饶了他，他甘愿做牛做马，他还说知道自己错了……完全知道。"

皮埃罗还说西班牙人彼此之间争执不休。他们不停地吵吵到底该由谁来开枪。最后是埃尔南德斯和另外两个人一起用一把八毫米口径的手枪击中了他的后脑勺。

皮埃罗又走了。D和泰蕾兹回到了西班牙人的房间。一群人在屋子中央激烈地争论着。有些人对这种辩论毫无兴趣，他们沿着墙根蹲在地上，拆卸并擦拭着自己的步枪。

泰尔背靠着壁炉。没错，是泰尔。保安队员泰尔。泰尔面色苍白，但又不是刚才博班脸上的那种苍白，两者有差别。泰尔的鼻子被手指掐过，开始发青，他的嘴唇像粉笔一样白，眼睛里灰蒙蒙的。是啊，我们把泰尔忘了。大概有十或十五分钟，我们把他遗忘了。泰尔眼睁睁地看着担架经过，并且透过朝向内院的大门看到了石头上的血迹。没有人会想到泰尔看见了这些。西班牙人当然不会，甚至连泰蕾兹和D都没有想到。

现在人们终于发现了泰尔，他背靠着壁炉，形单影只。D走了过来。泰尔一看到D走过来(他应该从一开始就盼着D走过来)，脸就绷得紧紧的，毫不夸张地说是面部扭曲地朝向D，但是他并没有离开壁炉。D凑到泰尔跟前，泰尔想同他讲话，他把声音压得很低。

"我想给家人写两句话。"泰尔说。

D和泰蕾兹面面相觑。他们刚才忽视了泰尔。而现在他们知道泰尔已经目睹了担架经过，并且从大门口望见了血迹。D盯着泰尔，不住地盯着他看。然后D给了泰尔一个微笑。

"不，"D说，"我们把你带到这儿不是为了处决你。"

泰尔抬起眼睛看着D。泰尔的这个眼神，这个把眼睛望向D的动作，是鼓足勇气做出的，他努力抬起眼皮去看D……

"啊！"泰尔说，"因为我很想知道。"

"不，"D说，"放心吧……"

泰尔的眼皮和头沉沉地耷拉下来。泰尔不再说话了。他一动不动，总是用手肘撑着，背靠壁炉，身体微微倾斜。D也背靠着壁炉，站在泰尔身边。D总是盯着泰尔看。泰蕾兹也是。一批又一批的人从他们身旁经过。泰尔一直低着头。大家此时还在为干酪的事互相争执。戈捷对博班紧追不舍。博班烦透了戈捷。他挨个跑到西班牙人面前问谁看到了那轮干酪。一轮干酪？根本没有人看到。戈捷紧跟着博班，仿佛抓住什么把柄似的在他背后冷笑。人群中不时迸发出一阵狂笑，而起因总是那轮干酪。

男人们坐在房间的角落里十分细致地擦拭着他们的步枪。一些人在吃饭，法国人吃金枪鱼三明治，西班牙人吃金枪鱼三明治配西红柿。西班牙人的兜里总是装着些西红柿，他们从早到晚嘴里都在嚼。没有人知道他们是从哪里并且怎样找到这些西红柿的。

D拿起一包烟。他把一支烟递到泰尔面前。泰尔的手迅速动了一下。他接过那支烟。“谢谢。”泰尔说。D又递给泰蕾兹一支。他自己也拿了一支，然后把火举到泰尔面前。看到火光泰尔又抬起眼睛望着D。D笑了。泰尔的脸上闪过一丝笑容，而后又低下头背靠着壁炉。他拼命抽着那支烟，深深地吸起来。

博班召集了所有人，跟他们讲起干酪神秘失踪的事情。博班解释说，没有理由啊，一轮三十公斤重的干酪不会自己跑掉。人们边听边笑，又开始议论纷纷。还是没有人看到过干酪，根本没有。博班满头大汗，他又嚷又叫，不厌其烦。他宣布了当晚分组住宿的安排。话音刚落，一个西班牙人走上来对他说了些什么。博班立刻想起了什么，他问下面的人谁拿走了轻机枪，这支枪昨天还在他的办公桌上，还有两支冲锋枪今天早上也不见了，一支属于组织，另一支属于小FAI[①]党员，就是刚才走上来和他说话的人。小FAI表示赞同，十分气愤的样子。人们既没看到冲锋枪，也没有看到轻机枪。小FAI从一个小组走到另一个小组，总是抛出同样的问题：“你看到冲锋枪了吗？”边说边摊开两只空空的手掌，没有人看到。

泰尔仍旧在吸烟。D和泰蕾兹不由自主地打量着他。

泰尔二十三岁，是个英俊的小伙子。他没有穿外衣，人们可以看到他前臂的肌肉，修长而细嫩。他的腰很纤细，优雅地收在一根

---

① 伊比利亚无政府主义联盟。该组织在加泰罗尼亚和阿拉贡地区非常有影响力，1927年由西班牙最重要的无政府主义政党“全国工人联盟”的激进分子建立。

皮带里。他面色不再苍白。但是他依然用力地吸着烟，他在吮吸那支烟。他已经九天没有刮胡子了。他的蓝衬衫是丝质的，鞋子是麂皮的，皮带是用米灰色的美洲野猪皮做的。若不是这样的丝质衬衫、麂皮鞋和皮带，人们很可能把他当成中心的一员。但是泰尔拥有一段肮脏的过去。没有办法，他摆脱不了。这个骇人听闻的过去长在泰尔年轻的生命里，他大概会因此而死去。

D和泰蕾兹看着他。他在吸烟，双目低垂。他夹着香烟的手颤抖着，另一只手扶着壁炉。泰尔时而抬起眼睛，他看见了D，露出抱赧的微笑。

房间里的所有角落，男人们都在擦拭着他们的步枪，议论着不翼而飞的冲锋枪、干酪，还有那个盖世太保。

D继续专注地观察保安队员泰尔。二十三岁。他已经失去了他的人生。他成为了拉封[1]的朋友，拉封因为他的装甲车、装甲墙和装甲办公桌而使泰尔着迷不已。泰尔是一个奇怪的家伙。他的脑子里从来没有任何思想，只有欲望，他的身体是为寻欢作乐、打架斗殴而生的。一周前D和罗歇审问了泰尔。泰蕾兹目睹了审讯经过。那些目睹了泰尔审讯经过的人现在就好像老朋友一样了解他。

泰尔曾经是博尼[2]—拉封帮的朋友。

“为什么你要参加保安队？”我们这样问过泰尔。

“因为要想得到一把枪，没有别的途径……”

“为什么要一把枪？”

“有枪很帅。”

人们纠缠了他一个小时，为了问出他拿他的枪做了些什么，用

---

① Henri Lafont(1902—1944)，德国占领时期法国盖世太保头目。

② Pièrre Bony(1895—1944)，法国警察，受德方指派与拉封共同领导法国盖世太保。

它杀死了多少抵抗分子。

“我是我们帮里末流中的末流，我可没资格杀抵抗分子。”

他说他有一次和电影艺人们到索洛涅[①]森林去打猎。他曾经一度是拉封的秘书。他并没有说如果他可以杀抵抗分子他也不会那样去做。

泰尔混进了巴黎十五区法国内地军[②]的一个小组，可是却被发现了，内地军把他推给了黎塞留小组，因为他们自己那里已经没地方看押他了。我们还问他：

“你到法国内地军里来做什么？”

“我想战斗……”

“用什么武器？”

“用我自己的枪。”

“你觉得这是唯一的躲藏办法，是吗？”

“不，我只是为了战斗，我对德国人并无恶念，不，我只想战斗。”

人们找到泰尔的时候从他的兜里发现了一个法国内地军袖章。人们问他拿这件袖章干了什么。他笑着说这件袖章是他捡到的：“不，真不是你们想的那样，像我这么个家伙，怎么能佩戴袖章呢……”

博班经过，他还在苦苦寻觅着轻机枪和干酪。

“你什么时候能腾出点儿时间？”D问。

“来吧。”博班说。

他们走远了，边走边讨论着。只剩下泰蕾兹和泰尔站在壁炉旁边。她觉得博班和D应该是在谈论泰尔的事，而泰尔却丝毫没有觉察。实际上，泰尔已经开始走神了。他的目光追随着那群正在擦拭

---

① Sologne，法国中央大区地区。

② 1940—1944 年被占领期间法国国内抗击德军的游击队组织。

武器的西班牙人，虽然偶尔也看看D和博班，但是他尤其关注那些西班牙人。因为这就是泰尔。为了开小轿车，为了在兜里装把手枪，他不在乎丢掉性命。他与拉封和博尼纵情狂欢。当拉封在犹太区搜查的时候，他驾驶着拉封的装甲车在街上狂飙。一天，在打猎的途中，他在树丛后面开了枪，他并不清楚自己是否打死了人。可是大家全都知道。泰尔立刻供认不讳。

对于泰尔来说，世上的事情都很简单。泰尔心想："我有一把枪，我是拉封帮的人，我在树丛里开了枪，我将要被处决。"做恶事的人应该被处决。辩解毫无用处，泰尔这样想。他屈从于正义和社会的金科玉律。他相信法官们的洞见，相信司法，相信恶有恶报。而在这一切到来之前，看着别人拆卸武器，听着咔嗒咔嗒的声响，也很好玩。泰尔活得就像一株植物，一个孩童。

泰蕾兹和D对泰尔有某种偏爱。这是难免的。人们难免对一些人偏爱有加，对另一些人却感到厌恶。在黎塞留中心有一个来自上流社会的人，他犯的罪过比泰尔轻得多，他知道自己会平安无事的。可是泰尔不，他确信自己会被枪毙。这个上流社会的男人要求人们把他和他的"圈内人"安置在一起，因为他"有权受到尊重"。于是D便把他安置在大厅的公共隔离间里，让他和一位摔跤冠军及一名贴身女佣待在一起。

一年之内，泰尔在一家德国采购署赚了六百万。

"这活儿让你进账多少？"

"一九四三年六百万，今年两百万。"

泰尔不假思索地说了出来。泰尔的确没有任何诡计，也没有丝毫傲气。他最想要的是香烟。还想要一个女人。在他被捕一周接受审讯的时候，泰尔一再盯着泰蕾兹看。泰尔有一副浪子的容貌，他一定非常渴望女人。他的情妇在楼下大厅，但是不可能让她上来，这是明令禁止的。会计室里已经有十一个人了，无论如何都不可能。同样，香烟也不行，禁止给囚犯香烟。

D回到泰尔和泰蕾兹身边。

“我们走吧。”

泰尔走在前面。D凑到泰蕾兹耳边，小声说：“博班这里没地方了。得给寻南街中心打电话。”

出门的时候，D向埃尔南德斯做了一个友好的挥别，泰蕾兹也是。埃尔南德斯体型庞大，是一名共产党员，正是他和组里的另外两个人一起处决了那个警察。他们这个小组有十七个人，在战斗方面，所有的法国人都把他们尊为前辈。在D和泰蕾兹看来，由埃尔南德斯负责处决那名警察无疑坚定了他们对埃尔南德斯的信任。这项任务交给他的小组来完成是顺理成章的。死了的警察是法国人，但是那些法国人没有什么异议，他们或许不那么确定必须处决这名警察，可埃尔南德斯，他对此很确定。埃尔南德斯正在吃西红柿，他露出大男孩般的笑容。理发师是他的职业，而西班牙共和党人的身份才是他的立命之本。要是能推动西班牙革命的爆发，他会抱着同样的坚定，同样果断地将一颗子弹射入自己的脑壳。当西班牙人不战斗的时候，他们便擦拭缴获的枪支。他们很熟悉那些寻枪的角落，经常整夜待在外面，睡眠极少，他们无休止地议论着未来在西班牙领土上的战斗。他们一致认为出发的日子就要来临。“该轮到佛朗哥了，”埃尔南德斯经常这样说。他们难以入眠，巴黎的解放让西班牙人浮想联翩。对他们而言，至关重要的是回收武器和重组军队。社会党人在重组军队问题上提出了让共产党人和FAI党人难以接受的条件。FAI党想在西班牙边境以自己的方式集结队伍。而社会党人则希望在巴黎组织一支远征军。整整一天，大家都在讨论向西班牙进发。所有的人都放弃了他们的职业整装待发。

遇到埃尔南德斯以后，泰蕾兹认为，如果要在今后的日子处决泰尔，最好能由他、埃尔南德斯来执行。她本人更希望由埃尔南德斯来执行。她冲他笑了。只有埃尔南德斯拿捏得准到底出于多么严重的原因才必须杀死他。她不知道D和博班在保安队员泰尔的问题上说了哪些细节。这些无疑都是组织上的事。泰尔就要离开这个中心了，或许他就要被处决了。

泰尔很乐意离开昂丹中心。他迈着灵活轻盈的步子走在D和泰蕾兹前面。他知道他会回到黎塞留中心的那间会计室，但是他暂时不去想这些。从昂丹中心到黎塞留中心，一想到能乘着小车兜风，他就把什么都抛在脑后了。这就是泰尔，什么都不放在心上。

到了街上，在汽车旁边，泰尔突然离开了D和泰蕾兹，他绕到汽车的另一边，做了个很大的动作，非常绅士地微笑着为泰蕾兹打开车门。当然，他非常高兴离开昂丹中心，但是喜悦不止于此。他还非常喜欢泰蕾兹和D。泰蕾兹驾车，而他自己以前也开过各种各样的汽车，他便感到和泰蕾兹有了一种情同手足的亲密。泰尔不是个普通的囚犯。因为在审讯他的时候发生了件奇妙的事情：泰尔被D的正直深深打动了，在他那令人难以置信的全盘供认中，他肯定渴望讨好D。这就是泰尔，简单得仿佛一株植物。

泰尔坐到开车的泰蕾兹身边。D坐在汽车后排的长椅上。他的右手握着一只小口径的老式手枪，这是D剩下的唯一一件武器了，他的轻机枪和八毫米口径的手枪在黎塞留中心被偷走了。D手上的这把枪被卡住了，坏了很久。D在他办公桌抽屉里原先放置八毫米手枪的地方找到了这把枪。无从知晓它是从哪里冒出来的。泰蕾兹也知道这把瞄准泰尔的手枪已经不听使唤了。当然，泰尔还蒙在鼓里。即使他注意到这把手枪小到滑稽可笑的地步，可是由于D给他的印象太过深刻，他也根本不会怀疑这把手枪是坏的。对泰尔来说，D佩戴的武器只能像他的灵魂一样完美。

泰尔安静地坐在泰蕾兹身旁。

天气晴朗，阳光明媚。街上没有警察。警方曾与巴黎人民发生冲突，自从巴黎解放以来他们还没有复职。三天了，街上看不到警察的踪影。挤满法国内地军的汽车向着所有方向乱闯，甚至不顾禁止通行的标示，它们的车轮飞速旋转，并且还擅用人行道超车。处处弥漫着一股叛逆的狂热，人们为无拘无束而沉醉。

狂飙的汽车，惊人的车流，一支支枪管伸出车门在阳光下熠熠生辉，泰尔为眼前的这一切所倾倒。

“良机不可错过啊！”D突然说道，“街上还没有警察，这景象真是百年不遇……”

泰尔转过身来，D的手中正举着一把瞄准他的枪。他笑了。

“确实如此。”

这就是泰尔，他很高兴街上没有警察。他从来没有喜欢过警察。他和D相处得轻松愉快，正因为D不是警察。泰尔不思考，他不去想没有警察就意味着新时代的开始，而他不会活到那个时代了。他不再往下想了。

泰尔专注于离合器的踩踏、加速，专注于汽车如何在大街小巷阳光灿烂的漩涡中穿梭。泰尔喜欢操纵汽车、枪支、金钱和女人。他喜欢会跑的东西，喜欢能咔嗒作响的东西，还喜欢花费精力的东西。对他来说，开车本身就是一件顶吸引人的事情。更何况他和另外十个保安队员在会计室里挤了整整十一天，出门兜兜风对他可是不小的变化。天气确实晴朗宜人，许许多多的汽车满载着和泰尔年龄相仿的年轻小伙和姑娘，在街上飞速奔驰，车门上的每一个方向都竖起了正在瞄准的冲锋枪和卡宾枪，这景象将夏天点缀得更加炽烈，更加迷人。这一派恣意奔放、无拘无束的凯旋狂欢景象也隐隐感染着泰尔，他为自己置身于这些车流中、无论以什么名义亲历这一变动而感到幸福。

这大概是泰尔有生之年最后一次乘车兜风了。

在每一处转弯，泰尔都一丝不苟、专心致志地把手臂伸出窗外，让汽车走得更加通畅。这辆汽车将径直把他带回他在黎塞留中心的囚室，而他再一次从这间囚室里出来时，大概就只能坐囚车了。

从楼房的屋顶上不时传出机关枪的鸣响，枪声回荡，阳光明媚，绿树葱茏。如果枪声离得太近，行人们便躲到门廊底下，他们冲着开车驶过的法国内地军们微笑。

在某一时刻，泰蕾兹转向D，冲他的那支坏掉的手枪眨了眨眼睛。D和泰蕾兹相视一笑。只有泰尔是严肃的。他一丝不苟，一到转弯处便伸出手臂。

当泰蕾兹和阿尔贝把泰尔送到他的囚室时，泰尔问泰蕾兹是否可以在配额之外再给他点儿面包，他还想要一副扑克牌来打发时间。泰尔瞒着阿尔贝，向泰蕾兹小声地请求。

D来到厨房，朝里面的法国内地军大声嚷嚷，骂他们抢骗了囚犯的食物，而泰蕾兹则跑去找扑克牌和面包。

临近傍晚，泰蕾兹陪着阿尔贝来到会计室，给泰尔送扑克牌和面包。泰尔正坐在桌子上，给其他囚犯讲自己如何在巴黎城兜风。泰蕾兹将扑克牌和面包交给了他。

晚上，人们发现泰尔坐在桌子旁边，身边有三个保安队员，他们正在打牌。

其他人并不是真心想玩牌，他们无精打采地陪着泰尔。泰尔硬逼着他们玩。泰尔对打扑克怀有一种神圣的渴望，那是一种同仍将活下去的人没有任何差别的渴望。他盘腿坐在桌子上，强迫其他人摸牌、出牌。然后他出牌。他几乎一个人在玩。他把一张张扑克牌抛向桌面，赢了牌就非常开心。啪，我出黑桃A。我吃你的牌。我赢了。

泰尔旁边的桌子上放着一小块面包。这是泰蕾兹给泰尔拿来的三块面包中仅剩的一点了。泰尔把面包分给了大家。他们狼吞虎咽地把它消灭了。

甚至连阿尔贝都对泰尔格外偏爱。阿尔贝对其他所有人都凶巴巴的。有一天泰尔在楼下的大厅里，D看到他正在与阿尔贝畅谈。阿尔贝坐在一把皮制的扶手椅中。泰尔坐在他的脚边。

“来，给我讲一讲……女人的事儿？你有过多少女人？”

泰尔想了想。

“在多长时间里呢？”泰尔问。

“就是去年，去年有多少？”

“三百九十五个。”

然后泰尔和阿尔贝都笑得直不起腰，D也一样，他刚刚经过这里，三个人一起放声大笑。

泰尔是不可救药的。就算他明天会死，他今天也不会放过任何享受人生的机会。他确信自己行为卑劣，因为D就是这么对他说的，相信D没有错。泰尔没有自傲，脑子里空空如也，只有一点点孩子气。

我们不知道泰尔后来怎么样了，不知道他是被枪毙了还是活了下来。如果泰尔活了下来，他大概要活在这样一个世界里：在那里，赚钱很容易，思想很简单；在那里，对首长的绝对信仰是金科玉律，为此犯罪也在所不辞。

折断的荨麻

朱江月　译

此篇是虚构的，它属于文学。

那时，我大概还是法国共产党的一员，因为这是一个有关阶级冲突的故事。它写得不错，但是不能被发表。在与我曾经从属的法国共产党那令人生厌的氛围相去不远的情况下，我有幸从事一种自己一直下意识去保护的文学创作。值得庆幸的是，这篇文字四十年间都未曾发表。我将它重写一遍。现在我不再知道它究竟写了些什么。但这是一篇视域开阔的文字。它或许也可以成为一部很好的电影脚本。

有时候，在我看来，那个陌生人就是保安队员泰尔。他从黎塞留中心逃走了，去寻觅一块死亡之地。促使我这样猜测的是那件浅色的套装、那双浅色的皮鞋、德国纳粹的白皮肤，以及当时的奢侈物——英国香烟的味道。

陌生人坐在堆满道路两侧的大石板上。这些石板运到这里应该有一段时间了，甚至可能是在德国占领时期之前。尔后,在这条路上铺设人行道的计划大概就被放弃了。

这条路的每一侧都排列着一些棚屋，由包着铁皮的木板搭成。棚屋四周围绕着翘曲的篱笆，上面零零落落晒着一些衣物。石板周围的空隙处生长着一丛丛牵牛花和荨麻，环绕着棚屋的篱笆上也是如此,枝枝蔓蔓，无处不在。花园里、道路上零零落落地挺立着一棵棵洋槐，没有别的树种。

从这些棚屋中传出一阵阵碗碟的碰撞声、喧闹声、孩子们叽叽喳喳的叫嚷、母亲的呼喊，但没有说话声。

路上有两个小孩子走来走去。年龄大的有十岁光景。他推着一辆老旧的儿童小推车，载着他的小弟弟从陌生人坐着的地方一直走到路尽头的大坑处。从那个大坑里窜涌出一团团凌乱的废铁和荨麻。

自从陌生人来到这里之后，这个男孩便缩短了他的路程，他更频繁地从陌生人面前经过。小弟弟穿着一件窄小不合身的蓝衬衫，光着脚丫，金发的脑袋在小推车的座椅上来回晃动。他睡着了。头发僵直散乱，有几缕粘到了他闭合的眼皮上，那里有几只苍蝇，正在潮湿的睫毛影间盘桓。那个年长的男孩时不时停下脚步，带着一种敏锐且空洞的好奇神情偷偷打量着陌生人。他一边嚼着一根草，一边低声唱着什么。他也赤着脚。这是一个瘦骨伶仃的男孩，嘴唇隆起，头发暗淡蓬乱，漆黑一团。他穿着一件女童罩衫，也是蓝色的，胸前大敞着。他的头又小又窄，目光清澈深邃。有时候，当他感到陌生人也朝他这边看过来时，他的脸就会绷紧，他感到害怕。但是很快，他又在那些棚屋前面来来回回地走了起来。

陌生人到了有十分钟的时候，有一个男人突然出现在这条路上。他也坐到一块大石板上，离陌生人不远。这个男人是这里的常客。他约莫五十岁。头上戴着一顶油光锃亮的贝雷帽。他提起裤脚坐下来，他的小腿肚清瘦多毛，脚上穿着笨重的旧皮鞋。他穿着一件军用衬衫和一件稍短的灰色套装外套。那个男孩在这个工人面前停下脚步,脸上奇迹般地有了表情，他笑了一下。他们互相问好。

男孩把小推车放到路对面的一棵洋槐树下，然后走回来坐到男人身边。“你吃饭了吗？”“吃了。”男孩说。

这个男人也像那个男孩一样，偷偷看了眼陌生人，但他的表情无动于衷。他的脸黝黑干瘦，一双蓝色的小眼睛炯炯有神，和善有加。他的面颊有些凹陷，牙齿应该有不少都脱落了。

天很热，暑气凝重、黏稠，没有一丝风，一切都停滞不动。人们听到的窸窸窣窣的声音来自那群苍蝇，它们在滚滚热浪之中从一片荨麻飞向另一片荨麻。

男人把他的背包拽到身前,从里面拿出一个饭盒和一瓶酒。那个陌生人好像有意不朝他看。陌生人应该知道这个男人正注视着他，也应该知道这个男人大概在琢磨为什么今天在这里，在这条通向世界尽头的路上，来了一个如此陌生的人。

男人拿出了饭盒，可以看到他的左手食指包在一个厚厚的皮指套里，套子系到手腕上。他打开饭盒，手指套一直跷着以免碰到饭盒。男孩的目光追随着这个男人的一举一动。他好像暂时忘记了陌生人。“还疼吗？”男孩问到。“没什么大事儿了。我已经不去想它了。”

饭盒里有一些白色的四季豆。男人从背包里掏出一块面包。他的动作很缓慢。陌生人此时摘掉他的帽子，把它放在身旁的石头上。他很热。他穿着一件浅色套装。几乎是白色的。

男孩看着男人的一举一动。他的面部松弛下来。在这个男孩身上有一种奇异的渴望，他想和男人说话。他们应该经常碰面。“你的父亲怎么样了？”男人问。“他好多了。”男孩说。

男人把他的饭勺在衣角上蹭了蹭，然后把它插入饭盒。他吃起来。他咀嚼。他吞咽。他的动作有序而缓慢，像在一场演出或者一次默声而徒劳的阅读中那样有序而缓慢。

在他们身后，陌生人、男人和男孩身后，是这座城市紧密坚固的块垒，在他们面前，是荨麻开始生长的地方。城市在杂草丛生和废铁堆积的起点终结。战争离开了这座城市。结束了。刺鼻的味道从眼前看不到的另一个大坑中散发出来，那个大坑大概被木棚里的居民当做了垃圾场。在熟睡的小男孩眼前贪噬着的苍蝇就是从那边飞来的。自从小男孩降生以来，他便成了这个垃圾场的苍蝇们的猎物，他正在呼吸着，淹没在这股刺鼻的味道里。有时候这股味道缓和些，有时候又卷土重来，这股可怕的味道充斥着整个夏天。

男人一直在男孩和陌生人的注视下吃着他的四季豆。他吃下一大口豆子，用小折刀切了一块面包，把它全部塞进嘴里。他咀嚼着。慢腾腾地咀嚼着。那个年龄大些的男孩看着正在咀嚼的男人。棚屋那边总是传出阵阵喊叫、孩子们的啼哭、碗碟的碰撞，没有说话声。

远处回荡着汽笛的鸣响，悠长哀怨，好像战争时期的警报。

男人把那块面包放到石头上，从衬衣口袋里拿出一块表。还是那样缓慢，他把表调准时间。他说：“现在是正午过一分钟。”他转向陌生人：“讨厌的噪声，总是那么吓人。”

陌生人没有回答。人们或许会以为他是个聋子。男人又开始吃起他的四季豆。总是那样极度迟缓、拖延，在那个看不见的大坑臭味熏天的热气中缓慢地咀嚼吞咽。男孩不再看他了，他开始注意那个默不作声的陌生人。他从没有在这条路上看到过这个陌生人。这是一个非常整洁的白皮肤男人。一个金发男人。

“我们现在在哪儿？”陌生人问道。

男孩笑了，而后又低下头，有些困惑。男人不再咀嚼了。他看着陌生人，也显得颇为惊讶。

“那边就是小克拉马[①]了。”他指着废铁和荨麻堆的方向说，“这里，还是巴黎。总之，大概是这样吧……”

男人突然产生一种不安。

“为什么这么问？您迷路了吗？”

“是。”这个字在空中回响。

男孩又笑了，然后他止住笑，低下了头。

男人不再笑了。

男人拿出一瓶酒，一个杯子。他喝起来，不再说话了。

陌生人应该知道这个男人不会再讲他自己的事了。陌生人说起话来，他并不询问，他说：“您把手指弄坏了。”

男人举起他的手指，仔细端详着。

“我丢了一根手指头，差不多吧，是最上面的指节不见了。它被压在了压力机底下。”

男孩第一次说话了，他红着脸鼓足勇气，一股脑地说了起来：“他的手指当时被压得像卷烟纸，工厂里还有一个女人，她整只手都被压在里面，人们切掉了她的手。”

陌生人目不转睛地盯着那张吃饭的嘴。男孩的眼睛也贪婪地看

---

① Petit-Clamart，法国上塞纳省城镇。

着一切。他不再把眼睛从两个男人身上移开。男人再一次说话了。

“那都是些大家伙，两吨重……在兵工厂里还有不少五吨重的……大怪物……”

小推车里的小男孩哭了起来。只哭了一下，是一场噩梦。一座棚屋的门前出现了一个年轻女人，她叫道：“马赛尔！”男孩站起身来看着那个女人说：“没什么事。”所有人都不说话了。小家伙又睡着了。

男人吃完了四季豆，又从背包里拿出一块奶酪。他切了一小块涂在面包上，又切开了涂着奶酪的那部分面包。他吃了起来，节奏依旧迟缓，但他轻松快活，吃得津津有味。男孩说：“真不可思议，你的面包刚好够把这些奶酪吃完。”

男孩因为正在吃奶酪的男人沉默不语而感到不安。陌生人也沉默不语，却没有让他感到不安。他看着这个名叫吕西安的男人。

“真可怕。”陌生人终于开口了。

男人转向陌生人。笑容从他脸上消失了。男孩明白这个叫吕西安的男人已经开始害怕什么了。陌生人说：“您又重操旧业了。”

陌生人并没有把自己说什么放在心上，他机械地说着话，只是为了排遣沉默，排遣死亡。他在心里守着一件他不知如何讲述、如何倾诉的事，因为他并不理解这件事，他不知道如何诉说死亡。他面对着自己，同那个男人和男孩面对着他没什么两样。这一点男人和男孩都看出来了。男人将要代替陌生人说话，但是他将以同样的方式沉默不语。一切的努力都是为了排遣沉默。有一件事情是确定的。如果这两个男人不能驱逐沉默，那么眼前的所有人，包括那两个孩子、陌生人和那个男人，都将面临某种危险，这种危险让人们想到的第一个词就是：疯狂。

“是的，我又重操旧业了。”男人说，“去年我在铆接部做事，可我更喜爱压力机。这是个人喜好问题。我觉得压力机的工作没有那么单调，或许是因为它很危险。也许这工作更苦更累，但是我们有属于自己的部件、属于自己的机器。我更喜欢这样。”

陌生人重新陷入了视而不见、充耳不闻的状态。

“在压力机车间，”男人继续说，“我们有时也可能很多人一起干活，但这完全不一样，我们可以亲眼看到自己做的零件成形。至于铆接，它有点儿……怎么说呢……那是个精细活儿，可是没什么个性。何况我们根本不能独立完成，总是和班组在一起。有时候人们更喜欢单枪匹马做事。”

男人说话的时候力求精确，这点让男孩非常着迷。男人身上的亲切感消失了，和善也离他而去。他现在说话只是为了阻止陌生人开口。陌生人并不回答。

男孩在某种突如其来的幸福感中发出了一声尖叫。这种幸福感与男人对陌生人的新态度不无关系。

男人略带嘲讽笑了一下，他蓝色的眼眸透着几分冷酷。

“您或许在冶金业工作，”男人说，“谁知道呢。”

陌生人像男人一样笑了，一副自嘲的样子，但是他不予回答。他说：“不。”

男人的神情举止突然出现停顿，又是一片沉默。恐惧一点点在接近，变得越来越强烈。男孩完全不知道接下来要发生什么事。他感到自己被遗弃了。

男人从背包里又拿出一个一升的酒瓶子和一个酒杯。他灌下去一口、两口、整整三大口酒。喝完之后，他又把酒瓶递给了男孩。

“给，喝一口。”

男孩喝了一口，做了个鬼脸，费力地把酒吞下。陌生人抬起头，他说：

“您给他酒喝……给一个孩子？”

“是的，我给他酒喝……怎么了？您觉得有什么不妥吗？”

陌生人看了看这个工人。他们相互对视。陌生人说："没有。"

男人再次拿起他的表，看了看，然后把它塞回到衬衣兜里。他又拿出了一包高卢牌香烟。小家伙这时候又醒了。男孩跑到小推车旁边，重新推起它来，但他的眼睛一刻也没有离开那两个男人。

陌生人突然转过身来，像是受了惊吓。没有明显的原因。然后他又回归沉默。男人说："我还有一刻钟，够吸一根烟的时间。"

男人向陌生人递过一支烟。

"谢谢，"陌生人说，"我自己身上也带了。"

陌生人也从自己兜里掏出一包烟。男人点燃打火机递给他，他的手微微有些颤抖。

他们默默地抽着烟。然后那个工人好像远远地看见了什么，就在他面前，但是没有。他非常惬意地吸着烟。恐惧来了又去了。它又来了。男人嗅了嗅空气，说："您抽的是一支英国烟。"

陌生人没有回答，他不懂，他说："您什么意思？"

男人看了看陌生人，就像刚刚陌生人看他一样。他没有回答。

两个人都默不作声。男孩开始把他们丢下了。他哼唱着一曲校园民谣。陌生人对男人说："您高兴吗？"

男人看着他："您说什么？"

陌生人思索起来，想弄清楚自己说的是什么，但徒劳无益。

"我不知道。"

在陌生人面前有一簇开了花的荨麻。这些植物就生长在道路的中央，簇拥成一团球形的灌木丛，充斥着凶汁和毒火。陌生人俯下身，折断了一支荨麻，然后把它放在手中搓揉。他苦笑了一下，把荨麻扔掉了，他不住地搓着两只烧得滚烫的手。男孩的笑声传来。男人完全不再抽烟。陌生人猜想这个男人正在看着自己，他仍然在荨麻堆前俯着身子，然后突然间他下定决心，抬起头来，开口说话了，他说："对不起。"

男孩又笑了，一声狂笑。男人让他闭上嘴。男孩立刻敛住笑，他害怕被男人赶走。男人问："您从来没见过荨麻吗？"

现在男人发怒了。他的恐惧融化了。他站在陌生人面前。

"不是的，"陌生人说，"但是我认不出来了。"

男人扔掉了他的烟，烟头掉落在一摊阳光里。他又拿出一支烟。他不再等待陌生人说话了。他好像已经忘了要去工作。他不再看陌生人。他想着他，想着这个陌生人，就好像在回想一段消逝的往事，一段无法认知的、虚幻的过去。陌生人不再说话了，他又恢复了原来的姿势。他总是低着头，凝视着死亡。而男人本能地向着陌生人所在的死亡地带缓缓地移动。他说："在德国占领时期我就待在这，我没有离开过这块地方。"

陌生人一动不动。男人现在绕着他走来走去，迈出几步，又走回来，指着城市。他说："已经结束一周了。时不时还能听到屋顶射手的枪声，但是现在也越来越少了。"

汽笛声再一次回荡，男孩喊道：

"吕西安，时间到了。"

"我这就去。"吕西安说。

吕西安在犹豫。他来回踱步，他望着城市，然后他对男孩说："你回家去吧。"

男孩整张小脸都绷紧了，好像努力想要理解发生在男人和陌生人之间的某些事。但是男孩顺从了。他回去了。他跑去找那辆小推车，然后回到了棚屋，他母亲不久之前曾站在那里。男人等他从视野中消失之后才转身离开。

陌生人还是一动不动。

他仍旧坐在那里，低着头望着地面，双手十指紧扣，手臂扶在膝盖上。

现在他独自一人占据了整条路。这片荒野，这条路，都归他一个人了。

当男孩从棚屋的窗户眺望远方的时候，他才想到，或许那个陌生人已经死了，死得神奇诡异，不声不响，无形无迹。

奥蕾莉娅·巴黎

朱江月 译

此篇是虚构的。出于对那个被遗弃的犹太小女孩疯狂的爱，我写下此篇。

长久以来，我一直想把《奥蕾莉娅·巴黎》搬上舞台。后来，我为热拉尔·德萨尔特做成此事。一九八四年一月，连续两个星期，在圆点剧院的小剧场，他通过出神入化的阅读演绎了这部剧作。

今天，玻璃窗后面是一片森林，起风了。在这另一个北方国家，玫瑰花曾在那里盛开。小女孩不认识玫瑰。她从来没有见过眼下早已凋零的那些玫瑰，她也从来没有见过田野和大海。

小女孩伫立在塔楼的窗前，轻轻掀开黑色的帘布，向下凝望着那片森林。雨停了。夜幕即将降临，但是映在窗玻璃上的天空仍然是蓝色的。这座塔楼非常高，四四方方，由黑色的水泥砌成。小女孩在顶层，她看到其他同样黑黢黢的塔楼，零零落落。她从没来有到下面的森林里去过。

小女孩从窗边走开，用她自己都不懂得的语言哼起了一首外国歌曲。房间里光线依然明亮。她注视着镜中的自己。她看到自己乌黑的头发和清澈的双眸。她的眼眸是一种非常沉郁的蓝色，小女孩自己并不知道。她同样不知道自己一直会唱那首歌，不记得她曾经学唱过它。

有人在哭泣。是一直照看着小女孩、给她洗澡、替她喂饭的那个妇人。房间很大，空荡荡的，屋里的摆设差不多都卖光了。妇人坐在门口的一把椅子上，她的身边放着一把手枪。小女孩知道，她一直都坐在那里，等待着德国警察。日夜如斯，小女孩不知道妇人在那里等了多少年。她只知道，一旦门后传来“Polizeï”[①]这个词，妇人就会立刻打开门把所有人都杀死，先是那些警察，然后是她们俩。

小女孩走上前关上黑色的双层帘布，然后回到床边。她打开书桌上的一盏小台灯。灯下有只猫，它在灯光下站立起来。它的周围零乱地铺放着关于帝国军队最新军事行动的报纸，妇人就是通过这些报纸教会小女孩写字的。猫的旁边摊着一只僵直的死蝴蝶，颜色如灰尘。

小女孩坐在床上，面向那只猫。猫打着哈欠，伸了个懒腰，也面向她蹲了下来。他们的目光交接，互相注视着对方。这会儿，小女孩又唱起了那首犹太人的歌，唱给猫听。猫在桌子上躺下，小女孩爱抚着它，倾听着它。随后拈起那只死蝴蝶举到它面前，冲它做个鬼脸笑了一下，之后，又唱起了那首犹太人的歌。猫的目光和小女孩的视线再一次落到了一起。

突然，战争来了，从遥远的天际降临。轰鸣不止。走廊里妇人大喊着关上窗帘，别忘了。层层厚重的钢铁开始在森林上空呼啸而过。妇人叫道：

“和我说话。”

“还有六分钟，”小女孩说，“快闭上眼睛。”

从屋顶上传来的巨响更近了，那些庞然大物的肚子里负荷着死亡，塞满了炸药，它们光洁平滑，随时会打开。

“它们在那儿。快闭上眼睛。”

小女孩看着自己放在猫儿身上的那双瘦削的小手，那双手和墙体、窗户、空气、楼房、森林里的树木一起猛烈地震颤着。妇人叫道：“过来。”

飞机还在经过。小女孩话音刚落它们就到了。一片轰鸣声中骤然发出另一种声响。那是高射炮炮膛里发出的轰响。

没有东西从天而降，没有坠落，没有呼啸。庞大的轰炸机群保持着完好无损的队形划过天空。

---

① 德文，警察。

“他们要去哪儿？”妇人喊道。

“柏林。”小女孩说。

“过来。”

小女孩穿过漆黑的房间。妇人就待在那儿，亮着光的地方。那里与外界完全隔绝，没有一扇窗户。那里是走廊的尽头，是大门口，警察应该会从那扇门闯进来。一只挂在墙上的灯泡映照着战时的景象。妇人在灯光下孤独地守护着孩子的生命。她把手里的针线活放在膝盖上。再也听不到任何响动，只有远处的高射炮声断断续续。小女孩坐在妇人的脚边，她说：“猫儿杀死了蝴蝶。”

妇人和小女孩像每天晚上一样长久地相拥而泣，然后欢快地安静下来。妇人说：“我又哭了，每天我都为生命这一美丽的错误哭泣。”

她们笑了。妇人摩挲着手里的一束束丝线和几个漆黑的带扣。响声渐行渐远。小女孩说：“他们已经越过了莱茵河。”

没有声音，只有狂风在森林里呼啸。妇人忘记了：

“他们去哪儿来着？”

“柏林。”孩子说道。

“对，对……”

她们笑了。妇人问：“我们会怎样呢？”

“我们会死去，”孩子说，“你会把我们杀死。”

“是的。”妇人说，她不再笑了，“你很冷吧。”妇人摸了摸小女孩的手臂。

小女孩没有回答，她笑了。她说：

“那只猫，我把它叫做阿拉娜沙。”

“阿拉娜沙沙。”妇人重复道。

小女孩笑得更欢了。妇人和她一起笑，然后她闭上眼睛摸了摸这个娇小的身躯。

“你可真瘦。”妇人说，“瞧我都能摸到你皮肤里面的小骨头。”

小女孩被这句话逗笑了。经常，到了晚上，小女孩会对周围发生的一切都感到好笑。

这时她们一块唱起那首犹太人的歌。妇人回忆道：“除了绣在你裙子里的这块小小的长方形白色棉布，我们对你一无所知。棉布上面绣着 A.S.两个字母，还有你的出生日期。现在，你七岁了。”

小女孩侧身倾听。她说：“他们已经到达柏林上空。”她顿了顿，“成功了！”

小女孩猛地推开妇人，先是捶打她，然后站起身跑开了。她穿过走廊，没有撞倒任何东西。妇人听到她在唱歌。

一架架高射炮重新向披着蓝色外壳的钢铁发起进攻。小女孩招呼妇人：“任务完成了。他们回来了。”

飞机的轰鸣声不断加大，井然有序、悠长连绵。比去程的时候轻快了许多。

“没有一架飞机被击落。”小女孩说。

“死了多少人？”妇人问道。

“五万。”小女孩回答。

妇人鼓掌。

“太棒了。”妇人说。

“他们已经越过了森林。”小女孩说，“朝着大海飞过去了。”

“太棒了，太棒了。”妇人感叹着。

“你听。”小女孩说，“他们就要飞过大海了。”

她们等待着。

“成功了！”小女孩说，“他们已经飞过大海了。”

妇人在那里自言自语。她说所有的儿童都会被杀死。小女孩笑了。她对猫说："她哭了。她是想让我过去。她害怕了。"

小女孩一边照镜子一边对自己说："我是犹太女孩，我是个犹太人。"

小女孩走近镜子，望着镜中的自己："我的妈妈在巴黎的罗西尔街[①]经营一家店铺。"

她冲着走廊喊："这是她以前对我说的。"

小女孩对着猫说话，不停地说。

"有的时候我真想死。"小女孩说。她又补充道："我的爸爸，我猜想他是一名旅行家，他来自叙利亚。"

外面天空的深处又升起了新一轮轰鸣。小女孩尖叫着："他们又回来了。"

妇人再一次听到运载死亡的喧嚣。她们等待着。

"这次去哪儿？"

小女孩闭上眼睛倾听。她说："杜塞尔多夫[②]附近。"

小女孩用手捂住脸，她害怕。远处，坐在走廊上的妇人背诵着巴拉丁[③]一座座城市的名字。她请求上帝屠杀所有德国人。

"我害怕。"小女孩说。

妇人没有听到。

猫儿离开了，它匍匐在灯光熄灭的走廊里，轰鸣声在那里稍小一些。

"我害怕。"小女孩重复道。

"有很多吗？"妇人问。

"一千架。"小女孩说，"已经过来了。"

---

① Rue des Rosiers，巴黎第四区的犹太人街区。

② Düsseldorf，德国北莱茵-威斯特法伦州首府。

③ Palatinate，德国历史上巴拉丁伯爵的封邑。

到了，它们到了森林上空。飞机掠过森林。电停了。

“我想让它们掉下来，”小女孩嘶喊着，“我希望别再打仗了。”

妇人冲着小女孩嚷嚷，让她闭嘴，她说这真可耻。

妇人祈祷着，她像疯子一样高声背诵着一篇儿时习过的祷文。突然，小女孩在黑暗中发出一声尖叫：“森林！”

突然，末日降临，一架飞机坠落，传来震耳的冲撞和爆裂声，之后是一片火海，烈焰熊熊。

头顶，机群继续前进。

坠落的飞机被遗弃了。

小女孩掀开窗帘，望着熊熊烈火。就在离塔楼不远的地方。

小女孩寻觅着英国飞行员的形迹。妇人在黑暗中高喊：“你过来，到我这儿来。”

小女孩过去了。

“是一架英国飞机，就掉在那儿了。”小女孩说。

她说森林着火了，就在那儿，在塔楼底下，稍微过去一点的地方。还说眼前是一片火海。

小女孩想跑去看那架坠落的飞机。妇人说她不想看，她看不了这个。小女孩坚持着，她说飞行员已经死了，哦不对，那只是一团火，她让妇人过来看看。

妇人哭了，她说没这个必要。

“如果我早知道的话……算了，别再说这个了，更何况我也没觉得这小姑娘有什么不好……没什么不好，不过我倒情愿是犹太人，或者是比我更年轻的人来照料她……但是有什么办法呢？……那两个人趁着深夜，乘着一辆十三节货车厢的火车离开了，但是他们到哪里去了？怎样做才可以向他们证明这个小姑娘就是他们的孩子？怎么办呢？……如果他们回来了，承认了这个孩子，为什么不呢？……这个小姑娘长得太快了，据说是因为吃不饱……要是按照那块长方形的小白棉布上的出生日期推算……她已经七岁了……”

小女孩听着妇人自言自语。有时候她爆发出一阵大笑，妇人便猛然惊醒。她问发生了什么事，谁在说话，他们要到哪里去。

“曼海姆①，”小女孩说，“或者法兰克福，或者慕尼黑，或者莱比锡，或者柏林，”她停了一下，“或者奈梅亨②。”

妇人说她爱这个小女孩，很爱。然后她沉默了。然后她又说自己爱她，爱得很深。小女孩轻轻地摇了摇妇人。她说：

“那么她是跑着上楼来的，怀里抱着一个小女孩？”

“是这样。”

“谁？”

“你的妈妈。”妇人说道。

“‘请收下这个孩子，我有一件要紧的事。’”小女孩说。

“是这样的，‘我有一件要紧的事，我十分钟后回来。’”

“‘楼梯上有动静吗？’”

“是的。德国警察。”

“然后什么都没有了吗？

“什么都没有了。”

“再也没有了，再也没有了吗？”

“再也没有了。”

小女孩把头枕在妇人的膝盖上，让妇人抚摸她的头发。

妇人像小女孩渴望的那样用力地爱抚着她的头发，向她讲述着自己的生活。然后她的手不动了。她问道：

“那么，这些飞行员在哪儿呢？”

---

① Mannheim，德国巴登-符腾堡州城市。

② Nijmegen，荷兰东部城市。

"在列日[1]，"小女孩说，"他们回去了。"

小女孩问妇人："死去的那个人，他是谁？"

妇人讲述了一个英国飞行员的故事。

小女孩依偎在妇人的怀里紧紧地抱住她。妇人轻轻地呻吟。

"抱着我，抱着我。"小女孩说。

妇人做了一番努力，来回抚摸着小女孩的头发，她的睡意更浓了。城里接二连三地响起解除警报的鸣笛。

"告诉我他的名字。"小女孩说。

"谁的名字？"妇人说。

"那个你想说出的名字。"

"斯坦纳，"妇人说，"警察就是这样喊的。"

猫出现了。它从一间侧室踱了出来。

"飞机又回来了，"小女孩说，"它们将要飞过大海。"

小女孩开始爱抚起猫来。一开始还有些心不在焉，之后却越来越用力。她说："它还吃了一只苍蝇呢。"

妇人听着。她说：

"没有听到飞机回来啊。"

"它们这次走的是北线。"小女孩说。

玻璃窗的那边，天空已经破晓。阳光钻入战争栖居的走廊。

猫仰睡在床上，因着奥蕾莉娅疯狂的爱抚，发出呼噜呼噜的低吟。奥蕾莉娅靠着猫躺了下来。她说："我的妈妈，她叫斯坦纳。"

奥蕾莉娅用头抵住猫的肚子。肚子暖暖的，里面发出呼噜呼噜的声音，好像一块宽广、隐匿的陆地。

"奥蕾莉娅·斯坦纳。跟我一样。"

还是这个房间，今天，我在为你们而写。今天，玻璃窗后面，

---

① Liège，比利时东部城市。

那里曾是一片森林，那时候，起风了。

玫瑰花在这另一个北国凋零了，一朵又一朵，被冬天带走。

天黑了，现在我看不清纸上划过的文字了。我什么也看不到，除了我那只停止写下去的手。但是玻璃窗上的天空仍然是蓝色的。奥蕾莉娅眼睛的蓝色应该更沉郁一些，你们知道的，特别是在夜晚，这种蓝会失去它的本色，变成清澈幽深的黑暗。

我叫奥蕾莉娅·斯坦纳。

我住在巴黎，我的父母在那里做教师。

我十八岁。

我在写。

图字：09-2005-271号　09-2007-344号　09-2006-210号

图书在版编目(CIP)数据

痛苦/(法)玛格丽特·杜拉斯著；徐和瑾等译.
—上海：上海译文出版社，2020.12
(杜拉斯全集；8)
ISBN 978-7-5327-8696-1

Ⅰ.①痛…　Ⅱ.①玛…　②徐…　Ⅲ.①中篇小说—小说集—法国—现代②短篇小说—小说集—法国—现代
Ⅳ.①I565.45

中国版本图书馆CIP数据核字(2021)第013023号

痛苦：杜拉斯全集8
L'amante anglaise
Abahn Sabana David
La douleur

Marguerite Duras
玛格丽特·杜拉斯　著
徐和瑾　刘方　王东亮
朱江月　译

出版统筹　赵武平
责任编辑　缪伶超
装帧设计　UN_LOOK LAB

上海译文出版社有限公司出版、发行
网址：www.yiwen.com.cn
200001　上海福建中路193号
杭州宏雅印刷有限公司印刷

开本890×1240　1/32　印张12.25　插页6　字数183,000
2021年6月第1版　2021年6月第1次印刷

ISBN 978-7-5327-8696-1/I·5368
定价：60.00元